MIGNON G. EBERHART

Während der Kranke schlief

Buch

In Haus Federie scheint die Zeit stillgestanden zu sein: Es gibt kein elektrisches Licht, geheizt wird mit Kohle, und die schweren Möbel aus Nußbaum scheinen seit unzähligen Jahren nicht mehr verrückt worden zu sein. Betty Keate, die als Krankenschwester für Adolph Federie in das alte Herrenhaus bestellt wurde, würde am liebsten sofort wieder kehrtmachen. Merkwürdige Dinge scheinen in den alten Gemäuern vorzugehen. Verwandte des Kranken warten ungeduldig auf seine Genesung, Habgier, Eifersucht und Intrigen prägen die Atmosphäre. Und dann geschieht auch noch ein Mord: Der Sohn Adolph Federies wird erschossen aufgefunden – und jeder im Haus könnte der Täter sein ...

Autorin

Mignon G. (Good) Eberhart, geboren am 6. Juli 1899 in Lincoln/Nebraska, wuchs im Mittleren Westen Amerikas auf. Ihre Krimis um die resolute Krankenschwester Betty Keate gehören zu ihren größten Erfolgen, sie wurden in mehr als zwanzig Sprachen übersetzt, immer wieder verfilmt und mit den höchsten Preisen ausgezeichnet. Mignon Eberhart hat insgesamt 75 Romane verfaßt und gilt in Amerika als die *Grand Old Lady of Crime*. Die Autorin starb im Oktober 1996 in Connecticut. Weitere Titel sind beim Goldmann Verlag in Vorbereitung.

MIGNON G. EBERHART

Während der Kranke schlief

Roman

Aus dem Amerikanischen
von Friedrich Freiherr von Bothmer

GOLDMANN

Die Originalausgabe erschien 1930 unter dem Titel
»While the Patient Slept«

Umwelthinweis:
Alle bedruckten Materialien dieses Taschenbuches
sind chlorfrei und umweltschonend.
Das Papier enthält Recycling-Anteile.

Der Goldmann Verlag
ist ein Unternehmen der Verlagsgruppe Bertelsmann

Neuausgabe 11/97

Umschlaggestaltung: Design Team München
Umschlagfoto: Jeanloup Sieff, Paris
Satz: DTP-Service Apel, Laatzen
Druck: Elsnerdruck, Berlin
Krimi 120
AB · Herstellung: Sebastian Strohmaier
Made in Germany
ISBN: 3-442-00120-X

1 3 5 7 9 10 8 6 4 2

I

Wahrscheinlich war ich bei meinen Spaziergängen auf der einsamen, verlassenen Landstraße schon einmal an der stattlichen Villa Federie vorübergegangen, die ziemlich verlassen aus der Mitte düsterer Büsche von Immergrün aufragt. Denn wenn ich auch den Namen der Familie nicht einmal kannte, der das Anwesen gehörte, so erinnerte ich mich doch auf den ersten Blick, das aus dem Nebel hervortretende Haus schon einmal gesehen zu haben, als ich an einem kalten Februartag dort eintraf, um den alten Federie zu pflegen.

Das langgestreckte Herrenhaus ist aus roten Ziegeln erbaut, die durch die Zeit verwittert sind. Nach rückwärts besitzt es einen ausgedehnten Seitenflügel. Die nach Westen zu gelegene Front wird beiderseits von Türmen flankiert, die einen dreieckigen Grundriß besitzen und die in Höhe des zweiten Stockwerks in häßlichen Kuppeln enden. Während der Südwestturm in beiden Stockwerken Fenster hat, ist der andere vollkommen fensterlos. Denkt man sich hierzu noch zahlreiche Schornsteine, die durch das schadhafte Dach ragen, kleine, sorgfältig mit Läden geschlossene Fenster, rankenden wilden Wein, der es trotz seiner Dichte nicht vermag, überall die bröckelnde Mauer zu verhüllen, dann bekommt man ungefähr einen Begriff vom Zustand des Hauses Federie.

Das ganze Anwesen, einschließlich der Stallungen, umgibt eine hohe, ebenfalls in Verfall begriffene Ziegelmauer. Durch ein schmiedeeisernes Tor gelangt man auf einen von Unkraut überwucherten Weg, der zu dem von einem wuchtigen Balkon überschatteten Portal führt.

Wahrlich, der Besitz erweckt keinen heiteren Eindruck. Wie gesagt, es war im Februar, als ich in engere Beziehungen zu Haus Federie kam – ein stürmischer, kalter Tag. Ich hatte einige Tage dienstfrei, und so griff ich begeistert zu, als mich Dr. Jay telefonisch bat, für ihn einen Fall zu übernehmen. Jetzt wenn ich auf alles zurückblicke, kommt mir mein Eifer wie ein Hohn des Schicksals vor.

»Die Sache ist nicht sehr schwerwiegend«, versicherte der Arzt. »Es handelt sich um den alten Mr. Federie, der einen Schlaganfall erlitten und bisher die Sprache noch nicht wiedergefunden hat. Ich werde morgen selbst hinauskommen. Danke, Miss Keate.«

Er gab mir noch die genaue Adresse und legte dann hastig auf, als fürchte er, ich werde meinen Entschluß ändern.

Ich bestellte mir also eine Taxe und packte inzwischen die Sachen, die ich mitzunehmen gedachte. Es mochte fünf Uhr geworden sein, bis der Wagen kam. Es war schon fast dunkel, und ein schwerer Nebel hüllte alles in Undurchsichtigkeit, als wir abfuhren. Anfangs huschten noch die Lichter anderer Wagen an uns vorbei, doch das hörte auf, als wir die Chaussee erreichten. Nachdem wir ungefähr zwei Kilometer zurückgelegt hatten, bogen wir scharf von der gepflasterten Straße auf einen wenig gepflegten Landweg ein. Wir gerieten in ein Schlagloch, und ich flog mit dem Kopf gegen das Verdeck. Ich bekam Angst, ob ich meinen Auftrag überhaupt ausführen konnte, wenn das so weiterging.

Ärgerlich beugte ich mich vor und ersuchte den Chauffeur, etwas vorsichtiger zu fahren.

Er hörte mich offenbar nicht, so daß ich gezwungen war, ihn mit meinem Schirmgriff anzustoßen. Gerade jetzt aber schaukelte der Wagen heftig. Dadurch fiel mein Klopfen wohl etwas stärker aus, als ich beabsichtigt hatte. Der Mann stieß einen unterdrückten Schreckensruf aus und drehte sich um.

Das war ein grober Fehler, denn nun geriet das Auto ins

Schleudern, fuhr über den Straßenrand und überschlug sich. Wie die Sache im einzelnen verlief, habe ich nie begriffen, doch fand ich mich dabei wieder, wie ich aus den Trümmern des Fahrzeugs hervorkroch, während der Chauffeur seinem Zorn in einem leidenschaftlichen Selbstgespräch Luft machte. Zum Glück waren wir beide ohne Verletzungen davongekommen. Da standen wir nun auf dem schmutzigen Fahrdamm und machten einander heftige Vorwürfe. Aber mit Worten kann man einen umgekippten Wagen nicht wieder auf die Beine bringen. Sehr bald wurde mir klar, daß ich den Rest des Weges würde zu Fuß zurücklegen müssen. In der Hoffnung, daß es nicht mehr weit sein werde, nahm ich meinen Handkoffer und meinen Schirm an mich und marschierte ab.

Das Gehen im aufgeweichten Boden war sehr ermüdend, so daß ich bald sehnsuchtsvoll Ausschau nach meinem Ziel hielt. Und dann, ganz plötzlich, erhob sich etwa hundert Meter vor mir die Masse eines schloßartigen Hauses undeutlich aus dem Nebel.

Dies also war Haus Federie!

Ich entsinne mich, daß ich für einen Augenblick betroffen innehielt und daß mich ein ganz eigenartiges Gefühl überkam, das ich selbst nicht recht zu beschreiben vermag. Vielleicht war ein wenig Furcht dabei. Man darf nicht vergessen, daß ich diesen meinen ersten Eindruck in der Abenddämmerung eines unfreundlichen Wintertages empfing.

Das Herrenhaus stand ein gutes Stück abseits vom Weg, so daß ich noch ziemlich weit gehen mußte, um es zu erreichen. Obwohl ich einen schweren Mantel trug, fröstelte ich bis auf die Knochen. Rechts von mir war Weideland. Wenn ich es überqueren konnte, so ging ich damit gewissermaßen auf der Hypotenuse eines Dreiecks, und mein Weg ließ sich erheblich abkürzen. Und als ich ein mit Übertrittstufen versehenes Gatter sah, hinter dem sich ein Weg über die Wiese schlängelte, da stand mein Entschluß fest. Der Pfad verschwand zeitweilig in einer mit dichtem Unterholz bestandenen Senke, schien dann aber zu einem Seiteneingang des Besitztums zu führen. Ohne Zögern überkletterte ich das Gatter und – bereute meine Handlungsweise gleich darauf sehr nachdrücklich.

Denn gerade als ich das Wäldchen erreichte und die kleine Brücke betrat, die einen Bach überspannte, geschah das, was mich fortan im Wachen und im Träumen verfolgte.

Mein Koffer war mir so schwer geworden, daß ich ihn eben auf die Brücke niederstellte, um auszuruhen, als ich plötzlich ganz in der Nähe deutlich sprechen hörte: »Ich kann nicht ...! Ich will nicht ...! Ich habe Angst!« Es war die Stimme einer jungen Frau; sie klang abweisend und beinahe angstvoll.

Ich sah mich um. Unmittelbar vor mir machte der Pfad eine Biegung und verschwand hinter einer Föhrengruppe.

»Sei doch kein Närrchen!« Diesmal sprach ein Mann; gelassen und etwas träge, wenn auch mit einer Spur von Anmaßung. »Du mußt es für mich, tun, March. Wenn man dem Doktor glauben will, kann er jeden Augenblick sterben. Fürchtest du dich etwa? – Unsinn! Eine Federie kennt keine Furcht.« Nun lachte er spöttisch. »Die Hand einer Federie schließt sich leicht um den Griff eines Revolvers.«

»Aber dies ...«

»Dies ist gar nichts, wenn man es richtig betrachtet. Wenn er nicht so hoffnungslos krank wäre ... Aber das ist er nun einmal. Wir dürfen keine Zeit mehr verlieren. Heute nacht noch muß es sein. Alles ist vorbereitet.«

»Also gut«, sagte die andere Stimme plötzlich, doch schien sie die Worte nur sehr widerwillig zu sprechen. »Ich werde es tun, wenn ich auch glaube, daß sich ein anderer Weg finden ließe.«

»Nein, dies ist der einzige. Also heute nacht?«

»Ja.«

»Bist ein liebes Mädel! Ich wußte, daß du mich nicht im Stich lassen würdest. Paß nur auf, daß dich niemand sieht.«

»Ja.«

»Lieb von dir . . .«

Es folgte das unmißverständliche Geräusch eines Kusses, dann raschelte Gebüsch, und es wurde still. Ich aber nahm mein Handgepäck wieder auf und setzte meinen Weg fort. Jenseits der Biegung stieß ich auf ein Mädchen, das mir sichtlich erschrocken sein bleiches Gesicht zuwandte.

Selbst bei der ungewissen Beleuchtung erkannte ich, daß die Fremde sehr hübsch war. Sie schien zierlich gebaut zu sein, doch vermochte ich das nicht genau festzustellen, weil sie einen alles bedeckenden Umhang trug. Die Kapuze hatte sie zurückgeschlagen. Ihr dunkles Haar war nebelfeucht. Die ein wenig aufwärts gebogene kleine Nase paßte zu dem eigenwilligen Kinn, doch was mich am meisten beeindruckte, waren die tiefblauen Augen, die mich unter schwarzen, auffallend langen Wimpern hervor ansahen.

»Können Sie mir sagen, ob ich hier zum Haus Federie komme?« fragte ich hastig, da mich das, was ich gehört hatte, sehr erregte.

Das Mädchen antwortete nicht sogleich, sondern fuhr fort, mich anzusehen.

»Ja«, erwiderte sie schließlich. »Ich bin March Federie. Sind Sie die Schwester, die uns Dr. Jay schicken wollte?«

»Allerdings. Ich heiße Betty Keate. Ist der Kranke Ihr Vater?«

»Mein Großvater.«

»Meine Taxe hat nämlich einen Unfall gehabt«, sagte ich, und sofort zeigte sie lebhafte Anteilnahme.

»Um Gottes willen! Haben Sie weit zu Fuß gehen müssen? – Wie, fast von der Straße an? Da wollen wir aber schnell nach Hause, damit ich Ihnen etwas Heißes zu trinken machen kann und Sie Ihre Sachen trocknen können.«

Wenn sie einen Augenblick lebhaft geworden war, so versank sie doch beim Weitergehen wieder in Schweigen. Mittlerweile hatte sich die Dunkelheit fast vollends herniedergesenkt, so daß wir ganz unvermittelt vor dem großen Gittertor standen. Meine nassen Füße waren eiskalt, und der Rheumatismus in meinem rechten Ellbogen fing an zu bohren, so achtete ich kaum auf das riesige Gebäude, durch dessen geschlossene Fensterläden hier und da Licht schimmerte. Auf den Stufen des Haupteingangs ließ ich aus Versehen meinen Schirm fallen, und ich bückte mich gerade danach, als ich ein halblautes Knurren und dann des Mädchens scharfe Befehlsstimme vernahm, die wie ein Peitschenhieb durch die Stille schnitt.

»Nieder, Konrad!«

Erschrocken drehte ich mich um. Ein Schäferhund, der mir im Halbdunkel riesenhaft groß vorkam, stand keine zwei Meter von mir entfernt sprungbereit da.

»Das ist Eustaces Hund«, sagte March. »Nach Sonnenuntergang wird er losgelassen. Wir wohnen hier etwas einsam, wissen Sie.« Und erklärend setzte sie hinzu: »Eustace ist mein Vetter.«

Sie wandte ihre Aufmerksamkeit wieder der Tür zu und machte sich abermals mit ihrem Schlüsselbund zu schaffen; dann schwang die große Tür langsam nach innen. Das Mädchen machte eine einladende Handbewegung, und ich trat ein. Obwohl die geräumige Halle nicht sonderlich hell erleuchtet war, mußte ich mich doch an das Licht gewöhnen, und erst nach einem Weilchen bemerkte ich einen Mann, der am andern Ende des Raumes stand. Übrigens war es weniger der Mann selbst als seine Stellung, die mich aufmerksam machte, denn er stand auf einer Trittleiter und schien damit beschäftigt zu sein, die Nußbaumtäfelung mit der Hand zu polieren.

»Grondal!« rief March, und der Ton war ungefähr der gleiche, den sie dem Hunde gegenüber angewendet hatte. Vielleicht war der Mann etwas schwerhörig, denn offenbar hatte er unseren Eintritt nicht bemerkt. Jetzt aber stieg er schnell von der Leiter herab und kam uns entgegen.

»Die Täfelung muß gewachst werden, Miss March«, meinte er.

Gewiß kann ein Mensch nichts für sein Aussehen, aber es berührte mich doch sehr unangenehm, als ich diese ausgesprochen verbrecherischen Züge vor mir sah. Grondal war von dunkler Hautfarbe; er hatte eisengraues Haar, kleine Augen, die zudem halb unter buschigen Brauen verschwanden, und ein grobgeschnittenes Gesicht, das durch eine quer darüber verlaufende blutrote Narbe keineswegs verschönt wurde, zumal sein Mund dadurch einen grausamen Zug erhielt. Unwillkürlich hielt ich meinen Handkoffer fest, als er zu mir trat.

»Führen Sie die Schwester auf ihr Zimmer«, befahl March, um sich dann an mich zu wenden. »Ich schicke Ihnen gleich etwas Heißes zu trinken.«

Grondal bemächtigte sich meines Gepäcks und schritt, ohne sich zu beeilen, die breite Treppe hinauf. Während ich ihm folgte, bewunderte ich die Täfelung, das geschnitzte Treppengeländer und den weichen Läufer, der die Stufen bedeckte. Nur fand ich es ein wenig zu dunkel für meinen Geschmack, denn nachdem wir den Lichtkreis der Hängelampe verlassen hatten, die die Halle beleuchtete, gab es nur noch den Schein einer Kerze, die in einem altmodischen Leuchter steckte. Die tanzende Flamme warf den seltsam verlängerten, zuckenden Schatten des Mannes auf die Wand. Nahm denn diese Treppe überhaupt niemals ein Ende? Schließlich langten wir jedoch oben an. Grondal wandte sich nach links. Ich folgte ihm und fand mich wieder in einer langgestreckten Halle, deren Tapete eine düstere grüne Farbe hatte und sich im Schatten verlor. Hier und dort gab es schwere Holztüren. Es war totenstill, und über allem lag jene dumpfige, kalte Stimmung, wie man sie oft in alten Schlössern findet. Plötzlich trat ich auf etwas Weiches, das sofort lebendig wurde und kreischend davonschoß.

»Was war denn das?« rief ich entsetzt.

»Nur die Katze«, beruhigte mich Grondal; wenn er dabei das Gesicht verzerrte, so sollte das wohl ein Lächeln vorstellen. »Genoveva heißt sie.«

Der kleine Zwischenfall schien ihn zu belustigen; ob meinetwegen oder wegen des Tieres vermochte ich nicht zu sagen. Gleich darauf stieß Grondal eine Tür auf und ließ mich in ein erleuchtetes Zimmer eintreten. Er stellte meinen Handkoffer auf einen Stuhl.

»Das Badezimmer befindet sich gleich nebenan. Wenn Sie sonst noch etwas wünschen, bitte ich zu läuten.«

Damit zeigte der Diener – oder was er war – auf eine rote Plüschschnur, die neben der Tür herabhing, verbeugte sich kurz und verließ rückwärts schreitend das Zimmer. Es lag wohl an dem dichten Läuferstoff, daß ich seine Schritte nicht mehr hörte, obwohl ich mir im ersten Augenblick einbildete, er horche draußen vor der Tür.

Die Zeit schien im Haus Federie stillgestanden zu sein; es gab weder Zentralheizung noch elektrisches Licht. Von der Zimmerdecke hing eine altmodische Petroleumlampe herab, und ein Kanonenofen, der an den Seiten sich rötete, spendete die notwendige Wärme. Der Kamin, vor dem der Ofen stand, sah ganz so aus, als sei seit Jahrzehnten kein Feuer mehr darin angemacht worden. Das Zimmer war ziemlich hoch; es standen schwere Nußbaummöbel darin, an den Fenstern hingen verstaubte rote Vorhänge, der Boden war mit einem Teppich belegt, und etliche alte Stahlstiche in verblichenen Goldrahmen hingen an den Wänden.

Ich ließ mir nicht viel Zeit, meine Umgebung zu betrachten, sondern kleidete mich schnell um und ging dann bald in meiner Schwesterntracht mit der gestärkten weißen Haube, die eine graue Strähne in meinem vollen roten Haar verdeckte, wieder die Treppe hinab. In der großen Halle war niemand. Zögernd blieb ich stehen, doch da unter einer der größtenteils verhangenen Türen Licht hervorschimmerte, ging ich schließlich entschlossen darauf zu. Dann lachte plötzlich jemand laut und unangenehm, und jenseits des grünen Samtvorhangs erfolgte ein Ausbruch hemmungsloser, wilder Musik. Es war das erstemal, daß ich diese sonderbare Komposition zu hören bekam, die mich erschauern ließ. Von Anfang an war sie mir verhaßt.

Entschlossen schob ich den Vorhang zur Seite, aus dessen Falten mich ein dumpfiger Geruch umwehte, und dann betrat ich das Zimmer. Ringsum an den Wänden standen Bücherregale und am anderen Ende ein massiger Flügel. Mir gegenüber prasselte ein Kaminfeuer. Vor dem Instrument aber saß ein schlanker junger Mann, dessen Finger noch sekundenlang auf den Tasten ruhten, während seine schmalen und dunklen Augen interessiert die meinigen suchten. Sein Mund verzog sich zu einem Lächeln, das eine schadenfrohe Belustigung auszudrücken schien.

Mit einemmal sprang er auf, verbeugte sich mit übertriebener Höflichkeit und kam mir mit elastischen, schnellen Schritten entgegen.

»Ich bin Eustace Federie«, stellte er sich vor. »Ich habe wohl die Ehre, die neue Pflegerin begrüßen zu können?«

Seine Stimme kam mir irgendwie bekannt vor, und ich überlegte, wo ich sie schon gehört hatte. Er wartete meine Antwort gar nicht ab, sondern drehte sich mit pantherhafter Behendigkeit zu einem Polstersessel um, der unmittelbar vor dem Kamin stand.

»Deke«, rief er mit einem spöttischen Unterton, der, wie ich erfahren sollte, eine Eigenheit von ihm war, »weißt du denn gar nicht, was sich gehört?«

Es bewegte sich etwas, und dann erhob sich ein zweiter

Jüngling widerwillig aus jenem Sessel. Er wandte mir sein Gesicht zu. Er war recht hübsch und sah noch sehr jungenhaft aus. Im Gegensatz zu Eustace hatte er blondes Haar und blaue Augen, doch schien er sich gerade in sehr schlechter Laune zu befinden.

»Miss . . .?« begann Eustace Federie fragend.

». . . Keate«, ergänzte ich.

»Darf ich Ihnen Deke Lonergan vorstellen?«

Der Genannte verbeugte sich mit einer Gleichgültigkeit, die durchaus nicht schmeichelhaft für mich war. Eustace lachte.

»Sie lernen ihn im ungünstigsten Moment kennen, Miss Keate. Er hat gerade eine Enttäuschung des Herzens erlebt; er ist sonst ein ganz umgänglicher Bursche. Als mich die Nachricht von der Erkrankung meines Großvaters in diese Totengruft rief, begleitete mich Deke. Auf seinen ausdrücklichen Wunsch. Ließ sich einfach nicht abweisen.«

»Schweig!« grollte Lonergan, aber Eustace machte ein solches Benehmen erst recht vergnügt.

»Vielleicht haben Sie jetzt die Güte, mich zu Ihrem Großvater zu führen, junger Mann«, sagte ich ein wenig kurz angebunden.

Ich sah, daß mein Verhalten den Jüngling überraschte. Allem Anschein nach war er eine andere Anrede von seiten weiblicher Wesen gewohnt. Er murmelte jedoch etwas, das wohl seine Bereitwilligkeit ausdrücken sollte, und schob den Türvorhang beiseite, um mir den Vortritt zu lassen. Unter der Treppe stand ein Gestell, auf dem sich Zündhölzer, Leuchter und zahlreiche Kerzen befanden. Er zündete eine davon an und führte mich quer durch die große Halle des Erdgeschosses und dann durch eine ganze Flucht ungemütlicher Zimmer, die mit geschmacklosen Polstermöbeln vollgestopft zu sein schienen. Irgendwo unterwegs gesellte sich die Katze Genoveva zu uns, die uns fortan mit hocherhobenem Schweif voranschritt.

Wir kamen durch einen engen und sehr dunklen Gang, der im rechten Winkel abbog und vor einer ebenfalls verhangenen Tür endete. Schon jetzt war ich der vielen muffigen Vorhänge, die es in Haus Federie gab, herzlich überdrüssig, aber ich sah mich voller Interesse in dem Zimmer um, in das wir eintraten.

Auf den ersten Blick unterschied es sich wenig von denen, die ich bereits gesehen hatte. Es hatte einen länglichen Grundriß. In der Nordwestecke gab es eine Art Alkoven, von dem eine Wendeltreppe in den Turm hinaufführte. Das Geländer war mit Teppichen und schweren Decken behangen. Auch hier waren die Wände getäfelt wie in der Halle. In einem mit schwarzem Marmor verkleideten Kamin schwelte ein Feuer, und dicht dabei stand ein großes Bett. In diesem lag der Kranke, den ich pflegen sollte. Er war ein alter Mann, dessen gerötetes Gesicht sich stark vom weißen Leinen des Kopfkissens abhob. Die ausdruckslosen Augen standen halb offen. Gerade wollte ich näher treten, als sich aus dem Schatten im Hintergrund eine Männergestalt löste.

»Ah ... Onkel Adolph!« Leichter Spott lag in den Worten; Eustaces Lachen fiel mir auf die Nerven. »Noch immer wachsam? Welch ein Beweis der Kindesliebe!«

Adolph Federie erschien jetzt im Lichtkreis einer abgeschirmten Lampe, die auf dem Tisch in der Mitte des Zimmers stand. Er war ebenso dunkel wie Eustace, doch offenbar waren es zahlreiche Jahre guten Lebens gewesen, die sein Aussehen etwas gedunsen machten. Zwischen seinen schlaffen Lippen hing eine nicht angezündete Zigarette.

»Besser, du schweigst, Eustace«, entgegnete er feindselig. »Ist dies die Krankenschwester?«

Mit großer Zungenfertigkeit stellte Eustace mich vor, während der Onkel mich unter halbgeschlossenen Lidern hervor betrachtete.

»Sie können den Patienten jetzt mir überlassen«, unterbrach ich schließlich das Geschwätz.

»Hörst du, Onkel Adolph? Deine liebevolle Fürsorge wird nicht länger benötigt.« Mit einem läppischen Winken verschwand Eustace.

Der Onkel jedoch blieb noch; er ließ den Blick nicht von mir. Ich beachtete ihn nicht und trat zum Krankentisch, wo ich die Karte aufnahm und sie genau studierte. Endlich redete mich Adolph Federie an.

»Der Zustand meines Vaters macht mir ernste Sorge. Noch hat er kein Wort gesprochen, Miss Keate. Wenn er das tun wird ...« er kam ein paar Schritte näher und sprach ganz leise, »wenn er das tun wird, dann lassen Sie mich bitte durch Grondal sofort benachrichtigen.«

Nun, der Wunsch schien an sich durchaus berechtigt zu sein. Aber die Art dieses aufgedunsenen Menschen stieß mich ab. Als ich zögerte, ihm zu antworten, beugte er sich dichter zu mir. Meine Hand ruhte auf der Krankenkarte, und er legte seine eigene Rechte – sie war weich und feucht – über die meinige. Ein großer Diamant funkelte mich an.

»Eine wundervolle Hand«, flüsterte er mir leise ins Ohr, worauf ich ärgerlich zurückwich.

»Bei Ihrem Gesundheitszustand sollten Sie lieber an Ihre Leber als an anderer Leute Hände denken!«

»Na, kommst du jetzt, Onkel Adolph?« Eustace stand bei der Tür und lächelte mit boshafter Belustigung.

Wenige Sekunden lang sah mir Adolph Federie tief in die Augen. Dann schmunzelte auch er.

»Auf Wiedersehen, Miss Keate«, sagte er, wobei seine Stimme eine Drohung und ein Versprechen auszudrücken schien. Dann sank der grüne Vorhang in seine ursprüngliche Lage zurück, und ich war allein mit meinem Pflegebefohlenen. Unwillkürlich rieb ich meine Hand an der Schürze ab. Zum ersten, aber gewiß nicht zum letzten Mal, regte sich der Wunsch in mir, diesem Hause baldmöglichst den Rücken zu kehren.

Die rotbraune Katze Genoveva schnellte mit einem Satz auf die Verkleidung des Kamins, legte den Schweif um die hageren Beine und starrte mich aus grünlichen Augen an, die unermeßliche Geheimnisse zu kennen schienen. Das Feuer ächzte. Der Nebel draußen war inzwischen zum Regen geworden, den ich deutlich gegen die geschlossenen Fensterläden klatschen hörte. Ich nahm wieder die Krankenkarte zur Hand, aber die rote Temperaturkurve tanzte vor meinen Augen, denn mit einemmal wußte ich, weshalb mir Eustaces Stimme so bekannt vorgekommen war.

Ich hatte sie drunten bei der Brücke vernommen, als March Federie widerwillig darauf antwortete. Was war es gewesen, was March zugesagt hatte ...? Heute nacht sollte es geschehen.

Obwohl es gar nicht kalt im Zimmer war, trat ich dennoch fröstelnd zum Feuer. Ich fühlte, daß mein Auftrag mir recht unangenehme Tage bringen werde.

Mein Gefühl trog nicht.

2

Meinen Obliegenheiten ging ich nur pflichtgemäß nach, obwohl mich der Kranke zu andern Zeiten vermutlich auch menschlich interessiert haben würde. Er war sehr alt und besaß ein feingeschnittenes Gesicht, das jetzt gerötet und etwas voll aussah. Sein starkes weißes Haar stand in seltsamem Gegensatz zu den buschigen tiefschwarzen Brauen, deren Schwung mich irgendwie an March erinnerte. Obwohl ihren Zügen noch ganz die jugendliche Frische anhaftete, besaß sie manches vom willensstarken Ausdruck des Großvaters; in weit höherem Maße, als ich das bei den männlichen Familienmitgliedern hatte beobachten können.

Um sieben Uhr erschien Grondal, um mir heiser flüsternd

mitzuteilen – offenbar wollte er den Kranken nicht stören –, daß das Essen angerichtet sei. Ich folgte ihm zum Speisezimmer. Er trug eine verblichene und abgetragene Livree aus tiefviolettem Samt, die nach unten hin etwas überraschend in schwarze Sporthosen und lange, wollene Golfstrümpfe überging. Diesmal führte er mich nicht durch die ganze Flucht unwohnlicher Räume, sondern wir gelangten durch den bereits erwähnten engen Gang zu unserem Ziel.

March war bereits anwesend. Sie stand am oberen Ende des Tisches in einer Haltung, die das Recht auf diesen Platz auszudrücken schien. Sie war sehr geschmackvoll in ein Kleid von rotem Samt gekleidet. Ein silbernes Band hielt ihr dunkles, gelocktes Haar von der Stirn zurück. Eigentlich kam mir ihr Aussehen für ein schlichtes Familien-Abendessen etwas prunkvoll vor, doch ich sollte noch erfahren, daß die Federies auch die einfachsten Handlungen stets mit einer gewissen Würde umgaben. Am andern Ende der Tafel gewahrte ich eine große, vollschlanke Dame, die, wie ich erfuhr, die Gattin Adolph Federies war, obwohl March sie kurzerhand Isobel nannte und im übrigen auf keinem sehr freundschaftlichen Fuß mit ihr zu stehen schien. Isobel Federie konnte für hübsch gelten, wenn auch ihr Haar ein wenig allzu auffallend gefärbt und unnatürlich rot war. Auch ihre braunen Augen, die so aussahen, als hätten sie gar keine Pupille, wurden offenbar sehr kunstvoll behandelt. Die an sich ziemlich scharfen Gesichtszüge waren durch Schönheitsmittel wesentlich gemildert worden. Sie trug ein prachtvolles gelbes Seidenkleid und einen riesigen Smaragd, der an einem dünnen Kettchen baumelte. Ihre Sprechweise klang sehr gewählt und leise. Zu mir sprach sie später während der Mahlzeit kein Wort.

Eustace hatte neben March Aufstellung genommen und redete auf sie ein, ohne daß sie ihm sonderlich aufmerksam zuzuhören schien. Auch Deke Lonergan und Onkel Adolph waren anwesend. Die Herren trugen sehr korrekt ihren Smoking. Dann erschien noch ein weiterer, mir bisher unbekannter Hausbewohner, der mir als Mr. Elihu Dimuck vorgestellt wurde.

Der ziemlich kleine Mann mochte ungefähr fünfzig Jahre alt sein. Er hatte ein rundliches, glänzendes Gesicht und eine Glatze. Hinter der goldgefaßten Brille blickten ein Paar wohlwollende Augen hervor.

»Also dies ist die Schwester«, sagte er mit hoher Stimme, während er sich vergnügt die Hände rieb. »Nun, vielleicht tritt jetzt bald eine Wendung zum Besseren im Befinden Ihres Großvaters ein, Miss March. Hoffen wir es. Ich bin bereits allzulange hier.«

»Auch ich hoffe es«, gab March ziemlich gleichgültig zur Antwort und blickte sich dann etwas nervös um. »Ich möchte bloß wissen, warum Miss Frisling es überhaupt nicht fertigbringt, pünktlich zu Tisch zu erscheinen. Haben Sie eigentlich geläutet, Grondal?«

»Jawohl, Madam«, versicherte der Diener nachdrücklich. Ich merkte in der Folgezeit sehr bald, daß March immer »Madam« für ihn war, wenn er die alte Livree trug.

March runzelte die Stirn, und Eustace wartete gelassen, wobei er allerdings mit wenig vetterhaftem Ausdruck ihre bloßen Arme betrachtete.

Gerade schickte man sich an, ohne die Vermißte Platz zu nehmen, als eine blaßblau gekleidete Dame hereingeeilt kam, kaum merkbar unter Marchs kalt tadelndem Blick stutzte und dann zu einem leeren Stuhl mir gegenüber schritt. Die blauen Perlen, mit denen ihr Kleid besetzt war, klirrten. Sie gehörte zu jener Art von Menschen, die mir vom ersten Augenblick an unangenehm sind. Sie war dicker, als es bei einer Frau ihrer Größe hätte der Fall sein sollen, und zu ihrem blassen Gesicht paßten die farblosen Haare ebensowenig wie die hellen Augen. Obendrein besaß sie ein fahrig unruhiges Wesen, das mich nervös machte.

Es war mir nicht gerade angenehm, daß ich neben Onkel Adolph zu sitzen kam. Immer wieder fühlte ich, daß er mich ansah. Anfangs hielt ich das für Gefallsucht, denn niemand ist gefallsüchtiger als ein alternder Lebemann. Vielleicht dachte er, daß eine alte Jungfer, mit einer solchen Nase, wie ich sie nun einmal besitze, einigermaßen dankbar für seine Schmeicheleien sein würde. Nicht, als ob ich selbst etwas gegen meine Nase hätte. Sie ist groß und schmal, und wenn sie auch nicht gerade hübsch ist, so hat sie doch entschieden Charakter.

Er und Isobel hätten ihrem Verhalten nach einander vollkommen fremd sein können, wenngleich ich auch einmal einen ihm geltenden, verträumten Blick auffing, der etwas wie Verachtung und Spott ausdrückte, ganz gewiß aber keine Zuneigung.

Es war eine sehr schweigsame und alles andere als angenehme Mahlzeit. Grondal bediente und sah dabei doch wie ein Straßenräuber aus.

Ganz unvermittelt ertönte irgendwo draußen ein tiefes, langgezogenes Heulen. Es klang so gespenstisch, daß mir ein Schauder über den Rücken lief und alle Anwesenden ruckartig die Köpfe hoben. Selbst Eustace schien vorübergehend aus der Fassung zu geraten, beruhigte sich aber schnell wieder, ja, er lächelte sogar.

»Das ist Konrad«, meinte er. »Es muß jemand auf der Landstraße vorbeigekommen sein. Treuer Kerl, der Konrad. Mehr wert, als alle Sicherheitsbehörden zusammengenommen. Er fahndet, urteilt und richtet binnen weniger Sekunden.«

Vielleicht wäre mir nichts weiter aufgefallen, hätte ich nicht zufällig March angesehen. Sie war totenbleich geworden. Ihre schlanken Finger umspannten die Gabel, und die Knöchel traten weiß unter der Haut hervor. Dann faßte sie sich und erwiderte sogar Eustaces Lächeln. »Ja, wir sind gut bewacht«, sagte sie leichthin, aber ihre Augen behielten den beunruhigten Ausdruck bei, und gleich darauf, als Onkel Adolph von den Taten eines Polizeihundes zu erzählen begann, hörte sie so uninteressiert frostig zu, daß Adolph Federie sich sichtlich darüber ärgerte. Es war nicht schwer, zu erkennen, daß zwischen diesen beiden Familienmitgliedern keine herzlichen verwandtschaftlichen Beziehungen bestanden.

Die Unterhaltung schlief wieder ein, während mehrere ziemlich dürftige Gänge mit großer Feierlichkeit aufgetragen wurden. Einmal mußte Mittie Frisling niesen, und March bat den Diener, ein neues Scheit Holz auf das offene Feuer zu legen. Dann strich plötzlich etwas Weiches an meinem Bein entlang. Es war Genoveva, die einen Hühnerknochen davonschleppte. Ich vermutete, daß sie ihn von der Frisling heimlich zugesteckt bekommen hatte.

Gegen Ende der Tafel gab es noch einen kleinen, an sich belanglosen Zwischenfall. Ich beschäftigte mich gerade mit einem nicht sonderlich schmackhaften Nachtisch, als ich mit dem Gefühl, beobachtet zu werden, den Kopf hob und zur Tür blickte, die zur Anrichte führte. Die kleine Klappe, die sich darin befand, war zur Seite geschoben worden, und deutlich bemerkte ich zwei hellbraune, auf mich gerichtete Augen. Auch glaubte ich eine breite Nase, einen baumelnden goldenen Ohrring und eine Strähne glattes schwarzes Haar zu erkennen. Im selben Augenblick aber schloß sich die Klappe wieder.

»Entschuldigen Sie, Miss«, flüsterte Grondal mir ins Ohr. »Es ist die Köchin Kema.«

Eustace, dessen unruhigen dunklen Augen nichts entging, lachte spöttisch.

»Alternde Dienstboten zeigen zuweilen ein Interesse für häusliche Angelegenheiten, das geradezu lästig werden kann.«

»Wir wollen den Kaffee im Bibliothekszimmer nehmen,

Grondal«, sagte March. Sie war bereits aufgestanden, ehe Eustace das Zeichen zum Aufheben der Tafel geben konnte.

Da ich kein Verlangen nach einer Tasse Kaffee trug und noch weniger nach einer weiteren halben Stunde des Beisammenseins mit diesen Leuten, ergriff ich einen Leuchter und begab mich auf mein Zimmer. Ich nahm mein Strickzeug und kehrte durch die Flucht der verdunkelten Wohnzimmer ans Bett des Kranken zurück. Ich sah mich allerdings außerstande, etwas für ihn zu tun. So setzte ich mich denn zum Kaminfeuer und ließ den Blick durch den großen Raum schweifen. Sonderbar mutete mich die enge Wendeltreppe in der einen Ecke an. Vermutlich entsprach der dreieckige Einschnitt der Form des nordwestlichen Eckturmes, der, wie ich mich entsann, keine Fenster enthielt. Einer plötzlichen Eingebung folgend, stieg ich ein paar Stufen weit hinauf, reckte den Hals und suchte zu erkennen, wohin die Treppe führte. Allem Anschein nach diente sie nur als Zugang zum oberen Stockwerk des langgestreckten Hauses.

Da ich keine Lust verspürte, mich weiter vorzuwagen, nahm ich abermals am Kamin Platz und begann eifrig zu stricken, wobei ich nur hin und wieder einen Blick auf die schöne silberne Standuhr warf, die sich auf dem Kaminsims befand. Außer ihr gewahrte ich dort noch eine Meißner Porzellanvase, in der verstaubte Zigarren steckten, einen Briefbeschwerer aus buntem Glas, eine Anzahl leere Steingutschalen und einen grünen Elefanten, der nicht viel größer war als meine Hand. Er mußte wohl aus Jade sein. In seiner Art war es ein wundervolles Stück. Der schlanke Rüssel, die fächerförmigen Ohren und die kleinen, düster blickenden Augen waren meisterhaft herausgearbeitet. Die kleinen Stoßzähne schienen aus Elfenbein geschnitten zu sein. Im Grunde genommen war dies kleine Kunstwerk der einzige Gegenstand im ganzen Zimmer, an dem man Gefallen finden konnte.

Gegen neun Uhr zog Elihu Dimuck den Vorhang beiseite, blickte behutsam umher und näherte sich mir auf Fußspitzen.

»Wie geht es Mr. Federie?« flüsterte er.

»Sein Zustand scheint sich nicht verändert zu haben«, gab ich zur Antwort, ohne dabei besonders leise zu sprechen.

Dies schien ihn unangenehm zu berühren, denn hastig legte er einen Finger seiner kleinen, weißlichen Hand auf die Lippen.

»Nicht so laut, Schwester.«

Ich hob den Blick.

»Mr. Federie ist vollkommen bewußtlos. Er kann weder hören noch sehen.«

Elihu Dimuck seufzte. »Ich hatte gehofft, ihn auf dem Wege der Besserung zu finden. Ich bin ein vielbeschäftigter Mann, aber Mr. Federie ist ein alter Klient von mir, dem gegenüber ich mich verpflichtet fühle. Verpflichtet, das ist das richtige Wort.« Der Schein des Kaminfeuers leuchtete auf seine Glatze und warf seltsame Schatten der in einem altmodischen Gehrock steckenden Gestalt gegen die Wände.

»So«, meinte ich.

Der Besucher schwieg für eine kurze Weile, worauf er sich abermals seufzend abwandte.

»Nun, ich hoffe, daß es morgen früh einen erfreulicheren Bescheid geben wird. Übrigens möchte ich Sie bitten, Schwester, mich sofort zu benachrichtigen, wenn er sprechen kann. Gerade aus diesem Grunde bin ich hier, denn er hatte mich gebeten, einer geschäftlichen Besprechung wegen zu ihm zu kommen. Offenbar schrieb er mir unmittelbar vor dem Tage, an dem er den Schlaganfall erlitt.«

»Gewiß, Mr. Dimuck; das heißt, sofern seine Angehörigen damit einverstanden sind. Möglicherweise reichen seine Kräfte so bald noch nicht aus, sich mit solchen Dingen zu befassen.«

Elihu Dimuck legte den Kopf auf die Seite und schien nachzudenken.

»Natürlich. Wir werden sehen. Lange kann ich meine Abreise nicht mehr hinausschieben, obwohl ich aus der Art seines Briefes entnahm, daß es sich um eine dringliche Angelegenheit handelt. Also gute Nacht, Schwester.«

Als er das Zimmer verlassen wollte, kam Genoveva hereinspaziert; ihre Augen funkelten unheimlich. Mr. Dimuck schien über die unerwartete Begegnung zu erschrecken. Er murmelte etwas und verschwand auffallend hastig.

Die Katze setzte sich zu mir und starrte interessiert meine Stricknadeln an. Kein Laut drang vom anderen Flügel des Gebäudes herüber, und ich muß sagen, daß ich mir recht einsam vorkam.

Gegen elf Uhr machte ich mich für die eigentliche Nachtwache fertig. Ich drehte die Sessellehne zur Treppe, so daß das Licht der Stehlampe mir nicht in die Augen fallen konnte, suchte mir eine Fußbank und breitete eine der staubigen Decken über meine Knie, denn das Feuer würde vermutlich bald erlöschen. Draußen schien das Unwetter noch zuzunehmen. Die Fensterläden klapperten unter den Windstößen, und ich meinte das Ächzen der sich im Sturme biegenden Parkbäume zu hören. Als ich nachsah, ob sich etwas an den Läden gelockert hatte, bemerkte ich, daß sie aus sehr kräftigem Holz waren und sogar gestatteten, das Fenster ein wenig zu öffnen. Es war eine wilde Nacht, wenig dazu angetan, an der Seite eines schwerkranken alten Mannes auszuhalten, noch dazu in solch niederdrückender Umgebung. Eine lastende Stille umgab mich, die nur von dem Stöhnen des Windes im Kamin, vom Klappern der Läden und vom Knarren der Bäume unterbrochen wurde. Und diese Geräusche waren wirklich alles andere als behaglich.

Gerade hatte ich die Lampe ein wenig niedriger geschraubt, als March Federie eintrat. Sekundenlang stand sie vor dem

Hintergrund des grünen Vorhangs, während sie den Blick durch das halb verdunkelte Zimmer gleiten ließ. Dann kam sie auf mich zu.

March sah sehr müde aus. Seufzend ließ sie sich nieder. »Geht es Großvater noch gar nicht besser?« Und als ich durch eine Kopfbewegung verneinte, sah sie lange das gerötete Gesicht an, das nur undeutlich erkennbar blieb. »Weshalb verzieht er den Mund so sonderbar?« fragte sie flüsternd. Grauen klang aus ihrer Stimme »Leidet er Schmerzen?«

»Nein, gewiß nicht. Diese Haltung ist typisch für solche Kranke.«

»Hört er uns nicht sprechen?«

»Er ist bewußtlos.«

»Miss Keate, bitte lassen Sie mich sofort rufen, wenn er wieder zu sich kommt. Ich glaube, daß er selbst großen Wert darauf legen wird, mit mir zu sprechen.«

»Gerne.« Ich gab die Zusicherung um so williger, als auch ich annahm, der Kranke werde noch am liebsten seine Enkelin um sich haben.

Meine bereitwillige Zustimmung schien einen günstigen Eindruck auf sie gemacht zu haben, denn in fast vertraulichem Ton fuhr sie fort: »Wissen Sie, er muß schon gemerkt haben, daß es schlecht um seine Gesundheit stand; er ersuchte mich nämlich, nach Hause zurückzukehren – ich war auf einer Besuchsreise ... Vor ungefähr vier Tagen traf ich ein, aber ... da hatte er bereits den Anfall erlitten. Onkel Adolph war anwesend, desgleichen Isobel, und Mr. Dimuck kam an dem Tage der Erkrankung an. Wir benachrichtigten sofort Eustace.« Sie schwieg und starrte, wie in Gedanken verloren, in die sinkende Glut des Kaminfeuers.

»Wer ist eigentlich Mr. Dimuck?« fragte ich.

»Ein alter Freund von Großvater.«

Genoveva erhob sich und ging zu dem Mädchen hinüber, an dessen Beinen sie sich schmeichlerisch zu reiben begann.

»Geh weg.« Sie schob das Tier fort, aber das ließ sich so leicht nicht abweisen, so daß March ihm schließlich gestattete, sich gegen ihren weichen Pantoffel zu schmiegen.

»Ich mag die Katzen nicht«, sagte sie und sah mich dabei aus ihren blauen Augen an. »Genoveva gehört der Köchin ebensogut wie jedem andern. Obwohl sie fast übermäßig mit Leber und Milch gefüttert wird, bleibt sie immer mager. Fell und Knochen. Kema ist unsere Köchin«, setzte sie erläuternd hinzu. »Während des Abendessens hat sie Sie kaum aus den Augen gelassen.«

»Allerdings. Ich scheine ihr nicht sehr sympathisch zu sein.«

»Weil sie alle Fremden ungern im Hause sieht«, sagte March, als wolle sie die Köchin damit entschuldigen. »Wenn man sie genauer kennt, kommt man aber recht gut mit ihr aus. Übrigens ist sie hier schon, solange ich zu denken vermag. Als Eustace und ich noch Kinder waren, da drohte sie immer, uns die Ohren abzuschneiden, wenn wir nicht die Finger von den Kochtöpfen ließen. Ja, wir waren wohl recht lästige Rangen.«

»Eustace ist Ihr Vetter?«

Das bisher lächelnde Gesicht des Mädchens verfinsterte sich sofort.

»Ja. Als kleines Kind verlor er seine Eltern, und seither gehört er zu unserem Haushalt. Mir geht es ja ähnlich, denn auch für mich sorgt mein Großvater. Der gute Großvater; er war ein so willensstarker Mann.« Liebevoll suchte ihr Auge das Gesicht des Kranken.

»Und Mittie Frisling?« Meine Frage mochte etwas zudringlich sein.

Mit einem Ruck erhob sich March. Ihr Blick wurde kalt und abweisend, wie ich ihn von der gemeinsamen Mahlzeit her in Erinnerung hatte.

»Mittie Frisling . . .? Von der weiß ich gar nichts.«

Abermals bewegte sich der Türvorhang, und Eustace

schritt über die Schwelle, nachdem er sich noch einmal hastig umgesehen hatte. Mir kam es so vor, als stutze er beim Anblick seiner Kusine, doch das konnte auch auf Augentäuschung beruhen.

»Ich dachte, du seist schon längst zu Bett gegangen, March.«

Sehr kalt wurde der Ausdruck ihrer blauen Augen.

»Ich wollte mich gerade zurückziehen. Haben Sie noch irgendwelche Wünsche, Miss Keate?«

»Wenn ich etwas kochendes Wasser bekommen könnte. Und einen Spiritusbrenner. Möglicherweise muß ich dem Patienten eine Spritze geben, und dazu sind die Instrumente vorher zu sterilisieren.«

Ernst sah sie mich an.

»Einen Spiritusbrenner gibt es hier im Hause leider nicht, aber ich werde dafür sorgen, daß das Herdfeuer in der Küche nicht ausgeht. Kochendes Wasser lasse ich Ihnen gleich bringen.«

Eustace zog den Vorhang für sie beiseite und trat dann zu mir.

»Was halten Sie von Großvaters Zustand, Schwester?« Ich liebe diese Anrede nicht, und so antwortete ich frostig, daß ich das nicht zu sagen vermöchte.

Er zog die Brauen empor. Sie waren so schwarz wie bei dem jungen Mädchen, das uns soeben verlassen hatte; doch in seinen fahrigen Gesten glich er ihr gar nicht.

»Hm . . . Glauben Sie, daß er bald wieder sprechen kann.«

»Vielleicht.«

Es folgte eine kurze Pause, während der er mich aufmerksam anblickte. Offensichtlich war es ihm sehr darum zu tun, meine Meinung in Erfahrung zu bringen.

»Wird er imstande sein, sich in zusammenhängenden Worten auszudrücken . . .? Ich meine, ob er ein längeres Gespräch führen kann.«

»Kaum.« Es war mir zuwider, in solcher Weise ausgehorcht zu werden, doch ich zwang mich daran zu denken, daß ich den Enkel des Kranken vor mir hatte.

»Vermutlich wird er nur wenige Worte sagen können.«

Er überlegte einige Sekunden lang, ohne den forschenden Blick von mir zu wenden.

»Glauben Sie, daß er sterben wird?« fragte er dann mit sachlicher Betonung.

»Das zu beurteilen entzieht sich meiner Kenntnis.«

»Hm ... Bitte sorgen Sie dafür, daß ich benachrichtigt werde, sowie er zu sprechen versucht, Schwester. Und zwar sofort.« Es klang wie ein Befehl, den man einem Dienstboten erteilt. »Mein Zimmer liegt unmittelbar über diesem.« Mit einem Kopfnicken deutete er zur Turmtreppe. »Sofort. Haben Sie mich verstanden?«

»Ich werde so handeln, wie ich es für richtig halte«, gab ich betont zur Antwort.

Ich sah, wie er zornig die Augen zusammenkniff, doch gerade, als er auf mich zutreten wollte, erschien March mit einer Kanne dampfendem Wasser. Sie warf uns einen befremdeten Blick zu, wandte sich dann aber wieder ab und wollte gehen.

»Hoffentlich haben Sie eine gute Nacht, Miss Keate«, sagte sie höflich, setzte dann aber beinahe schroff hinzu: »Komm mit, Eustace.«

Unschlüssig stand er da, zuckte die Achseln, folgte aber schließlich der Aufforderung seiner Verwandten, als habe sie zu befehlen.

Während ich die kleine Spritze sterilisierte, kamen mir allerlei Gedanken. Vor allem gewann ich den Eindruck, daß die Familienmitglieder sich mehr für das wiederkehrende Sprechvermögen als für die Gesundung des Kranken interessierten. Bald wurde ich durch das Erscheinen eines weiteren Besuchers aufs neue überrascht. Diesmal war es der junge

Lonergan. Er schob zunächst nur seinen Kopf durch die Falten des Vorhanges, doch als er mich bemerkte, trat er hastig näher.

»Ah, Miss Leete ... Neat ... oder wie immer der Name ist; ich habe mit ihm zu sprechen.« Er machte mit dem Kopf eine Bewegung zum Bett hinüber. »Ich muß! Sobald er seiner Sprache wieder mächtig ist. Sehr wichtige Sache. Wollen Sie mich bitte augenblicklich holen lassen, wenn es soweit ist? Ich bewohne mit Eustace zusammen das hierüber befindliche Zimmer. Tagsüber halte ich mich zum mindesten in der Nähe auf. Versprechen Sie's mir?« Seine Stimme klang so drängend, daß ich darüber seine Unhöflichkeit vergaß.

»Es handelt sich um eine über Tod und Leben entscheidende Angelegenheit«, fuhr er fort, als er mein Zögern bemerkte. »Wie lange noch wird er in diesem Zustand verbleiben?«

»Das läßt sich nicht vorhersagen.« Eigentlich tat mir der Junge ein wenig leid.

Sekundenlang starrte er mich mit weit aufgerissenen, dunklen Augen an. Sein blasses Gesicht drückte tiefe Erregung aus. Die zerzausten Haare erweckten den Eindruck, als habe er in heller Verzweiflung mit den Fingern darin herumgewühlt.

»Wenn ich doch nicht ein so hoffnungsloser Trottel wäre!« stieß er plötzlich mit bebender Stimme hervor.

Ich besaß zu viel Menschenkenntnis, um nicht zu wissen, daß er es mir nie verzeihen würde, Zeuge seines unbeherrschten Verhaltens gewesen zu sein. Deshalb wandte ich mich schnell ab. Sofort aber hatte er sich wieder in der Gewalt.

»Ich danke Ihnen, Schwester. Noch dankbarer werde ich Ihnen sein, wenn Sie mich augenblicks benachrichtigen lassen, sowie er spricht.« An der Tür angekommen, verneigte er sich mit ausgesuchter Höflichkeit, ehe er verschwand. Immerhin konnte ich noch beobachten, daß er die Zähne zusammenbiß und daß seine Augen düster blickten. Er war auf sich selbst wütend.

Ich kontrollierte nochmals den Puls meines Patienten und

machte es mir dann in meinem Sessel bequem. Obwohl ich mich sofort zu entspannen vermochte, wie das bei einer geübten Schwester selbstverständlich ist, dauerte es doch eine ganze Weile, bevor ich einschlief. Immer wieder zuckte ich zusammen, wenn ein Fensterladen knarrte oder ein Stück verkohltes Holz durch den Rost fiel, und sah mich ängstlich in dem alten Zimmer um.

Allerlei Gedanken gingen mir durch den Kopf, wie sie einem so leicht zwischen Wachen und Träumen kommen. Marchs hübsches, energisches Gesicht, Eustaces Lachen und Onkel Adolphs feuchtkühle Hände, das alles geriet in verworrenen Vorstellungen durcheinander. Unruhig drehte ich mich hin und her. Bald starrte ich die dunklen Fensterläden an, bald das Gesicht meines regungslos daliegenden Patienten. Einmal streifte mein Blick den altmodischen Glockenzug, der neben der Tür hing, und dabei erwog ich, wie lange es wohl dauern würde, ehe ich Grondal für den Fall herbeirufen konnte, daß der Zustand des alten Federie eine plötzliche Wendung zum Schlimmeren nehmen sollte.

Ich war dann wohl schon eingeschlafen, als mich ein Geräusch jählings emporschreckte, so daß ich erregt umhersah. Ich bildete mir fest ein, daß ich irgendwie beobachtet wurde. Die Empfindung war so stark, daß ich sogar zur Turmtreppe eilte und in das Düster der Windungen hinaufblickte. Aber ich konnte nichts Auffälliges entdecken.

Erst jetzt bemerkte ich, daß Genoveva ihren Platz auf dem Kaminsims wieder eingenommen hatte. Vermutlich hatte die Katze das Geräusch verursacht, vielleicht hatte sie irgendeinen Gegenstand umgeworfen. Wenn mich diese Erklärung auch nicht vollkommen überzeugte, so beruhigte sie mich doch so weit, daß ich die Decke um meine Schultern zog und wieder zu schlafen versuchte. Die Katze starrte indessen unverwandt zur Treppe hinüber. Hin und wieder zuckte sie nervös mit dem Schwanz.

Doch obwohl ich mich umdrehte und meinerseits hinsah, bemerkte ich nichts Außergewöhnliches, so daß ich mich entschlossen zurechtsetzte und die Augen zumachte. Meiner Schätzung nach mochte es ein Uhr geworden sein, und der Sturm tobte noch ärger als zuvor.

Ich träumte dann, daß ich ein sommerliches Unwetter erlebte. Blitz und Donnerschlag rissen mich aus meinem Schlaf, und während ich erwachte, fiel mein Blick auf den Samtvorhang bei der Tür. Er mußte eben bewegt worden sein, denn noch zitterten die Falten des schweren Stoffes.

Da wurde ich wach, meine ungewisse Erregung schwand. Ich wußte wieder, wo ich war, und es wurde mir klar, daß mich irgendein plötzlicher Lärm in meiner nächsten Umgebung geweckt hatte. Donnerschlag konnte es schon deswegen nicht gewesen sein, weil es im Februar keine Gewitter gibt. Woher aber konnte der Lärm gekommen sein?

Ein schwacher Geruch drang mir in die Nase. War es Pulverqualm?

Ich sprang auf. Mein Blick fiel auf Genoveva.

Die Katze stand am Fußende der Treppe und starrte wie gebannt in die Dunkelheit hinauf. Die Ohren hatte das Tier zurückgelegt, seine Augen glühten, und der Schwanz peitschte wütend die Flanken.

Irgendwie erreichte ich den Tisch, ergriff die Lampe, deren Docht ich so hastig hochschraubte, daß schwarzer Rauch durch den Zylinder quoll, hielt sie hoch empor und schritt auf den Eckturm zu.

Etwas Dunkles lag auf den ersten Stufen. Es war ein Mann, dessen Gesicht abwärts gewendet war.

Die Lampe flackerte und qualmte.

Dann zwang ich mich dazu, näher an den Daliegenden heranzutreten, den ich so weit umdrehte, daß ich seine Züge erkennen konnte. Es war Adolph Federie.

Er war durchs Herz geschossen worden.

Wie lange ich schreckgelähmt dort stand, weiß ich heute noch nicht. Mit einemmal kreischte die Katze gellend auf und verschwand in einer dunklen Ecke des Zimmers. Der scheußliche Laut riß mich aus meiner Betäubung. Gleichzeitig jedoch zuckte die Lampe nochmals wild auf und erlosch dann. Undurchdringliche Finsternis umgab mich. Zu meinen Füßen lag der Mann, der vor wenigen Augenblicken einen gewaltsamen Tod erlitten hatte. Kann man es mir verübeln, daß ich wie irrsinnig zu schreien begann, obwohl mir die Kehle wie zugeschnürt vorkam?

Meine Knie zitterten. Mir schwindelte, so daß ich nahe daran war, über dem Toten zusammenzubrechen.

Es mußte etwas geschehen ... ich mußte jemanden herbeirufen ... das Haus alarmieren. Die Klingelschnur fiel mir ein, die ich neben der Zimmertür bemerkt hatte. Qualvolle Sekunden vergingen, bis ich sie erreichte. Meine Augen hatten sich langsam an die Dunkelheit gewöhnt, die im Krankenzimmer nicht vollständig war, weil sich im Kamin immer noch glimmende Holzreste befanden. Immerhin mußte ich mich behutsam zwischen den verschiedenen Möbeln hindurchtasten. Dabei war mir, als griffen von allen Seiten gespenstische Hände nach mir. Endlich erreichte ich den Bettpfosten, und bald darauf stieß meine Hand gegen die weichen Vorhangfalten. Wild begann ich an dem Klingelzug zu reißen.

Im gleichen Augenblick vernahm ich droben im Obergeschoß das Geräusch eilender Füße. Eine Männerstimme rief durch den Turm zu mir herunter.

»Was gibt's, Schwester? Warum schreien Sie? Was ist denn los?«

Die Stimme verstummte plötzlich, als der Sprecher anscheinend die Wendeltreppe herunterkam. Ich hörte, wie er stutzte, und dann ertönte ein heiseres Flüstern.

»Was ist denn das?«

Nun wurde es auch draußen im Korridor lebendig. Kerzenlicht schimmerte. Hastige Schritte näherten sich, und gleich darauf stürmte March ins Zimmer, der Eustace direkt folgte.

Ich entsinne mich, daß Eustace eine Lampe entzündete und daß der Einsatz seines Smokinghemdes weiß zwischen den Falten des Schlafrockes hervorschimmerte. Auch Deke Lonergan war da. Er hatte einen Schlafanzug an, beugte sich über das schattenhaft sichtbare Geländer der Wendeltreppe und wiederholte nur immer mit schreiender, seltsam heiserer Stimme: »Sieh her, Eustace . . .! Sieh her . . .! Sie doch her . . .!« Auch weiß ich noch, daß ich die eine Hand in Marchs seidenen Kimono krallte, um sie davon zurückzuhalten, zum Turm vorzudringen. Sie aber machte sich los und folgte Eustace, nachdem sie die Lampe an sich genommen hatte. Ich riß mich gewaltsam zusammen und ging den beiden nach. Unmittelbar vor der Treppe stolperte ich über etwas. Es war der grüne Elefant. Fast gedankenlos hob ich ihn auf und stellte ihn wieder auf seinen Platz auf dem Kaminsims.

Dann eilte Elihu Dimuck an mir vorüber, der einen grellgelben Bademantel trug und wie angewurzelt stehenblieb, als er die Gruppe sah, die bei der Treppe stand. Der Tote lag noch immer so da, wie ich ihn verlassen hatte. Eustace kniete neben ihm, ohne ihn jedoch zu berühren. Deke lehnte sich über das Geländer, und March, die sich an ihres Vetters Seite befand, hielt die Lampe empor, deren Schein auf das fiel, was noch vor kurzem Adolph Federie gewesen war. Alle erweckten den Eindruck, als liege ein böser Zauber auf ihnen, der sie in den eingenommenen Stellungen erstarren ließ.

»Was ist los?« stotterte Dimuck mit unnatürlich hoher Stimme. »Was ist geschehen? Wer hat ihn erschossen?« Als habe er auf ein Stichwort gewartet, riß jetzt Grondal den Vorhang beiseite und stürmte ins Zimmer. Er war barfuß und hatte über sein Nachthemd in aller Hast die Hosen gezogen, deren Träger über seinen Schultern mehrfach verdreht waren.

Sein entsetzter Ausruf weckte Eustace aus der Erstarrung. Er erhob sich langsam, und die Blicke der beiden Männer kreuzten sich, als er ganz nüchtern sagte: »Es ist . . . Adolph. Man hat ihn erschossen.«

Nur dunkel erinnere ich mich an die Einzelheiten dieses nächtlichen Auflaufes, bei dem alles durcheinandersprach und jedermann vor allem das Bestreben hatte, mehr Licht zu bringen, so daß es schließlich ganz hell im Zimmer wurde. Immer wieder mußte ich den andern versichern, daß ich nichts gehört und nichts gesehen hatte, bis mich ein Geräusch weckte, das wohl der Schuß gewesen war, durch den Adolph Federie den Tod fand. March gab sich sichtlich Mühe, die Nerven zu bewahren. Die Spitze eines ihrer Pantoffel berührte fast den Toten, über dem sie die Lampe hielt. Schließlich sah Eustace, der wieder neben dem Daliegenden kniete, zu mir auf.

»Was meinen Sie, Schwester . . . Sollen wir einen Arzt rufen?«

»Vielleicht ist es ratsam, obwohl er bestimmt zu spät kommt«, erwiderte ich. »Vermutlich war er sofort tot. Mir scheint . . . daß es besser wäre, die Polizei zu benachrichtigen. Und zwar sofort.«

»Die Polizei?« stieß March betroffen hervor, aber Deke Lonergan sagte ganz gelassen: »Wir haben keinen Revolver gefunden, und somit können wir nicht gut auf Selbstmord schließen.«

»Sie wollen doch nicht etwa behaupten, daß ein Mord vorliegt?« schrie Elihu Dimuck ganz entgeistert.

Einen Augenblick herrschte Stille, während uns der Widerhall des verhängnisvollen Wortes im Ohr klang. Mir war, als werde es hundertfach von den düsteren Zimmerecken und Wänden zurückgeworfen, auf denen jetzt das Licht zahlreicher Kerzen flackerte. Und auch draußen im schaurigen Toben und Stürmen klang es wie geheimnisvolles Flüstern: »Mord . . .! Mord . . .! Mord . . .!«

Starr sahen wir einander an. Eustace faßte sich zuerst. Er stand auf, und mir war, als zuckte er leicht mit den Achseln.

»Es sieht ganz so aus«, sagte er ruhig. Seine ganze Haltung hatte etwas Schicksalergebenes, als wollte er sagen: Mag es denn so sein und der Teufel sein Spiel gewinnen.

Wieder senkte sich Schweigen auf die Versammlung.

»Es wird wohl besser sein, wenn wir ihn auf ein Bett legen«, meinte Elihu Dimuck plötzlich. »Man kann ihn doch nicht einfach dort auf der Treppe liegenlassen.« Seine spröde Stimme zitterte ein wenig, während er erregt und ängstlich um sich blickte.

»Na schön«, stimmte Eustace zu. »Kannst du ihn unter die Arme fassen, Deke? Ich schlage vor, ihn auf mein Bett zu legen.«

Da legte ich mich energisch ins Mittel. »Nein, nein, er muß unbedingt so liegenbleiben. Der Polizei werden dadurch die Untersuchungen erleichtert.«

Wohl warf mir Eustace einen eigenartigen Blick zu; er schien einen Augenblick zu überlegen und sagte dann: »Miss Keate hat recht. Man darf ihn nicht anfassen. Es bleibt uns nichts anderes übrig, als die Polizei zu benachrichtigen.«

Ich verließ die Gruppe und schritt eilends zum Bett hinüber, aber der alte Mr. Federie hatte seine Lage während der schrecklichen Vorgänge, die sich fast neben ihm abgespielt hatten, nicht verändert. Nachdem ich mich vom gleichbleibenden Zustand des Kranken überzeugt hatte, kehrte ich zu den übrigen zurück. Sie umstanden jetzt den Kamin und erörterten aufgeregt den Fall. Gerade sagte Dimuck: ». . . wenn wir den Revolver fänden. Es könnte ja doch sein, daß er sich selbst das Leben nahm. Furchtbar ist es. Einfach furchtbar! Das ist noch keinem meiner Klienten zugestoßen. Niemals!«

Vermutlich würde er seine Klagen fortgesetzt haben, wenn ich ihn nicht unterbrochen hätte. Während er sprach, wandte er sich an mich, wobei er sich fester in seinen seltsamen Bademantel hüllte.

»Unsinn! Der Mann dort hat nicht selbst Hand an sich gelegt. Es handelt sich um einen Mord. Irgend jemand hat ihn hier im Hause niedergeschossen. – Benachrichtigen Sie die Polizei, Grondal«, befahl Eustace in gereiztem Ton.

Der Diener widersprach: »Mr. Eustace, ich rate Ihnen, damit noch zu warten. Wenigstens bis morgen.« Es klang wie eine Warnung.

»Miss Keate sagt uns, daß wir es unzweifelhaft mit einem Mord zu tun haben«, entschied Eustace frostig. »Und wenn ihn jemand erschossen hat, dann brauchen wir die Hilfe der Polizei. Beeilen Sie sich!«

Zufällig beobachtete ich March während dieser Szene. Sie stand etwas abseits von den andern und zuckte sichtlich zusammen, als ihr Vetter die erwähnten Worte sprach. Ihr bleiches, erschrockenes Gesicht glich einer starren Maske. Eine Hand hielt sie sich vor den Mund, als wollte sie gewaltsam einen Schrei unterdrücken. Dann aber schien sie sich zusammenzureißen und ... nun, es war beinahe beängstigend anzusehen, wie ihre zusammengekniffenen Augen im Zimmer umhersuchten.

»Isobel!« rief sie plötzlich. »Isobel weiß noch nichts! Ich werde sie benachrichtigen!« Ohne auf Antwort zu warten, eilte sie aus dem Zimmer. Und gerade in dieser Sekunde fiel mir das Bruchstück eines von mir belauschten Gesprächs ein, durch das die nächtlichen Ereignisse in ganz eigenartiges Licht gerückt wurden. Mir selbst weiß ich keine Rechenschaft davon zu geben, weshalb ich sofort beschloß, ihr Geheimnis für mich zu behalten. Vielleicht zwang mich der hilflose Ausdruck des jugendlichen Gesichts dazu.

»Grondal, telefonieren Sie sofort«, befahl Eustace scharf. Kaum hatte sich der Diener entfernt, als er ein neues Scheit Holz in den Kamin legte, einen Stuhl herbeizog und Platz nahm. Elihu Dimuck wiegte sich auf einer Lehne, und Deke Lonergan ließ sich in den Sessel gleiten, in dem ich während der Nachtwache gesessen hatte. Der Anblick seines dünnen Schlafanzugs ließ mich frösteln. Er selbst schien in tiefes Sinnen zu versinken. »Immerhin sollten wir es uns bequem machen, während wir auf die Polizei warten«, riet Eustace mit ruhiger Stimme. »Zigarette, Deke? Sie, Dimuck?« Er nahm sich selbst eine, steckte die Dose wieder zu sich und zündete die Zigarette an, wobei ich feststellte, daß seine Hand nicht im geringsten bebte. Abgesehen von dem übergeworfenen Schlafrock war seine Kleidung noch ganz die gleiche wie am vorhergehenden Abend. Ich fragte mich, warum er noch angezogen geblieben war, nachdem die andern Hausbewohner samt und sonders bereits das Bett aufgesucht hatten.

Es gab einiges Aufsehen, als eine umfangreiche, graugekleidete Gestalt aus einer der Zimmerecken hervorkam. Ich erschrak ein wenig, doch dann erkannte ich an dem schwarzen Haar und dem dunkelhäutigen Gesicht die alte Köchin Kema.

Sie ging mit schlürfenden Schritten zur Turmtreppe und blieb auf der untersten Stufe stehen. Wir sahen, wie sie sich niederbeugte und sich den Toten ansah. Nach kurzer Weile zog sie einen Teppich vom Geländer und breitete ihn in sachlicher Art, ohne sonderliche Gemütserregung zu zeigen, über Adolph Federies Leiche. Dann schritt sie geradewegs zum Kamin, wo sie sich auf dem Boden niederließ und mit unbewegtem Gesicht wie ein Bronzestandbild sitzen blieb.

»Die Polizei ist unterwegs«, meldete Grondal.

Eustace warf einen Blick auf die silberne Standuhr.

»In ungefähr einer Viertelstunde wird sie hier sein.«

Sein unsteter Blick flog von einem zum andern, ehe er mit gewollter Unverschämtheit hinzusetzte: »Hat jeder von uns sein Sprüchlein bereit?«

Niemand antwortete.

Diese gemeinsame Nachtwache war abscheulich. Durch

die Stäbe des Geländers, von denen Kema den Teppich fortgezogen hatte, sahen wir die dunklen Umrisse des auf der Treppe liegenden Toten. Unter der Decke ragte etwas Weißes hervor, das wie eine krampfhaft geballte Faust aussah.

Endlich wurde der Sturm draußen vom Heulen einer Sirene übertönt, dem wütendes Hundegebell antwortete. Der Puls meines Kranken schien sich etwas zu verlangsamen, weswegen ich die Köchin nochmals um heißes Wasser bat.

»In der Küche.« Sie sprang auf die Füße. »Kommen Sie mit!«

Gerade jetzt betrat Isobel Federie das Zimmer. Etliche Sekunden blieb sie auf der Schwelle stehen und sah uns der Reihe nach an. Der bunte geblümte Seidenkimono und ihr jetzt ungeschminktes hageres Gesicht verliehen ihr ein eigenartiges Aussehen.

»Ist er gestorben?« fragte sie, indem sie einen neugierigen Blick zum Bett hinüberwarf.

Eustace ging ihr einen Schritt entgegen.

»Hat dir March noch nicht gesagt, worum es sich handelt?«

Verständnislos sah sie zu ihm auf.

»March ...? Nein; wieso? Die habe ich seit gestern abend nicht mehr gesehen. Ich hörte einmal jemanden schreien, aber das ist schon wieder eine ganze Weile her. Ich wußte natürlich gleich, was es bedeutete, da ich aber doch nicht helfen konnte, blieb ich lieber droben.« Ihre Augen richteten sich wieder auf das Bett. »Starb er?«

»Isobel«, Eustace ergriff ihre Hände und hielt sie fest, »du begreifst offenbar nicht. Es ist allerdings jemand gestorben; nicht aber der Großvater.«

»Aber wir erwarten doch, daß er ...«

»Allerdings«, unterbrach Eustace, »Adolph wurde erschossen.«

Starr blickte sie den Sprecher an. Ihr Gesicht glich mit einemmal einer gelblichen Wachsmaske, die Augen lagen tief in ihren Höhlen. Dann aber entzog sie ihre großen Hände mit einem Ruck Eustaces Griff, wickelte sich fester in ihren Kimono und sah im Zimmer umher.

Sonderbarerweise wanderte ihr Blick sofort zur Wendeltreppe.

»Nur ruhig, Isobel. Setz dich. Kema, besorgen Sie ihr etwas zu trinken.«

Aber Isobel schob Eustaces Arm von sich.

»Ist er dort . . .? Ich sehe ihn.«

»Bleib, Isobel.«

»Die Polizei«, meldete Grondal von der Tür aus. Mit wichtiger Gebärde zog er den Vorhang beiseite, um die großen, blauuniformierten Gestalten einzulassen.

»Ich besorge Ihnen das heiße Wasser«, sagte Kema zu mir.

Ich nahm einen Leuchter vom Tisch und folgte der Köchin, vorüber an den Schutzleuten, durch den engen Korridor und den großen, düsteren Speisesaal bis in die Küche. Anscheinend vermochte Kema im Dunkeln zu sehen, denn auf bloßen Füßen schritt sie zielsicher vor mir her. Schon immer hatte ich vermutet, daß sie barfuß ging, doch hatte ich es bisher wegen ihres langen Kleides nicht mit Gewißheit erkennen können. Nun aber regte sich in mir ein Verdacht, der, soviel ich weiß, völlig ungerechtfertigt war.

Wohl war das Feuer in dem großen Herd fast erloschen, doch gelang es Kemas Geschicklichkeit alsbald, es wieder zu heller Glut zu entfachen. Schon wenige Minuten später fing das aufgesetzte Wasser an zu brodeln. Gerade füllte ich es in eine Schüssel, als hinter meinem Rücken ein scharfes Knacken ertönte. Ein kalter Luftzug streifte meine Schultern. Ich blickte mich um und sah March Federie, die ihren blauen Umhang übergeworfen hatte. Sie schloß die Tür, die allem Anschein nach zum rückwärtigen Eingang führte. Lauschend blieb sie stehen. Die weite Kapuze beschattete ihr Gesicht. Dann erst ließ sie die Klinke los und drehte sich um. Aus ihrem heftigen

Atmen schloß ich, daß sie schnell gelaufen war. Der Umhang sah naß aus, ein welkes Blatt klebte am Kragen, die Pantoffel waren beschmutzt; die eine rote Rosette fehlte, die andere schien gänzlich durchnäßt zu sein, und des Mädchens feine Fußgelenke waren von der Kälte gerötet. Vermutlich hatte March nicht erwartet, mich hier zu sehen, denn bei meinem Anblick zuckte sie sichtlich zusammen, und ihr Blick begegnete dem der Köchin, als würde da ein bestimmtes Zeichen übermittelt. Klar und unverkennbar prägte sich jede Einzelheit ihrer Erscheinung meinem Gedächtnis ein, vor allem auch der angstvolle Ausdruck ihres bleichen Gesichtes, das unter der rotgesäumten Kapuze hervorlugte.

Hastige Schritte näherten sich von außen der Tür, worauf March der Köchin einen zweiten vielsagenden Blick zuwarf und ohne etwas zu sagen leichtfüßig in die Anrichte lief. Noch war die Pendeltür nicht ganz zur Ruhe gekommen, als zwei Schutzleute durch den rückwärtigen Ausgang in die Küche eindrangen. Noch heute weiß ich nicht, was mich dazu veranlaßte, die Verbindungstür mit einer Hand anzuhalten, während die Beamten geblendet ins Licht starrten und dann höflich an ihre Mützen griffen, als sie mich erblickten.

»Wo ist sie?« riefen sie fast gleichzeitig, und der eine setzte hinzu: »Ist nicht gerade jemand hereingekommen?«

Das immer noch kochende Wasser spritzte gegen meine Hände. Das lenkte mich vorübergehend ab, doch hörte ich, wie Kema seelenruhig erklärte, daß niemand dagewesen sei. Sie möchten doch so gut sein, die Tür wieder hinter sich zu schließen.

»Dann wird sie wohl ums Haus herumgelaufen sein«, meinte der eine.

»Oder sie ist in einer der andern Türen da verschwunden.« Der Sprecher deutete in den hinter ihm liegenden, kahlen Vorplatz, auf den in der Tat noch ein paar offenbar zu Vorratsräumen gehörende Türen mündeten. Im Hintergrund gewahrte ich schattenhaft den unteren Teil einer abgetretenen Treppe. Mit einer hastigen Kehrtwendung verschwanden die beiden Männer so schnell, wie sie gekommen waren. Sobald wir wieder allein waren, wandte sich Kema ganz unbefangen an mich.

»Hier ist noch mehr heißes Wasser, Miss.«

Wenn man einmal etwas hat durchgehen lassen, hat es keinen Zweck, sich deswegen lange Vorwürfe zu machen. Ich sagte also gar nichts, nahm die Wasserschüssel in die eine, den Leuchter in die andere Hand und trat den Rückweg durch das Speisezimmer an.

Ich hatte bereits das obere Ende des langen Tisches erreicht, als mein Blick auf einen kleinen Gegenstand fiel, der im Lichtkreis meiner Kerze am Boden lag. Ich bückte mich, um ihn erkennen zu können. Es war ein schmaler, durchnäßter Pantoffel aus schwarzem Satin. Allem Anschein nach hatte ihn March auf ihrer Flucht verloren. Noch waren meine Gedanken mit diesem Fund beschäftigt, als ich von irgendwoher eine Stimme hörte.

»Betty Keate«, sagte jemand in der Dunkelheit, »Betty Keate, nehmen Sie sich in acht, daß Sie das Ding da nicht fallen lassen.«

Mit einiger Anstrengung brachte ich die Schüssel wieder in waagerechte Lage.

»Wer . . .«

»Es lag nicht in meiner Absicht, Sie derartig zu erschrekken«, klang es gutmütig. »Aber auch Sie haben mich erschreckt, so daß wir jetzt quitt sind. Um alles in der Welt, was machen denn Sie hier?«

Noch während er sprach, näherte er sich mir, und sein Gesicht wurde jetzt von meiner Kerze beleuchtet. Obwohl die kleine Flamme flackerte, erkannte ich doch sofort die jugendlichen feingeschnittenen Gesichtszüge, die auf ausgeprägtes Denkvermögen deutende Stirn und die durchdringenden, grauen Augen, die bei der dürftigen Beleuchtung fast schwarz aussahen.

»Lance O'Leary!« rief ich und setzte sofort hinzu: »Sind Sie mit der Polizei gekommen?«

»Allerdings. Ich nehme an, daß Sie die Schwester sind, von deren Anwesenheit gesprochen wurde.«

Ich nickte, während ich mich langsam von meiner Überraschung erholte. »Ich freue mich, Sie wiederzusehen, Miss Keate«, sagte er. »Es ist lange her.«

»Werden Sie die ... Untersuchung leiten?«

»Vermutlich.«

»Gott sei Dank!« sagte ich aus ehrlichster Überzeugung, und dann fiel mir der kleine Frauenpantoffel ein, der auf dem Boden des Eßzimmers lag. »Gott sei Dank«, wiederholte ich nochmals, wenn auch etwas weniger begeistert, denn gleichzeitig begann ich heimlich, mit dem Fuß den Boden abzutasten.

»Ihr Vertrauen ist mir äußerst schmeichelhaft«, sagte O'Leary gerade, als ich den Pantoffel spürte und ihn unter den Tisch zu schieben trachtete. »Ich hoffe aufrichtig, daß Sie mir eine ebenso große Hilfe sein werden wie damals, als wir einander kennenlernten. Ich entsinne mich, daß Ihre Unterstützung unbezahlbar war.«

»Gewiß, gewiß«, gab ich nachdrücklich zur Antwort, wagte dabei aber nicht, den Blick zu senken, wiewohl ich sehr gerne gewußt hätte, ob der verdächtige Gegenstand unter dem Tisch verschwunden war. Angesichts des schlanken, scharfblickenden jungen Mannes, der mir gegenüberstand, galt es, ungemein vorsichtig zu sein. Schon jetzt schien es mir, daß er mich forschend ansah, weswegen ich hastig ergänzte: »Wissen Sie, ich bin erst einen Abend hier. Viel habe ich von den Hausbewohnern noch nicht zu sehen bekommen.«

Er lächelte.

»Wie ich Sie kenne, wissen Sie nach wenigen Stunden

bereits mehr als eine andere Frau in einem Monat. Ihr Patient ist der alte Mr. Federie?«

»Mein Gott! Ich muß sofort zu ihm!«

Lance O'Leary nickte.

»Auf Wiedersehen, Miss Keate.«

Mit gemischten Gefühlen durcheilte ich den finsteren, kleinen Gang, an dessen Wänden raschelnd meine gestärkte Schürze entlangstreifte, und dann erreichte ich das Turmzimmer. Es war noch erleuchtet. Bei der ersten Biegung der Treppe kniete ein Schutzmann. Durch die Stäbe des Geländers hindurch sah ich seinen breiten Rücken. Ein anderer Beamter ging im Raum auf und ab. Er warf mir einen fragenden Blick zu, doch da ich sofort an das Krankenlager trat, sagte er nichts.

Der Zustand des Patienten war unverändert, und meine Tätigkeit dauerte daher nur wenige Minuten. So bald als möglich kehrte ich zum Eßzimmer zurück, weil es mir darauf ankam, den Pantoffel schnellstens auf die Seite zu schaffen und ihn zum mindesten so lange zu verstecken, bis ich mit Sicherheit wußte, was ich davon zu halten hatte.

An der Tür des Speisezimmers blieb ich jedoch stehen, blies die tropfende Kerze aus und lugte durch einen Spalt des Vorhangs. Lance O'Leary, der eine Stablampe in der Rechten hielt, stand da und sah nachdenklich auf einen Gegenstand, den er in seiner Linken hielt. Ohne Zweifel handelte es sich um den Pantoffel.

Ich suchte mir einzureden, daß die ganze Pantoffelgeschichte an sich noch nicht viel bedeutete. Warum sollte March Federie nicht aus irgendeinem Grunde vorübergehend das Haus verlassen haben? Daß sie dabei unter diesen Umständen nicht von der Polizei gesehen werden wollte, war schließlich durchaus begreiflich. Mich selbst beunruhigte nur die begründete Vermutung, daß es sich um eine außergewöhnlich dringende Sache gehandelt haben mußte. Wer würde sonst so mangelhaft bekleidet mitten in der stürmischen

Winternacht und angesichts eines soeben begangenen Mordes im Freien herumlaufen? Nicht einmal Strümpfe hatte sie sich angezogen. Richtig, und da fiel mir auch ihre Ausrede ein, unter der sie verschwand: »Isobel! Ich werde sie benachrichtigen.« Allem Anschein nach war sie aber nicht bei Isobel gewesen.

Abermals gedachte ich des rätselhaften Gespräches, das ich auf dem schmalen Fußweg belauscht hatte, und ich war fest entschlossen, dem Mädel beizustehen.

»Bitte kommen Sie doch mal her, Miss Keate«, sagte in diesem Augenblick O'Leary ganz ruhig.

Ich hatte seine unheimliche Eigenschaft vergessen, die ihn stets auch das erkennen ließ, was hinter seinem Rücken vorging. Als ich nun zu ihm trat, kam ich mir wie ein ertapptes Kind vor.

»Weshalb haben Sie den Pantoffel verstecken wollen?« Die Stimme des Mannes klang durchaus freundlich. »Nach den Erfahrungen, die ich bereits mit Ihnen machte, glaube ich, daß ein Grund vorlag.«

Ich zögerte.

»Nun?« drängte er, ohne den gutmütigen Tonfall zu verändern. »Heraus mit der Sprache. Sie kennen mich gut genug, um zu wissen, daß ich keinen Menschen festnagele, für dessen Schuld ich nicht alle Beweise in Händen halte. Fürchten Sie also nicht, jemanden in Mißhelligkeiten zu bringen, der es nicht verdient.«

Das stimmte. Außerdem genügte für ihn die Auffindung des durchweichten Pantoffels, um der Wahrheit unter allen Umständen auf den Grund zu kommen. Daher war es wohl das beste, ihm das wenige mitzuteilen, das ich wußte.

Ich erzählte also, daß es sich um March Federies Pantoffel handle, daß sie aus irgendeinem Grund in die Nacht hinausgeeilt und dabei von zwei Schutzleuten verfolgt worden war, denen sie begreiflicherweise zu entkommen suchte. Das sei ihr dann auch gelungen. Ich setzte weiter nichts hinzu, obwohl mir die Worte: ›Die Hand einer Federie schließt sich leicht um den Griff eines Revolvers‹ nicht aus den Ohren wollten.

Während ich sprach, untersuchte Lance O'Leary den kleinen, verschmutzten Gegenstand äußerst genau. Sein Gesicht bekam dabei einen Ausdruck, über dessen Bedeutung ich mir nicht ohne weiteres klarzuwerden vermochte.

»Woher wußten Sie, daß er ihr gehört?« fragte er, als ich mit meinem kurzen Bericht zu Ende war.

»Ich erkannte ihn auf der Stelle, denn gestern abend gegen elf Uhr hatte sie ihn an. Und dann auch vor kurzem, als sie die Küche betrat.«

»War die Spitze immer glatt? Mir scheint, daß dort etwas war, was inzwischen abgerissen wurde.«

»Eine Rosette befand sich dort. Ich denke, sie hat sie verloren.«

»Eine Rosette?«

»Nun ja, so eine Federverzierung.«

»Blau?«

»Nein, rot.«

»Das genügt vorläufig. Ich danke Ihnen, Miss Keate.« Er ließ den Pantoffel in seiner geräumigen Tasche verschwinden. »Sie waren im Zimmer, als der Schuß fiel, nicht wahr?«

»Ja. Ich erwachte von dem Knall. Ich habe jedoch weder etwas gehört noch gesehen, was irgendwie Licht auf die Angelegenheit werfen könnte.«

»Dessen würde ich nicht so gewiß sein, Miss Keate. Übrigens noch eine Frage: Ist der Kranke vollständig bewußtlos?«

»Ja.«

»Es besteht also keinerlei Hoffnung, ihn als Zeugen vernehmen zu können?«

»Nicht die geringste«, erklärte ich mit Bestimmtheit, worauf O'Leary seufzte.

»Na schön, ich sehe Sie noch morgen früh, oder vielmehr heute früh. Ich möchte noch das eine oder andere in Erfahrung bringen. Und ... ach ja, richtig ... Miss Keate!«

»Nun?«

»Ich wäre Ihnen sehr dankbar, wenn Sie mir alles mitteilen wollten, was Ihnen auffällt. Sie wissen ja selbst, daß Sie die merkwürdige Eigenschaft besitzen, immer gerade dort zu sein, wo etwas los ist.«

Er lächelte. Dieses so gewinnende, ihm eigentümliche Lächeln hatte ich ganz vergessen. Sein Gesicht veränderte sich dadurch. Und obwohl seine Worte eigentlich nur in höflicher Weise ausdrückten, daß ich so etwas wie ein Hans Dampf in allen Gassen sei, vermochte ich nicht, sie ihm übelzunehmen. Auch muß ich zugeben, daß ich zwar nicht mit zudringlicher Neugier behaftet bin, daß ich aber gerne meine Mitmenschen beobachte.

Ehe ich mich dessen recht versah, hatte ich mich auch schon verpflichtet, ihm nach Kräften bei seinen Nachforschungen beizustehen.

Abermals im Turmzimmer angekommen, nahm ich meine zerdrückte und zerknitterte Haube von dem Sessel, in dem ich so unsanft erwacht war, und setzte mich nieder, um die Krankenkarte auszufüllen. Die beiden Schutzleute waren noch immer anwesend. Man mag über die angeblich so schwerfälligen Methoden der Polizei denken, wie man will, ich selbst aber muß gestehen, daß ich noch nie etwas so Gründliches und Überlegtes sah wie die Durchsuchung des großen alten Zimmers und der engen Treppe. Schließlich gingen die beiden Männer hinauf, wobei sie behutsam über den immer noch daliegenden Toten hinwegstiegen. Ich nahm an, daß sie sich für das auf das Treppenhaus mündende Oberzimmer interessierten. Dann erschienen noch einige andere Beamte. Sie hatten Kameras bei sich, nahmen den Erschossenen von allen Seiten auf, wobei sie die Luft sehr mit dem

Blitzlicht verpesteten; auch bestreuten sie verschiedene Sachen mit einem gelblichen Pulver. Die Stellen wurden dann fotografiert. Ich sah dem Tun interessiert zu, wenngleich es mir auch nicht in allen Einzelheiten klar war. Fragen wollte ich nicht. Nach einiger Zeit stiegen auch sie zum oberen Stockwerk empor. Dann erschien O'Leary selbst, der, ohne mich zu beachten, ihnen sofort folgte. Nach wenigen Augenblicken kehrte er jedoch wieder zurück. Über den Arm trug er allerlei männliche Kleidungsstücke, die offenbar Eustace oder dem jungen Lonergan gehörten. Was O'Leary mit ihnen vorhaben mochte, ahnte ich nicht.

Dann schob Grondal den grünen Vorhang beiseite, um zwei Leute einzulassen, die eine Tragbahre hereintrugen.

»Auf der Treppe«, sagte Grondal, den Männern quer durchs Zimmer vorausschreitend. Die weißen Mäntel der Träger glänzten. Etwas hastig entfernte ich mich. Zwar bin ich durch meine langjährige Tätigkeit als Schwester manches gewohnt, aber diesmal war es mir unerträglich, dem Abtransport des Ermordeten zuzusehen.

Da ich in der Bibliothek Licht sah, trat ich ein. Eine kleine Gruppe von Menschen hatte sich bei dem erloschenen Kaminfeuer zusammengefunden. Isobel, die noch immer ihren seidenen Kimono trug, saß an der Seite Eustaces auf dem alten roten Plüschsofa. Sie sah wenig anziehend aus. Das gefärbte unfrisierte Haar, die gelbliche Blässe, die ihre ohnehin scharfen Gesichtszüge erst recht hervortreten ließ, trugen nicht zu ihrer Verschönerung bei. Unter ihren kleinen, eingesunkenen Augen lagen bläuliche Ringe. Sie schien sich jedoch einigermaßen beruhigt zu haben und rauchte sehr ausgiebig. March hatte sich einen kurzen roten Rock angezogen, der sie noch jünger erscheinen ließ. Sie saß Isobel gegenüber und hielt sich sehr aufrecht. Auch Elihu Dimuck war bereits angekleidet, während der junge Lonergan eine Decke um seine Schultern gezogen hatte und sich noch fester hineinwickelte, als er mich erblickte. Das kam mir allerdings etwas reichlich überflüssig vor, da sein weißer, albern gemusterter seidener Schlafanzug wenig Verlockendes hatte, ganz bestimmt nicht für eine nicht mehr ganz junge Krankenschwester.

Mittie Frisling war nirgendwo zu sehen.

Niemand sprach. Eine Starre lag über diesen Leuten, durch die die Anspannung der Nerven verborgen blieb. Durch die geschlossenen Läden schimmerte graues Tageslicht herein. Draußen fiel die Haustür mit gedämpftem Laut ins Schloß.

Ich hielt mich nur kurze Zeit in der Bibliothek auf und begab mich wieder zu dem Kranken. Von einem Fenster der Halle aus bemerkte ich jenseits des nassen Weges und des düster aussehenden Torgitters ein Krankenauto. In der trostlosen Dämmerung sah es besonders nüchtern und unschön aus. Der Regen schien wieder in dichten Nebel übergehen zu wollen. Schon verschwanden die kahlen, tropfenden Büsche und Bäume in seinen Schwaden. Die hohe Mauer, die das ganze Anwesen umgab, war nur teilweise sichtbar.

Es war eine seltsame, in sich abgeschlossene Welt. Und ich, Betty Keate, war durch ein seltsames Geschick in all dies hineingezogen worden und mußte nun, meiner beruflichen Pflicht gehorchend, bleiben, obwohl ich gerne weit fort gewesen wäre.

Der Gedanke war alles andere als erfreulich. Der einzige Trost bestand in dem Bewußtsein, daß auch Lance O'Leary im Hause war.

3

Wie ich bereits andeutete, war Lance O'Leary Detektiv, obwohl er sich niemals so bezeichnete. Vor einer Reihe von Jahren hatte ich ihn gelegentlich jener unerfreulichen Vorgänge kennengelernt, die sich im St.-Anna-Krankenhaus zutrugen und die im ganzen Distrikt viel Staub aufwirbelten. Seither hatte ich hin und wieder von ihm gehört; nicht oft allerdings, denn er gehörte zu jenen Menschen, die zwar ungeheuer viel leisten, dabei aber immer im Hintergrund der Geschehnisse bleiben. Immerhin ersah ich aus den Nachrichten, daß er beruflich vorwärtskam. Ein Zauberkünstler war er natürlich nicht. Er brachte die Verbrecher nicht in der Art der Taschenspieler zum Vorschein, die lebendige Kaninchen aus ihren Zylinderhüten springen lassen. Auch gibt es vielleicht Detektive, die ihm in der sofortigen Erkenntnis jener Dinge, die von Wichtigkeit, und der andern, die belanglos sind, über sind. Es gelang ihm jedoch, mehrere der schwierigsten Fälle in sehr geschickter Weise aufzuklären.

O'Leary war ein schlanker junger Mann von nicht übermäßiger Körpergröße. Er besaß einen feinmodellierten Kopf, und mit seinen kühl blickenden Grauaugen schien er alles zu sehen, was sich in seiner Umgebung zutrug. Sehr gepflegtes braunes Haar entsprach seinem stets einwandfreien Anzug, auf dessen Gepflegtheit er großen Wert legte. Er schien eine Vorliebe für Grau zu besitzen; auch sein Auto hatte diese Farbe. Sein Diener sprach immer leise und zurückhaltend. Das ist ungefähr alles, was ich über Lance O'Leary weiß.

Gleichwohl empfand ich, während ich meinen beruflichen Verpflichtungen nachkam, seine Nähe als ungemein wohltuend. Die Schrecknisse der Nacht lagen ein für allemal hinter mir. So bildete ich mir jedenfalls ein. Doch ich muß gleich an dieser Stelle gestehen, daß ich mich selten im Leben so gründlich irrte.

Gegen sechs Uhr früh brachte mir Grondal das Frühstück. Es bestand aus Kaffee, halbverbranntem Toast, einem weichen, lauwarmen Ei und einer kleinen Apfelsine. Ich entsinne mich, daß ich, ehe ich mich zum Kaffee setzte, den Stuhl so herumdrehte, daß ich die Treppe sehen konnte. Es sollte nicht das letzte Mal sein, daß ich es tat.

Der heiße Kaffee tat mir übrigens merklich gut, obwohl mein Unbehagen keineswegs weichen wollte. Nun, es war auch wirklich nicht sehr angenehm, allein in diesem düsteren Zimmer zu sitzen, allein mit dem bewußtlosen Kranken. Ich bemühte mich fieberhaft, meine Gedanken mit erfreulicheren Dingen zu beschäftigen.

Grondal erschien abermals. Diesmal mit frischen Bettbezügen, heißem Wasser und Handtüchern, die für die Morgenwäsche des alten Federie bestimmt waren. Ich war einigermaßen überrascht, daß Grondal zu seinen sonstigen Obliegenheiten auch die des Stubenmädchens übernommen zu haben schien. Mit Leichtigkeit, aber dennoch sehr behutsam, hob er den Kranken auf und ging mir überhaupt in jeder Weise mit der Geschicklichkeit eines geprüften Pflegers zur Hand. Auch räumte er das ganze Zimmer auf, wozu er nach seiner eigenen Erklärung von dem ›Polizisten mit dem grauen Anzug‹ ermächtigt worden war. Der dicke Teppich, der ganz so aussah, als sei er niemals richtig gereinigt worden, wurde mit einer veralteten Kehrmaschine bearbeitet. Zuvor hatte Grondal die Läden geöffnet, so daß das graue Tageslicht eindringen konnte und die vielen Kerzen und Lampen, die während der Nacht aufgestellt worden waren, ausgelöscht werden konnten.

»Hier auf den Kaminsims werde ich noch Streichhölzer legen, Miss«, sagte er, als er mit allem fertig war. Dabei hob er den kleinen grünen Elefanten auf, als wollte er Platz für die Zündholzschachtel schaffen.

»Das ist ein hübsches Ding«, meinte ich. »Ist es aus Jade?«

»Ich weiß wirklich nicht. Mr. Federie liebt es sehr. Es soll immer dort auf dem Sims stehen, damit er es sehen kann. Überhaupt werden Sie wohl bemerkt haben, daß Mr. Federie ein großer Kunstfreund ist.« Grondals Blick schweifte stolz zu einem riesenhaften, aber häßlichen Ölgemälde hinüber, das an der gegenüberliegenden Wand hing.

»Heute nacht hat die Katze ihn heruntergeworfen«, sagte

ich und deutete dabei auf den grünen Elefanten. »Zum Glück ist er nicht zerbrochen.«

»Die Katze?« wiederholte Grondal nachdenklich, während er den Gegenstand von allen Seiten besah, um irgendwelche Beschädigungen festzustellen.

»Ja. Sonderbarerweise rollte die Figur dabei fast bis an den Fuß der Treppe. Ich trat darauf, als ich, durch den Schuß aufgeschreckt, hinüberging. Hoffentlich ist sie noch heil.«

»Heil ist sie noch.« Langsam drehte Grondal den Elefanten hin und her. Unwillkürlich betrachtete ich seine Hände. Sie waren lang, gelblich, und die Adern traten stark hervor. Hier und dort standen Haarbüschel auf ihnen. Schön war der Anblick nicht.

»Miss Keate«, tönte O'Learys Stimme von der Tür her. Ich drehte mich sofort um. Er stand auf der Schwelle und hielt den Vorhang ein wenig zur Seite. »Können Sie Ihren Patienten für eine kleine Weile allein lassen? Ich möchte etliche Fragen an Sie richten«, fügte er hinzu, als ich mit der Antwort zögerte. »Die andern warten bereits in der Bibliothek. Auch Ihre Anwesenheit wünsche ich«, wandte er sich an Grondal.

»Sehr wohl, Sir«, antwortete der Diener. »Ich will nur schnell noch etwas Holz im Kamin nachlegen.«

Ich folgte dem voranschreitenden Detektiv durch die verödeten Räume. In der großen Halle holte uns Grondal ein, so daß wir gemeinsam die Bibliothek betraten. Beim Anblick der kleinen Versammlung hatte ich das seltsame Empfinden, daß sie sich seit jener ersten Begegnung in den frühen Morgenstunden nicht vom Platz gerührt hatte, obwohl mehrere Stunden vergangen waren und die Anwesenden nicht nur gefrühstückt, sondern unzweifelhaft auch in ihren Zimmern ein wenig geruht hatten. Noch immer aber lag die eigentümliche Spannung über ihnen. Mir war, als würde das erste gesprochene Wort einen allgemeinen Nervenzusammenbruch auslösen.

Mittie Frisling war auch jetzt noch nicht zu sehen, und wenngleich ich selbst viel zu sehr von der allgemeinen Spannung in Anspruch genommen wurde, um lange darüber nachzudenken, stellte ich doch fest, daß von allen Hausbewohnern nur sie nicht in der Nacht zum Vorschein gekommen war.

Mehrere blau uniformierte Beamte waren ebenfalls im Zimmer, unter ihnen der Chef der Polizei persönlich. Ich beobachtete, daß er Lance O'Leary sehr zuvorkommend begrüßte.

Ich nahm neben March Federie auf dem Diwan Platz. Lance O'Leary blieb stehen. Er stützte sich dabei ein wenig auf die Lehne eines schweren Armstuhls, während seine nachdenklichen Augen von einem zum andern wanderten.

»Heute früh gegen drei Uhr, als ich hier ankam«, begann O'Leary, »gewann ich nur einen allgemeinen Überblick über die Vorgänge. Ich habe daher noch einige Fragen zu stellen, die ich Sie bitte, in allseitigem Interesse, klar zu beantworten. Bitte haben Sie keine Scheu vor den übrigen Anwesenden und sagen Sie mir die Wahrheit ganz schlicht und eindeutig.«

Er schwieg einige Sekunden lang und richtete das Wort dann an mich.

»Miss Keate, wollen Sie mir bitte schildern, wie, wann und unter welchen Umständen Sie den Toten fanden?«

O'Leary sprach ganz gelassen und schien sich mehr für seinen roten Bleistift zu interessieren, als für das, was ich zu berichten hatte. Ich kannte seine Art aber bereits und drückte mich daher möglichst bestimmt und sachlich aus.

»Lassen Sie mich zusammenfassen, damit wir sehen, ob ich Sie richtig verstand«, sagte O'Leary, nachdem ich geendet hatte. »Ihrer Überzeugung nach schliefen Sie gegen ein Uhr ein. Sie erwachten durch den Knall des Schusses. Sie standen auf und gingen zur Treppe hinüber, auf der Sie den toten Adolph Federie fanden. Weshalb gingen Sie sogleich zur Treppe?«

»Daran war die Katze schuld.« Die noch frische Erinnerung an jenen grauenvollen Auftritt machte mir das Sprechen schwer. Dennoch gab ich eine genaue Darstellung.

»Untersuchten Sie den Toten? Wie lag er?«

»Auf dem Gesicht. Ich drehte ihn um und erkannte Adolph Federie. Dann erlosch die Lampe, deren Docht ich zu weit hinaufgeschraubt hatte. Ich tastete mich zur Klingelschnur und läutete. Wahrscheinlich habe ich auch geschrien, denn Mr. Lonergan kam die Treppe herunter, und von der andern Seite eilten Miss Federie und ihr Vetter Eustace herbei.«

»Und dann?«

»Dann erschienen die andern. Mr. Dimuck, der Diener und zuletzt auch die Köchin. Wir besahen uns den Erschossenen, erkannten, daß jede ärztliche Hilfe zu spät kam, und riefen daher die Polizei.«

»Was hat Ihrer Meinung nach den Tod Adolph Federies herbeigeführt?«

»Eine Revolverkugel, die ihm vermutlich ins Herz drang.«

Für eine ganze Weile spielte Lance O'Leary mit seinem Bleistiftstummel. Und diesmal machte mich diese automatische Bewegung ganz nervös.

»Das ist auch die Ansicht des Arztes«, sagte er dann. Ein Schutzmann trat ein und blieb zögernd auf der Schwelle stehen.

»Was gibt's?«

»Die Bewohnerin des einen Schlafzimmers hält ihre Tür versperrt und weigert sich herauszukommen. Wir können das Zimmer nicht absuchen, Sir.«

March schrak zusammen.

»Mein Gott! Das ist Mittie Frisling!«

»Wer ist Mittie Frisling?« wollte O'Leary wissen.

Da March nicht gleich antwortete, trat Grondal plötzlich vor.

»Miss Frisling ist eine Freundin des Hauses«, erklärte er.

»Sie kam hierher, um mit Mr. Federie geschäftliche Dinge zu besprechen. Aber nun muß sie warten, bis Mr. Federie wieder zu ... zu reden vermag.«

»Wie lange ist sie schon anwesend?« fragte der Detektiv, dessen graue Augen fest auf Grondals Gesicht gerichtet blieben. Der Diener zuckte mit keiner Wimper, aber ich sah, daß seine Gesichtsnarbe sich dunkelrot färbte.

»Einige Tage, Sir.«

»Soll ich Gewalt anwenden?« fragte der Schutzmann ungeduldig, worauf O'Leary dem Führer der Polizei einen belustigten Blick zuwarf.

»Sachte, sachte«, meinte er, wandte sich dann aber unmittelbar an den Fragenden. »Sagen Sie der Dame, daß die andern bereits alle in der Bibliothek versammelt sind. Sie möchte die Güte haben, ebenfalls zu erscheinen.«

Nach diesem kleinen Zwischenfall setzte er das unterbrochene Verhör fort.

»Mr. Lonergan, ich glaube, Sie waren der erste, der nach der Entdeckung des Toten das Zimmer betrat. Wollen Sie mir bitte Ihre Eindrücke schildern? Hatten Sie bereits geschlafen? Und was weckte Sie?«

»Ich nehme an, daß ich durch den Schuß geweckt wurde«, erwiderte Deke Lonergan, den Blick des Detektivs frei erwidernd. »Es dauerte etliche Augenblicke, bis ich richtig zu mir kam. Ich glaubte Schritte im unteren Zimmer zu hören, und dann schrie jemand. Das veranlaßte mich, aus dem Bett zu springen und zur Treppe zu eilen. Beim Abstieg – es war stockdunkel – stolperte ich über etwas. Es war der Körper eines Mannes.«

»Sie bewohnen das gleiche Schlafzimmer wie Eustace Federie?«

»Allerdings. Das sagte ich Ihnen doch bereits, als Sie unsere Kleider sehen wollten.«

»Waren Sie beide im Schlafzimmer, als der Schuß fiel?«

»Nein. Ich war allein.«

»Ich las noch drunten in der Bibliothek«, fiel Eustace ein. »Ich hatte mich noch nicht zur Ruhe begeben.«

O'Learys klare, graue Augen sahen den Sprecher für eine kurze Weile forschend an, doch dann nahm er sich wieder den jungen Lonergan vor, um erst einmal mit der begonnenen Teilaufgabe fertig zu werden.

»Also, Sie stolperten über den Toten. Weiter, bitte. Was geschah dann?« Während er sprach, schielte er zu Isobel hinüber, aber die rauchte ganz gelassen ihre soundsovielte Zigarette.

»Nun, dann kamen March, ich wollte sagen Miss Federie, und Eustace vom Korridor hereingelaufen«, erzählte der junge Mann. »Eustace trug ein Licht bei sich. Ich rief ihn heran, damit er die Treppe beleuchte. Wir entdeckten, daß der Tote Adolph Federie war. Dann erschienen die übrigen. Wir redeten viel durcheinander und suchten vergebens nach dem Revolver. Wir waren alle reichlich aufgeregt und wußten nicht, was zu tun sei. Die Schwester riet uns, den Toten nicht zu berühren und bis zum Eintreffen der Polizei alles in dem bisherigen Zustand zu belassen. Das taten wir auch.«

O'Leary warf mir einen anerkennenden Blick zu.

»Lassen Sie mich einen Moment nachdenken«, sagte er dann in einer Weise, die mich aufhorchen ließ. »Die Turmtreppe endet in dem kleinen Raum, der an das von Ihnen und Eustace Federie bewohnte Schlafzimmer grenzt. Demnach müßte der Mörder auf seinem Rückzug diese beiden Zimmer passiert haben, um zum oberen Korridor zu gelangen. Stimmt das?«

Deke Lonergan verfärbte sich, antwortete aber sofort.

»Ich ... glaube.«

»Natürlich«, erklärte Eustace bestimmt, was ihm einen unfreundlichen Blick seines Freundes eintrug. Eustace aber schien das nicht zu beachten. Mit der rücksichtslosen Art eines Junggesellen klopfte er seine Zigarettenasche ab, die auf den Teppich fiel.

»Und«, fuhr O'Leary ganz leise fort, »nachdem Sie durch den Schuß geweckt worden waren, hörten Sie da niemanden durchs Zimmer laufen? Durch das Zimmer, in dem Sie ... wach lagen?«

Die letzten Worte wurden sehr betont ausgesprochen. Ich fühlte, wie mein Herz schneller zu pochen begann. March, die neben mir saß, krampfte die Hände ineinander.

»Nein«, sagte Lonergan sehr gelassen. »Sie können sich denken, daß ich unmittelbar nach dem Erwachen noch nicht wußte, ob ich durch einen Revolverschuß aufgeschreckt worden war. Ich schlafe ziemlich fest, und es dauert immer eine kleine Weile, ehe ich weiß, was eigentlich los ist.«

»Sie halten es demnach für möglich, daß der Mörder bereits an Ihnen vorbei war, ehe Sie völlig zu sich kamen?«

Bildete ich es mir ein, oder zögerte Deke Lonergan diesmal wirklich für den Bruchteil einer Sekunde mit der Antwort? Jedenfalls kam es mir so vor, als verschleierte sich sein bisher so offener Blick. »Ich halte es nicht für ausgeschlossen«, meinte er. »Gehört habe nichts. Persönlich glaube ich allerdings, daß niemand vorüberkam.«

Seltsam, obwohl die Worte ganz überzeugend klangen, gewann ich den Eindruck, daß sie nicht der Wahrheit entsprachen.

»Sie hörten also nichts? Keine Schritte? Nicht das Geräusch einer sich schließenden Tür?« Ganz sachlich lautete die Frage.

»Nichts. Nur, wie gesagt, schien sich jemand im unteren Turmzimmer zu bewegen. Es war die Schwester, nehme ich an.«

»Über die Richtung, aus der jenes Geräusch kam, können Sie sich nicht täuschen? War es nicht vielleicht doch in Ihrem

Schlafzimmer?« O'Leary blieb mit einer Hartnäckigkeit bei dieser Frage, daß sie mir auffallen mußte.

»Nein«, erklärte Deke Lonergan mit Bestimmtheit.

»Sie erwarteten, daß Mr. Eustace Federie später ebenfalls zu Bett gehen werde?«

»Wieso? Ja, gewiß.«

»Ließen Sie die zum Korridor führende Schlafzimmertür offen, als Sie sich zurückzogen?«

»Ich . . . glaube wohl.«

»Besitzen Sie überhaupt den Schlüssel dazu?«

»Nein.«

Es folgte abermals eine Pause, während der O'Leary wieder eifrig mit seinem Bleistift spielte. Unter einem Windstoß klapperte einer der Fensterläden. Ein Schutzmann, der mir schräg gegenübersaß, rückte sich auf seinem Sitz zurecht, hielt sich aber sofort wieder ruhig, als der Stuhl unter ihm knarrte. March tat einen tiefen Atemzug. Isobel schlug ihre in Seidenstrümpfen steckenden Beine übereinander, zerdrückte den Rest ihrer Zigarette im Aschenbecher und sah den Detektiv aus ihren verträumten Augen an. An ihrer auffallend breiten Hand funkelte ein Edelstein, der vom Schein des plötzlich aufprasselnden Kaminfeuers getroffen wurde. Mir war, als zwinkerte er mir zu.

»Miss Keate, Sie sagten, daß Sie bei Abgabe des Schusses schliefen. War Ihr Schlaf sehr tief, so tief, daß jemand vom Gang aus zur Treppe gelangen konnte, ohne daß Sie es merkten?«

»Nein«, erklärte ich mit Bestimmtheit. »Die Rücklehne meines Sessels war der Treppe zugewandt. Vielleicht hätte jemand dort herunterschleichen können, ohne daß ich es merkte. Wenn ich sagte, daß ich schlief, so heißt das: wie eine Schwester auf Nachtwache, sozusagen nur mit einem Auge. Ich wäre unbedingt sofort wach geworden, wenn jemand vom Korridor her das Zimmer betreten hätte.«

»Und dennoch sind zum mindesten zwei Personen im Turmzimmer gewesen: Adolph Federie und sein Mörder. Und der Mörder konnte nach der Tat entkommen. Das ist um so interessanter, als mittlerweile sowohl Miss Keate als auch Mr. Lonergan erwacht waren. Höchstwahrscheinlich wurde der Schuß vom oberen Ende der Treppe aus abgefeuert. Dem Mörder blieben nur zwei Möglichkeiten. Er mußte entweder an Miss Keate oder an Mr. Lonergan vorüber. Sie, Miss Keate, haben nichts wahrgenommen, was . . .«

»Halt!« Der Vorhang! Ich schloß die Augen, um mir wieder den Augenblick des Erwachens zu vergegenwärtigen. »Ich träumte, daß ich ein Sommergewitter erlebte. Es donnerte, und als ich aufsah« – nun war ich wieder im Bilde –, »da bewegten sich die grünen Türvorhänge, doch fielen sie in der gleichen Sekunde wieder in ihre alte Lage zurück. Das war alles. Es war mir mittlerweile klargeworden, daß ich geträumt hatte. Immerhin stand ich auf und sah mich im Zimmer um.«

»Doch Sie sahen nichts?« fragte O'Leary sehr ruhig.

»Nein. Doch, die Katze. Über dem, was bald darauf folgte, vergaß ich das kleine Erlebnis.«

»Danke, Miss Keate. Unser Rätsel ist aber deswegen noch lange nicht gelöst, denn tatsächlich ist die zum Korridor führende Schlafzimmertür des oberen Stockwerkes verschlossen. Der Schlüssel fehlt, und die auf dem gläsernen Türknopf befindlichen Fingerabdrücke wurden sorgfältig fortgewischt.«

»Was!« Deke Lonergan hatte das Wort hervorgestoßen. Wir andern waren ganz still geworden.

»Haben Sie uns nichts mehr zu sagen. Mr. Lonergan?«

»Nein.«

»Schade«, murmelte der Detektiv, »denn sehen Sie, Mr. Lonergan, wenn Sie, wie Sie behaupten, durch den Schuß erwachten und wenn Sie dabei auch das Vorüberhuschen eines

Menschen überhört hätten, so müßten Sie doch unbedingt das Einschnappen des Türschlosses gehört haben. Es wäre besser für Sie, wenn Sie etwas gehört hätten.«

Einige Sekunden lang starrte Lonergan den Detektiv feindselig an, dann ließ er sich wieder in seinen Stuhl sinken und verzog mißmutig das Gesicht.

»Sie wollen mich zum Sprechen bringen. Ich habe aber nichts mehr auszusagen.«

In diesem Augenblick wurde Mittie Frisling, die sich heftig sträubte, von zwei Schutzleuten hereingeführt. Ihr grüner Kimono flatterte, die Augen quollen ihr fast aus den Höhlen, ihr unschönes Gesicht war noch blasser als sonst und wurde teilweise von dem zerzausten Haar verdeckt. Ohne uns zu beachten, schrie sie sofort den Chef der Polizei an:

»Ich weiß nichts . . .! Gar nichts weiß ich . . .! Den ganzen Morgen schon trommeln diese Leute gegen meine Tür. Natürlich ließ ich sie nicht ein . . .! Wozu auch? Ich weiß nichts . . . nichts!«

»Von was wissen Sie nichts, Miss Frisling?« erkundigte sich O'Leary.

Sie wendete ihre bläßlichen Augen auf ihn. Am Ton seiner Frage hatte sie wohl erkannt, daß er ein Beamter war.

»Von Adolphs Tod natürlich!« kreischte sie. »Von der Ermordung Adolph Federies!«

O'Leary warf einen fragenden Blick auf die beiden Schutzleute.

»Hat einer von euch geplaudert?«

»Nein, Sir.«

»Woher also wußten Sie, daß Adolph Federie erschossen wurde!«

Mittie Frislings Augen flackerten unstet zwischen March, Eustace und mir hin und her.

»Ich . . . ich wußte nichts«, widersprach sie wütend. »Ich hörte nur die Leute reden. Draußen in der Halle . . . vor meinem Zimmer. Ich wollte nicht mit diesen Geschichten belästigt werden.«

Zum ersten Male ergriff Isobel das Wort. Sie hatte sich Zeit gelassen, ihr Äußeres wieder in Ordnung zu bringen und dabei ihre üblichen Toilettenkünste angewandt. Zwei rötlich gelbe Flecken verzierten die Backenknochen, und ihre Lippen waren dick mit Rouge bemalt.

»Mittie . . . Mittie«, sagte sie, wobei ihre Stimme halb ermahnend, halb belustigt klang, »sei doch nicht so aufgeregt. Was geschehen ist, können wir nicht wieder rückgängig machen. Niemand verdächtigt dich, und du hast gar keinen Grund, so wild draufloszuleugnen. Nimm dich doch ein wenig zusammen.«

Die Angeredete warf einen haßerfüllten Blick auf Isobel. Die bisherige Angst schien im gleichen Maße zu schwinden.

»Das ist alles sehr schön und gut für dich!« fauchte sie gleich einer erbosten Katze. »Du hast ihn nie gemocht! Hast dich stets mit ihm gestritten. Auch gestern abend hattet ihr Streit. Ich habe es gehört! Du bist natürlich froh, ihn jetzt los zu sein, denn du hast ihn gehaßt.«

Jählings drehte sie sich zu dem Detektiv um, während sie gleichzeitig mit ihrer plumpen, offenbar etwas feuchten Hand auf ihre Widersacherin deutete. »Kramen Sie nur in ihren Sachen herum, wenn Sie die Waffe finden wollen, mit der Adolph erschossen wurde!« Ihre Stimme schnappte über vor Wut.

Wenn ich richtig beobachtete, dann wurden Isobels geschminkte Wangen etwas dunkler, und der Mund zog sich zu einem schmalen Streifen zusammen. Sie schien aber keineswegs verwirrt, sondern drückte lachend den Rücken gegen die Lehne. Und dieses Lachen klang so abscheulich, daß ich die Frau des Ermordeten ganz entgeistert anstarrte.

»Bist du noch immer eifersüchtig, Mittie? Nun ja, du hast Adolph wohl stets geliebt und mich entsprechend gehaßt.«

Sie schwieg, und während der Pause verflog auch das Lächeln des angemalten Mundes. Ein müdes Seufzen kam über ihre Lippen.

»Du lieber Gott! Ich wollte, du hättest ihn bekommen!«

4

»Isobel!« rief March scharf. »Immerhin war er dein Gatte; zudem ist er jetzt tot.«

»Ja . . . er war mein Gatte und nun ist er tot. Gib mir noch eine Zigarette, Eustace.« Mit vollkommen ruhiger Hand zündete sie die ihr dargereichte Zigarette an. Boshaft glitzerten die Juwelen an ihren Fingern. Genießerisch tat sie ein paar Züge, worauf sie der andern fest ins Auge sah. »Er ist tot«, wiederholte sie nochmals ganz leise, und gerade diese Sprechweise machte die Worte so abstoßend. »Ich will nur hoffen, daß er das erleidet, was er verdient hat.«

»Isobel, jetzt hör aber auf«, befahl Eustace. Er packte ihre Hände und preßte sie derartig, daß die Ringe ins Fleisch schneiden mußten, aber Isobel zuckte mit keinem Muskel.

»Hört ihr?« kreischte Mittie von neuem. »Habt ihr gehört . . .? Ich habe es ja gleich gesagt! Sie hat es getan! Sie hat ihn ermordet . . .! So verhaftet sie doch endlich! Legt ihr Handschellen an!« Ihre Stimme wurde immer gellender, ihre schwammigen Hände bebten, aber ganz plötzlich begann sie in hohen, unbeschreiblich häßlichen Tönen zu schluchzen.

Da hielt ich es nicht länger aus. Ich packte ihre Schultern mit beiden Händen und schüttelte sie. Möglicherweise tat ich es in meiner Erregung etwas zu heftig, denn ihre Zähne klapperten wie Kastagnetten, und ich glaube auch, daß sie sich auf die Zunge biß. Jedenfalls schrie sie plötzlich wie unter jähem Schmerz auf.

»Lassen Sie mich los! Sie bringen mich ja um!«

»Das dürfte genügen, Miss Keate«, legte sich auch Lance O'Leary ins Mittel. Ich begab mich wieder auf meinen Platz. Der Blick, mit dem mich der Detektiv ansah, drückte Belustigung und auch ein gutes Maß von Achtung aus. Nun ja, wenn ich etwas tue, dann tue ich es gründlich.

»Nun zu Ihnen, Mr. Eustace Federie«, nahm O'Leary das Verhör wieder auf. »Geben Sie uns mal Ihre Darstellung der nächtlichen Vorgänge. Sie gaben an, in der Bibliothek gewesen zu sein, als der Schuß fiel?«

»Ja.«

»Sie hatten sich also noch nicht schlafen gelegt?«

»Nein. Ich brauche wenig Schlaf und lese oft noch sehr lange.«

»Wann sahen Sie Adolph Federie zum letzten Mal ... lebendig?«

Eustace furchte die Brauen, als dächte er scharf nach.

»Gegen elf Uhr, soviel ich weiß. Ich war in mein Zimmer gegangen, um den Smoking aus- und den bequemen Schlafrock anzuziehen. Auf dem Rückweg zur Bibliothek begegnete mir Adolph. Er sagte ›Gute Nacht‹ und verfügte sich nach oben. Das war das letzte Mal, daß ich ihn sah – lebendig.«

»Sie gingen geradewegs zur Bibliothek?«

»Ja, ich nahm mir gleich ein Buch vor. Lange muß ich so gesessen haben, ohne zu merken, daß es sehr spät wurde. Plötzlich vernahm ich einen donnerähnlichen Knall, der vom andern Ende des Hauses zu kommen schien. Im ersten Augenblick erkannte ich das Geräusch nicht als den Widerhall eines Revolverschusses. Dann hörte ich Schreie. Ich warf sofort mein Buch hin und eilte in die Halle hinaus. Dort traf ich bereits meine Kusine March, mit der zusammen ich dann in das Turmzimmer lief.«

Er schwieg und kreuzte selbstzufrieden die Arme übereinander.

»Waren Sie überrascht, Ihren Onkel ermordet vorzufinden?« fragte O'Leary in gleichgültigem Ton.

»Ich denke, daß ein Mord stets etwas sehr Überraschendes ist«, gab Eustace geschmeidig zur Antwort. »Sehr gelinde ausgedrückt.«

»Wieviel Zeit verging zwischen dem Schuß und Ihrem Erscheinen in der Halle?«

»Nicht viel. Genau läßt sich die Zeitspanne schwerlich angeben. Ich denke, daß Miss Keate ungefähr zwei Minuten nach dem Knall um Hilfe rief. Da ich dann augenblicklich aufbrach, schätze ich die Gesamtdauer auf drei Minuten.«

Lance O'Leary sah sich lange in dem großen, mit schweren Teppichen ausgestatteten Zimmer um. Auch hier war die Tür mit samtenen Vorhängen verhangen.

»Wo ungefähr saßen Sie, Mr. Federie?«

Unweit von uns stand ein Polsterstuhl, auf dem ein aufgeschlagenes Buch lag. Mir war, als zuckte ein befriedigtes Lächeln über Eustaces Gesicht. Ohne ein Wort zu sprechen, deutete er dorthin.

»Da?« meinte O'Leary. Er stand auf und schritt zu dem Sessel, als wenn er dessen Abstand zur Tür messen wollte. Eustace, dessen Kopf fast ganz hinter Zigarettenqualm verschwand, folgte mit den Augen jeder seiner Bewegungen.

Ganz unvermittelt aber kehrte der Detektiv zu seinem Sitz zurück und richtete daraufhin das Wort an March.

»Miss Federie, wollen Sie mir bitte einmal sagen, wann Sie Ihren Onkel zum letzten Mal sahen? Ich weiß, daß Sie Schweres durchzumachen hatten, aber wenn es Ihnen möglich wäre ...«

»Oh, danke«, erwiderte das junge Mädchen völlig ruhig. »Ich fühle mich ganz frisch. Also, ich sah meinen Onkel zuletzt gegen elf Uhr nachts. Ich verließ ihn hier in der Bibliothek, nachdem ich noch einmal im Schlafzimmer des Großvaters gewesen war.«

»Haben Sie den Schuß gehört?«

»Ja ...« klang es etwas zurückhaltend. »Ich wußte nur nicht gleich, worum es sich handelte. Ich war drunten in der Halle am Fuß der Haupttreppe ...«

Hier fiel ihr Eustace ins Wort.

»Du willst sagen, daß du in der oberen Halle und am oberen Ende der Treppe warst, March. Das muß schon deswegen so sein, weil du mir von der Treppe her entgegenkamst, als ich die Halle betrat.«

Seine Stimme klang geradezu gelangweilt lässig, aber dabei sah er seine Kusine scharf an. Der Blick, mit dem sie antwortete, war alles andere als freundlich. Sie wandte sich wieder dem Detektiv zu. Ihr Tonfall wurde fast ein wenig trotzig.

»Ich befand mich am Fußende der Treppe, als der Schuß fiel. Ich erschrak und blieb horchend stehen. Das mag zwei Minuten gedauert haben. Dann schrie jemand, Eustace erschien in der Halle, gab mir einen Leuchter, und zusammen rannten wir zum Schlafzimmer des Großvaters.«

»Sahen Sie Ihren Vetter die Halle betreten?«

»N ... ein. Es ist dort nachts sehr dunkel, wie Sie wissen; es brennt für gewöhnlich nur ein Notlämpchen. Auch dachte ich an nichts als an den Schrei. Ich nehme jedoch an, daß Eustace aus der Bibliothek kam.«

»Was bedeutet überhaupt Ihre Frage, O'Leary?« sagte Eustace gereizt. »Wollen Sie etwa meine Aussage anzweifeln?«

»Das ist meine Angelegenheit, Mr. Federie. In die Führung der Untersuchung hat sich niemand einzumischen. Also sind Sie im oberen Korridor gewesen, Miss March?«

Das Mädel wurde rot.

»Ja«, gab sie zu. »Ich ... ich war beunruhigt, konnte keinen Schlaf finden. Deshalb ging ich hinunter, um mir ein Glas Milch zu besorgen. An der Eßzimmertür jedoch änderte ich indessen meinen Entschluß und kehrte um. Der Rest ist Ihnen bekannt.«

»Aus welchem Grunde waren Sie denn beunruhigt?« fragte O'Leary freundlich.

Ich sah, wie sich des jungen Mädchens Muskeln strafften. Sogar ihre Lippen wurden blaß.

»Ich weiß ...« Die Worte waren nur noch ein heiseres Flüstern. »Ich weiß nicht. Das heißt, ich machte mir natürlich Sorgen wegen Großvaters Zustand.«

»Und wann war das?«

»Als ich den Schuß hörte ... Es muß gegen halb drei gewesen sein, denke ich.«

»Was ist Ihre Meinung über diese Zeitangabe?« wandte sich der Detektiv an Eustace.

»Ja, es dürfte gegen zwei Uhr dreißig gewesen sein«, warf der Gefragte nachlässig hin. Daß in Marchs Aussage ein Widerspruch zu seiner Angabe lag, schien ihn nicht weiter zu berühren. »Mit Bestimmtheit weiß ich es natürlich nicht.«

»Und Sie, Mr. Lonergan? Welchen Zeitpunkt halten Sie für den richtigen?«

»Ich habe keine Ahnung«, knurrte der junge Mann. »Ich schlief doch, wie Sie wissen.«

»Und Sie, Miss Keate?« wandte sich der Detektiv an mich.

»Es muß nahe an zwei Uhr dreißig gewesen sein. Nachdem wir den Fall bereits besprochen und die Polizei benachrichtigt hatten, sah ich auf die Uhr. Es war noch nicht ganz drei.«

O'Leary nickte. Nachdem er March eine kurze Atempause gegönnt hatte, wandte er sich bereits wieder an sie.

»Nur noch eins, Miss March: Binnen einer halben Stunde, nachdem Sie erfahren hatten, daß Adolph Federie tot war, liefen Sie aus irgendeinem Grunde aus dem Haus. Welches war dieser Grund?« Die Frage war in noch liebenswürdigerer Weise gestellt worden als bisher, aber des Mädchens Augen wurden unnatürlich groß, und ich bemerkte, daß mir Kema einen vorwurfsvollen Blick zuwarf.

»Ja, das war so«, brachte March mühsam hervor. »Ich

entsann mich, daß Konrad ... den Hund, meine ich ... nicht angekettet war. Die Schutzleute waren auf dem Weg hierher, und Konrad ist außerordentlich scharf. Ich ging hinaus, ihn anzuketten.«

»Ach so. Und gelang es Ihnen, Ihre Absicht durchzuführen?«

»Nein.« Die Augen des Mädchens bekamen immer mehr einen gehetzten Ausdruck. »Nein. Ich ... ich konnte ihn nicht dazu bewegen, zu mir zu kommen.«

»Sie trugen leichte Hauspantoffeln aus schwarzer Seide?«

»Ja.«

»Befanden sich an deren Spitzen rote Federverzierungen?«

»Ja ... allerdings.«

»Eine dieser Verzierungen haben Sie verloren. Entsinnen Sie sich noch, wo das der Fall war?« Die letzten Worte klangen ungewohnt scharf.

»Nein ... ich weiß nicht«, stammelte sie mühsam.

Während einer ganzen Weile sagte Lance O'Leary nichts. Es war, als versuchte er zu erkennen, was hinter ihrer Stirn vor sich ging. Schließlich schien er es für besser zu halten, die übrigen Fragen bis auf weiteres zurückzustellen.

»Ich danke Ihnen, Miss March«, sagte er. »Mrs. Federie, falls Sie sich derzeit noch außerstande fühlen, einige Fragen zu beantworten, dann kann ich warten; Sie würden mir jedoch einen riesigen Gefallen tun, wenn ...«

Mit einer hastigen Geste wischte Isobel die höflichen Bedenken des Detektivs beiseite. Sie hatte es sich auf dem Plüschsofa sehr bequem gemacht und schien ganz entspannt zu sein. Vielleicht täuschte ich mich, wenn ich ihre Haltung etwas zu entspannt fand.

»Fragen Sie nur«, erklärte sie mit ihrer ziemlich farblosen Kehllautstimme. »Sie wollen wissen, wann ich Adolph zum letztenmal gesehen habe? Gegen zwölf Uhr, denke ich. Er bewohnte auf der Rückseite des Hauses eine kleine Zimmerflucht von drei Räumen. Ich war früh zu Bett gegangen und las noch ein wenig. Er erschien bald, und wir unterhielten uns ungefähr eine halbe Stunde lang. Dann ging er ins Wohnzimmer zurück, ich löschte das Licht und schlief ein, wobei ich annahm, daß er sich auf den Diwan im Wohnzimmer gelegt hatte. Ich erwachte erst, als ich jemanden schreien hörte. Natürlich mußte ich annehmen, daß der alte Mr. Federie gestorben war. Da ich wußte, daß ich da doch nicht mehr helfen konnte, blieb ich liegen und ging erst nach etwa einer halben Stunde ins Turmzimmer. Unterwegs kam mir Eustace entgegen, um mir zu sagen, was geschehen war ...« Ihre Stimme war bis zum letzten Wort vollkommen ruhig geblieben.

»Sie haben also den Schuß selbst nicht gehört?«

Isobel überlegte ernsthaft, und ihre Antwort klang durchaus glaubwürdig.

»Nein. Allerdings war ich bereits wach, als Miss Keate schrie. Es ist daher möglich, daß mich der Schuß weckte, doch wurde ich mir dessen nicht bewußt. Ein Schrei ist durchdringender als der kurze Knall eines Schusses.«

O'Leary nickte. Ich selbst empfand eine gewisse Hochachtung für diese Frau, die ganz gewiß nicht dumm war. Ihre ruhige, bestimmte Art würde den Richtern nötigenfalls ziemlich viel zu schaffen machen.

Die Richter! Ich riß mich zusammen. Schließlich stand es mir nicht zu, jemanden zu verdächtigen.

»Sie müssen meine Frage entschuldigen, Mrs. Federie, aber ... standen Sie gut mit Ihrem Gatten?«

»Nein.« Isobel schien die Frage erwartet zu haben.

»Worin äußerten sich die Gegensätze?«

»Du liebe Zeit! Wir paßten einfach nicht zueinander. Und Adolph war fast stets in Geldverlegenheiten.«

»Benahm er sich brutal gegen Sie?« fragte der Detektiv leise.

»Was meinen Sie mit dem Wort? Wenn es sich darauf bezieht, daß er mir jegliches Vergnügen versagte, daß er mich von einer Spielergesellschaft zur andern schleppte, daß er mich bei jeder erdenklichen Gelegenheit demütigte ... ja, dann war er allerdings brutal. Grausam! Geschlagen hat er mich nie. Er hatte Angst vor mir.«

Kaum war sie zu Ende, als Mittie Frisling plötzlich aufsprang. Was sich im einzelnen in den wenigen folgenden Sekunden abspielte, weiß ich mit Genauigkeit nicht zu sagen. Die Stimmen beider Frauen wurden sehr laut. Es gab ein Geräusch wie von zerreißender Seide; ein klatschender Schlag folgte, ein Schrei von Mitties Lippen, und dann drückte Eustace sie wieder auf ihren Platz nieder. Isobel aber beugte sich weit vor, und ihre Augen glühten. Sie fletschte die Zähne wie ein gereiztes Raubtier. Der dünne Seidenärmel ihres Kleides war von oben bis unten zerrissen, so daß man die weiße Haut sah. Zwischen Ellenbogen und Schulter bemerkte ich blutunterlaufene Stellen.

»Seht euch das an!« kreischte Mittie Frisling. Dort, wo Isobels Rechte getroffen hatte, färbte sich ihre bleiche Wange dunkelrot, doch schien sie es gar nicht zu beachten. »Seht doch! Gestern abend haben sie einander geprügelt. Natürlich will sie das nicht sagen, aber ich habe es deutlich gehört. Er schlug sie, und da sagte sie, das werde sie ihm heimzahlen.«

»Und du kannst sicher sein, daß ich auch nicht vergesse, was ich dir schulde, Mittie«, sagte Isobel, und abgrundtiefer Haß klang aus ihrer Stimme.

»Aber ... meine Damen!« stotterte der Chef der Polizei ganz hilflos. Er hatte sich an O'Learys Seite gestellt.

»Vorsichtig, Isobel!« warnte Eustace. Dimuck, der sitzengeblieben war, murmelte irgend etwas Unverständliches. Deke Lonergan starrte die Frisling mit offensichtlichem Abscheu an, und die neben mir sitzende March drückte krampfhaft meine Hand.

Eigentlich schien nur Lance O'Leary unbewegt zu bleiben.

»Sie alle haben eine schwere Nervenbelastung durchmachen müssen«, sagte er, wie um Mitties Handlungsweise zu erklären. »Nun, Mr. Dimuck, bitte ich Sie, uns eine Darstellung Ihrer nächtlichen Erlebnisse zu geben.«

»Gewiß, gewiß. Also ich erwachte durch den Knall des Schusses. Sofort stand ich auf, warf meinen Bademantel um und eilte hinunter. Ich verlor etwas Zeit, weil ich erst eine Kerze anzünden mußte. Mittlerweile hörte ich vom Turmzimmer laute Schreie. Als ich es erreichte, waren Eustace und Miss March, die Schwester und Mr. Lonergan anwesend. Sie alle umdrängten den auf der kleinen Turmtreppe liegenden Adolph. Es ist ganz grauenhaft! Noch nie ...«

»Sagten Sie mir nicht bereits, daß Sie ein alter Freund des kranken Mr. Federie seien?«

»Allerdings. In gewisser Hinsicht auch sein kaufmännischer Berater. Oh, gewiß, wir waren alte Freunde.«

»Aus welchem Grund sind Sie hierhergekommen?«

»Mr. Federie ließ mich kommen, kurz ehe er so schwer erkrankte. Als ich eintraf, hatte er jedoch bereits die Sprache verloren. Was er eigentlich von mir wollte, entzieht sich meiner Kenntnis. Nun, da dieser unglückselige ...«

»Er schrieb Ihnen? Dürfte ich den Brief wohl einmal sehen?«

»Selbstverständlich! Ich vermute, daß er in meinem Koffer liegt. Oder ...« Behutsam suchte er in seinen Taschen. »Hier ist er schon. Nur eine kurze Benachrichtigung, wie Sie sehen.«

O'Leary nahm das Blatt an sich und las mit halblauter Stimme: »Lieber Dimuck, bitte besuche mich im Lauf der nächsten Tage. Adolph ist hier. Dein Jonas Federie.«

»Adolph ist hier«, wiederholte der Detektiv langsam, worauf er den Brief zurückgab. »Danke, Mr. Dimuck. Können Sie uns noch etwas über Adolph Federie sagen? Welchen Beruf übte er aus?«

»Er . . .« Mr. Dimuck warf der Witwe einen mißbilligenden Blick zu, »er hatte keinen eigentlichen Beruf. Jedenfalls weiß ich nichts davon. So tut es mir leid, Ihnen kaum etwas Nennenswertes mitteilen zu können. Immerhin glaube ich meiner Vermutung dahingehend Ausdruck geben zu sollen, daß er diesmal hierherkam, um – je nun – weil er Geld brauchte.«

»Stimmt«, warf Isobel gelassen ein. »Er brauchte ja stets Geld. Diesmal sollte sein Vater geschröpft werden. Natürlich kam ihm dessen Erkrankung höchst verquer.«

Dimuck räusperte sich ungehalten. »Ja«, fuhr er fort, ohne dem Einwurf Isobels Beachtung zu schenken, »es war mein Eindruck, daß Adolph Geld benötigte. Sehr dringend, vermutlich. Der arme Kerl! In meinem ganzen Leben ist mir . . .«

»Wieso gewannen Sie den Eindruck?«

Die jähe Frage schien Mr. Dimuck etwas aus dem Konzept zu bringen. Er rieb sich erregt die Nase und sah den Detektiv vorwurfsvoll durch die dicken Gläser seiner Brille an.

»Hm, was soll ich da sagen? Schon der Brief des Vaters deutete darauf hin. Auch weiß ich aus Erfahrung, daß Adolph selten ohne geldliche Wünsche nach Hause kam.«

Elihu Dimuck sah Isobel an, und diese nickte recht hämisch dazu. »Man . . . man soll von den Toten für gewöhnlich nichts Schlechtes sagen, aber ich fürchte, daß Adolph kein sehr solides Leben führte.«

Hier mischte sich March unerwarteterweise ein:

»Das dürfte richtig sein. Ich weiß, daß er immer versuchte, Geld zu bekommen. Sogar gestern abend noch versuchte er, von mir welches zu borgen.«

»Gab er irgendeinen Grund für seine Schwierigkeiten an?« forschte O'Leary.

»Nein. Ich gab ihm auch diesmal nichts. So wenig wie früher.«

»Die Beziehungen zwischen Ihnen und Adolph Federie waren also keine sehr erfreulichen?«

»Nein!« klang es sehr scharf. »Er war schlapp, leicht zu beeinflussen; er trank und spielte zuviel. Ich haßte ihn!«

Und als Eustace offenbar empört aufsprang und sie an der Schulter packen wollte, da wich sie gewandt aus: »Und du haßtest ihn gleichfalls, Eustace! Das weißt du ganz genau! Auch du haßtest ihn!«

In die seltsame Stille, die diesem Ausbruch folgte, tönte plötzlich Isobels Lachen.

Es war ein abstoßendes Gelächter, das boshafte Belustigung ausdrückte, und wenn man bedachte, daß es von der Witwe des Verstorbenen kam, so konnte einen wahrlich das Grauen packen. Da kam Kema lautlos aus dem Hintergrund hervor und legte ihre große dunkle Hand dem zornigen Eustace auf den Arm. Wohl sah er sie wütend an, doch beruhigte er sich zusehends.

»Ihr zankt euch, während ein Toter im Haus liegt«, sagte sie mit ihrer dunklen, sanften Stimme. »Laßt ihn ruhen.«

Eustace zog sich von ihr zurück.

»Schon gut, Kema ... Haben Sie sonst noch Wünsche, Herr Detektiv?«

O'Leary hob den Blick von dem roten Bleistiftstummel. »O ja, ich habe noch verschiedene Fragen zu stellen. Natürlich waren Sie sehr überrascht von dem Mord, Mr. Dimuck?«

Elihu Dimuck preßte die feisten roten Hände gegeneinander.

»Ich war entsetzt ...! Über alle Maßen erschüttert!«

»Und Sie, Grondal?« Schnell drehte sich O'Leary zu dem Diener um. »Durch was wurden denn Sie geweckt?«

»Durch die Glocke, Sir. Ich nahm an, daß Mr. Federie gestorben war.« Die Antwort klang ziemlich teilnahmslos.

»Wo schlafen Sie?«

»Droben in der Südwestecke, Sir.«

»Sind Sie die Vordertreppe heruntergekommen?«

»Nein, Sir. Bei der Küche gibt es eine Hintertreppe.«

»Und unterwegs ist Ihnen nichts Ungewöhnliches aufgefallen?«

»Nein, Sir«, erwiderte Grondal sehr bestimmt. Mir schien, daß er sich auf diese Antwort bereits vorbereitet hatte. Allerdings lag sie wohl auf der Hand. Die weitere Vernehmung des Dieners ergab keinerlei neue Gesichtspunkte. Ähnlich ergebnislos verlief diejenige Kemas. Dann wandte sich O'Leary an Isobels Todfeindin. »Nun, Miss Frisling, können wir jetzt Ihre Geschichte zu hören bekommen?«

»Meine Geschichte!« würgte Mittie hervor. Seit ihrem letzten Zusammenstoß mit Isobel hatte sie sich völlig schweigsam verhalten. Noch waren die roten Striemen auf ihrer Wange sichtbar. Die Aufforderung des Detektivs schien sie aufs neue mit Schrecken zu erfüllen.

»Sie sind als Gast hier?«

»Nicht ganz ... oder doch ... ja.«

Sie warf March einen hastigen und unsicheren Blick zu, was O'Leary veranlaßte, seine Frage genauer zu stellen. »Sie betrachten sich als Miss Federies Gast, nicht wahr?«

»Nein, nein ... ich ...« Mittie stockte. O'Leary wartete höflich, obwohl ich, die ich seine Art kannte, sehr wohl bemerkte, daß ihn die Erregung der Befragten einigermaßen wunderte.

»Ich war bereits hier, als sie heimkehrte«, sagte die Frisling, die, wie ich noch bei anderer Gelegenheit feststellen sollte, ein längeres Schweigen nicht zu ertragen vermochte. »Ich war schon hier.« Sie zögerte abermals und vergrub ihre Finger nervös in den Falten ihres Kimonos. Grondal hüstelte plötzlich. Seine Gesichtsnarbe hatte sich dunkelrot gefärbt, und starr sah er Mittie an. Sie fuhr sich mit der Zungenspitze über die trockenen Lippen, erwiderte seinen Blick mit hilflosem Ausdruck, glättete den Kimono über ihren Knien und begann unvermittelt ihre Worte hastig hervorzusprudeln.

»Geschäftlicher Dinge wegen kam ich. Um mit dem alten

Herrn Federie zu sprechen. Er kann nicht reden. Er ist krank. Man sagte mir, daß der Zustand noch eine Reihe von Tagen dauern könnte. Ich wartete also auf Besserung. Getan habe ich nichts. Weshalb fragen Sie mich? Ich weiß nichts von all dem. Ich schlief, als man an die Tür meines Schlafzimmers klopfte. Das geschah noch vor Tagesanbruch.« Mittie tat einen tiefen Atemzug. »Ich wollte nicht antworten.«

»Warum nicht?«

»Weil ich ...« Ihre Blicke huschten jetzt umher wie die eines gefangenen Tieres. »... weil ich ... mich fürchtete.«

»Weshalb sollten Sie sich denn fürchten, Miss Frisling? Sie sagten, daß Sie nichts von der Sache wußten. War es Ihnen nicht bekannt, daß Adolph Federie ermordet wurde?« Die liebenswürdig klingende Stimme wurde mit einemmal scharf und frostig.

Da warf Mittie beide Hände vor ihr Gesicht und preßte den Oberkörper fest gegen die Lehne des Sessels.

»Nein! Nein ...! Ich ... ich hörte sie nur draußen vor meiner Tür sprechen.«

»Haben Sie den Schuß gehört?«

»Nein!«

»Vernahmen Sie Miss Keates Schreien?«

»Nein!«

»Wieso wußten Sie denn, daß Adolph Federie erschossen worden war?«

»Ich sagte Ihnen doch schon, daß ich die Leute draußen in der Halle sprechen hörte.«

»Zu welcher Zeit zogen Sie sich in Ihr Zimmer zurück?«

»Gegen elf Uhr ... denke ich.«

»Sie sagten uns, daß Sie den Zank zwischen Adolph Federie und seiner Gattin belauschten. Ist das wahr?«

»Ja ... allerdings ... das heißt, ich ...«

»Wo befanden Sie sich während des Streites?«

»Ich ging gerade zur Küche hinunter, um mir eine Wärmflasche zu besorgen; mein Zimmer ist kalt wie eine Scheune«, setzte sie hinzu, wobei March ein Seitenblick traf. »Dabei kam ich an ihrer Tür vorbei. Ich hörte sie. Ihre Stimmen klangen laut und zornig Ich mußte es einfach mit anhören.«

»Verstanden Sie auch, was gesprochen wurde?«

Isobel beugte sich plötzlich vor und sah ihre Feindin scharf an.

»Ja, Mittie«, sagte sie dann katzenfreundlich. »Bitte sage uns doch, was du hörtest.«

»Ich hörte dich aufschreien, als er dich schlug«, erwiderte Mittie schadenfroh.

Isobels Züge strafften sich, aber sie lächelte.

»Aber die Worte, Mittie. Wir wollen doch Worte hören, die für die Polizei von Interesse sein könnten. Erfinde doch wenigstens schnell irgendwas. Sicher hast du doch beide Ohren gegen die Tür gedrückt!«

»Isobel!« warnte Eustace abermals.

»Ich ... aus dem Tonfall der Stimmen entnahm ich, daß sie heftigen Streit miteinander hatten. Ich hörte, wie Isobel schrie, als sie geschlagen wurde, aber Adolph lachte. Und dann ...« hier richtete Mittie ihre Augen triumphierend auf die Widersacherin, »... und dann hörte ich Worte. Isobel sagte nämlich: ›Dafür werde ich dich umbringen!‹ Nun, das hat sie ja inzwischen getan.«

Den letzten, heiser geflüsterten Worten folgte eine seltsame Stille. Dann lachte Isobel abermals auf, doch ihre breiten Hände öffneten und schlossen sich, als habe sie die Kehle der Zeugin zwischen den Fingern.

»Oh, Mittie, Mittie, hast du dir wirklich nichts Besseres ausdenken können!«

»Ich kann beschwören, die Worte gehört zu haben.«

Abermals senkte sich Schweigen auf die Versammlung nieder. Es war kalt geworden im Zimmer, denn niemand hatte darauf geachtet, daß das Feuer im Kamin verlosch. Von draußen drang trübes Tageslicht herein. Als Lance O'Leary wieder zu sprechen begann, klang seine Stimme erbarmungslos streng. Es geschah selten, daß er derartig den unerbittlichen Polizeibeamten herauskehrte.

»Einer der Anwesenden lügt. Einer oder eine von Ihnen hat Adolph Federie erschossen. Das Haus war völlig abgeschlossen. Ein auf den Mann dressierter Hund bewachte es. Ich halte es für gänzlich ausgeschlossen, daß jemand unbemerkt eindringen, Mr. Federie erschießen und ebenso unbemerkt wieder entkommen konnte.«

In der Gesichtern der Anwesenden rührte sich nichts. Ich konnte mir denken, was in ihnen vorging, denn selbst ich hatte das Gefühl, als griffe mir eine eisige Hand ans Herz.

»Sie sind sich natürlich darüber klar, daß wir erst am Anfang des Untersuchungsverfahrens stehen«, begann O'Leary wieder. »Ich muß Sie daher ersuchen, das Haus nicht ohne meine ausdrückliche Genehmigung zu verlassen. Andernfalls würde ich mich genötigt sehen, Sie zu verhaften. Die Leichenschau ist auf morgen früh festgesetzt. Vorläufig verbleibt eine aus wenigen Schutzleuten bestehende Wache hier, so daß Sie unbesorgt schlafen können.«

Sorgfältig barg er den unansehnlichen Bleistiftstummel in seinem Notizbuch. Dann verließ er uns. Ich stand als erste auf und ging zur Tür, von der aus ich noch einen letzten Blick auf die Versammlung warf.

Deke Lonergan beugte sich über March und redete auf sie ein. Isobel saß regungslos da und starrte auf den Teppich nieder. In der Hand hielt sie eine Zigarette. Mittie war aufgestanden und folgte mir mit kleinen, hastigen Schritten. Elihu Dimuck, der sich ebenfalls erhoben hatte, streifte die Beinkleider glatt. Grondal stocherte im Kamin herum, und Kema verharrte noch auf ihrem Platz. Soeben näherte sich Eustace seiner Kusine. – Ich verließ das Zimmer. Draußen in der Halle wurde ich von Lance O'Leary angesprochen.

»Miss Keate, ich möchte Sie im Laufe des Tages gerne nochmals sprechen. Ist Ihnen übrigens in dieser traurigen Angelegenheit etwas Besonderes aufgefallen ...? Bei den meisten Mordfällen bringt jeder irgendein Alibi auf; hier aber fehlen sie restlos. Keinerlei Alibis. Die Sache verspricht wirklich interessant zu werden.«

5

Langsam und ereignislos verstrich der Tag. Wenn es nach mir gegangen wäre, so würde ich sämtliche Vorhänge des Hauses entfernt haben, denn jedesmal, wenn ich an einer Tür oder einem Fenster vorüberkam, hatte ich das Gefühl, als wollten Gespensterhände nach mir greifen. Einmal, als ein Windzug den grünen Türvorhang des Turmzimmers bewegte, hätte ich fast aufgeschrien.

Sämtliche Hausbewohner schienen ein besonderes Interesse für die Bibliothek zu haben, denn stets lungerten einige darin herum. Sie sprachen aber kaum etwas miteinander. Eigentlich hätte man doch erwarten sollen, daß alle Beteiligten nach solcher Nacht ein erhöhtes Schlafbedürfnis empfinden würden. Ich merkte aber nichts dergleichen. Es ging wohl allen wie mir, jeder wollte Menschen um sich haben.

Es war mir gar nicht sonderlich lieb, daß die Katze Genoveva Zuneigung zu mir faßte und mir fast den lieben langen Tag überallhin folgte. Droben im Krankenzimmer saß sie auf dem Kaminsims, wenn ich mit dem Patienten zu tun hatte, und wenn ich in einen andern Teil des Hauses ging, blieb sie mir dicht auf den Fersen.

Mehrfach ertönte die Hausglocke. Ich nahm an, daß es sich um Zeitungsberichterstatter handelte; niemand wurde eingelassen. Dennoch gelang es ihnen – vermutlich mit Hilfe der Schutzleute – einiges zusammenzuschreiben, denn als nach einem sehr ungemütlichen Lunch der Arzt erschien, trug er ein noch druckfeuchtes Extrablatt der lokalen Presse bei sich. Übrigens schien er es mir etwas übelzunehmen, daß ich ihn noch nicht telefonisch verständigt hatte.

»Der Zustand des Patienten war unverändert«, antwortete ich auf seine dahin zielende Bemerkung. »Demnach lag kein Grund vor, Sie anzurufen.«

»Unverändert . . .? Da wurde im Krankenzimmer selbst ein Mord begangen, und dann soll kein Grund vorliegen, mich zu benachichtigen! Obendrein muß es doch sehr aufregend gewesen sein.«

»Das war es durchaus nicht«, antwortete ich, sah dabei aber ganz unwillkürlich zur Turmtreppe hinüber. Meine Bewegung entging dem Arzt nicht.

»Geschah es dort?« fragte er. Doch nun erschien March und schnitt weitere Erörterungen ab.

»Guten Tag, Herr Doktor«, sagte sie ernst. »Grondal hat mir gemeldet, daß Sie da sind. Ich bin March Federie. Geht es Großvater besser?«

Der junge Arzt sah sie forschend an.

»Ich rechne zuversichtlich auf baldige Besserung«, versicherte er dann. »Jedenfalls geben wir uns alle Mühe.«

»Ich würde mich unendlich freuen, Herr Doktor.«

Ihre Stimme bebte leicht. Dr. Jay reichte ihr flüchtig die Rechte und machte sich dann an seiner Handtasche zu schaffen.

»Geben Sie ihr diese beiden Kapseln in warmem Wasser, Schwester, und schicken Sie Miss March zu Bett.«

»Nein! Nicht in mein Zimmer! Da wäre ich allein!« rief March, die plötzlich ihre mühsam behauptete Selbstbeherrschung zu verlieren schien.

»Natürlich«, suchte der Arzt sie zu beruhigen. »Legen Sie sich nur dort drüben auf die Couch. Miss Keate wird sich dauernd hier aufhalten.« Als er daraufhin mir den Blick zuwandte, errötete er ein wenig. »Sie sollten sich gleichfalls etwas Ruhe gönnen, Miss Keate. Könnten Sie nicht ein bißchen in diesem geräumigen Lehnstuhl schlafen?«

»Gut«, sagte March. »Ich habe nur noch Kema etwas auszurichten.«

»Also das ist March Federie«, nickte Dr. Jay, als sich der Türvorhang wieder geschlossen hatte. »Hm ... na, ich bin ja schon verheiratet. Auf Wiedersehen, Miss Keate. Sollte sich irgend etwas Besonderes ereignen, dann rufen Sie mich bitte an.«

»Wenn hier nochmals etwas ... Besonderes geschieht, dann laufe ich davon. Auf Wiedersehen, Doktor.«

Den ganzen Nachmittag verbrachte ich im Krankenzimmer. Zuweilen nickte ich wohl etwas ein, aber meist ruhte ich in dem großen Sessel, starrte zu den feuchtbeschlagenen Fenstern hinüber und suchte meine Gedanken fortzulenken von all den schrecklichen Eindrücken, die ich im Lauf der letzten vierundzwanzig Stunden empfangen hatte. Drüben auf der grünen Couch lag March in tiefem Schlaf.

Immer wieder machte sich Grondal im Turmzimmer zu schaffen. Ich weiß nicht, ob es Aufmerksamkeit für unser Wohlbefinden oder reine Neugier war, was ihn hertrieb. Jedenfalls verging kaum eine Viertelstunde, in der er nicht auf Zehenspitzen hereingeschlichen kam. Zuweilen weckte er mich aus meinem Halbschlaf, worauf er mir beschämt einen um Verzeihung bittenden Blick zuwarf.

Bis sechs Uhr blieb es totenstill im Haus. Frühzeitig war der kalte und unfreundliche Tag zur Neige gegangen, so daß ich ganz froh war, als Grondal zwei hellbrennende Lampen hereintrug. Gerade erwog ich zum soundsovielten Male den merkwürdigen Umstand, daß das Haus kein elektrisches Licht besaß, als vom andern Ende des weitläufigen Gebäudes die unheimlichen Töne jener Melodie herüberklangen, die Eustace bereits am Abend zuvor auf dem alten Klavier gespielt hatte. March rührte sich, öffnete die Augen und richtete sich gähnend auf.

»Um Himmels willen, was ist denn das für eine Höllenmusik?« sagte ich.

March tat zunächst einen tiefen Atemzug.

»Ich habe geschlafen«, sagte sie. »Lieber Gott! Es ist ja schon Nacht.«

»Erst sechs Uhr«, gab ich zur Antwort, wiederholte dann aber meine Frage. »Was ist das für ein Stück, das Eustace immer spielt?«

»Ich glaube, es heißt ›La Furiante‹. Ich weiß nicht genau. Es stammt von einem böhmischen Komponisten. Eustace liebt es sehr.«

»Dann hat er einen sehr schlechten Geschmack«, bemerkte ich unwillig. Ich selbst habe Musik sehr gerne, aber sie darf nicht eine derartig an den Nerven zerrende Anhäufung von Dissonanzen sein. Obendrein kam mir diese sogenannte Melodie wie eine Siegeshymne des Satans vor. – »Haben Sie gut geschlafen?«

March war nun völlig wach geworden.

»Ja«, sagte sie langsam, fuhr aber dann mit einem leichten Frösteln fort: »Ich hatte nur einen häßlichen Traum. Diese Couch spielte eine Rolle darin.«

Ich warf einen mißtrauischen Blick auf das Möbelstück, bemerkte dann aber leichthin, daß man sich nach der Einnahme eines leichten Opiats meistens nicht sonderlich behaglich fühle.

»Es ist bald Essenszeit«, setzte ich hinzu. »Gerne würde ich mich umziehen. Sind Sie ...« Ich zögerte, meinen Wunsch auszusprechen, doch erriet sie offenbar meine Gedanken.

»Es war lieb von Ihnen, den ganzen Nachmittag bei mir zu bleiben, Miss Keate. Gehen Sie jetzt nur in Ihr Zimmer. Ich bin wieder ganz frisch und werde hier bei Großvater bleiben, bis Sie wiederkommen. Sie brauchen sich nicht zu sehr zu beeilen.«

Eustaces Spiel wurde lauter, als ich mich der Halle näherte, brach dann aber ganz plötzlich ab. Leise Stimmen tönten von der Bibliothek herüber. Niemand begegnete mir auf der Treppe, und während ich die Stufen hinaufstieg, wunderte ich mich darüber, daß ich kaum vierundzwanzig Stunden in diesem Hause weilte. Ich hatte das Empfinden, als sei mir Haus Federie schon zeit meines Lebens bekannt.

Ich brauchte nur wenige Minuten, um mich zu erfrischen und eine neue Schürze und Haube anzulegen. Beim Verlassen des Schlafzimmers sah ich nach beiden Seiten den langen grünen Korridor entlang. Das größere Ende erstreckte sich nach links. Ich tat ein paar schnelle Schritte in jener Richtung. Hier und dort erblickte ich an den Wänden altmodische, mit Kerzen versehene Blaker. Die kleinen Flammen zuckten zuweilen im Luftzug. Von der Mitte des Korridors zweigte ein Gang in den Seitenflügel ab. Er war der einzige, der keinen Läufer hatte. An einer Seite befanden sich etliche Fenster, die andere enthielt mehrere Türen. Ich blieb jedoch im eigentlichen Korridor, weil es mir darauf ankam, das Zimmer zu erkunden, das sich unmittelbar über dem Turmgemach befand. Doch meinem Vordringen wurde durch eine große, den Korridor abchließende Tür ein Ende gemacht. Sie bestand aus altem, schwerem Holz und schimmerte schwach im Schein der dürftigen Beleuchtung.

Ich drehte den Türknopf, ohne daß etwas erfolgte. Die Tür war verschlossen.

Hatte O'Leary nicht gesagt, daß der Schlüssel fehlte? Vielleicht war er nur zufällig aus dem Schloß gerutscht und lag nun am Boden. Obwohl ich selbst wenig Hoffnung hegte, ihn zu finden, bückte ich mich dennoch. Als ich, auf Händen und Knien liegend, suchte, wurde ich plötzlich angesprochen.

»Etwas verloren?«

Ich hatte niemanden kommen hören. Erschreckt fuhr ich auf.

»Ja . . . allerdings. Das heißt, ich suchte . . . die Hintertreppe.«

»Die werden Sie da nicht finden.« Der Sprecher drehte sich ein wenig herum. Ein Lichtschein fiel auf sein Gesicht. Im selben Augenblick erkannte ich auch O'Leary. Aufstehend klopfte ich mir den Staub von der weißen Schürze.

»Ich nehme an, daß Sie bis zu jenem Schlafzimmer vordringen wollten«, sagte der Detektiv ernst. In seinen Augen schimmerte aber fast so etwas wie verhaltene Heiterkeit. »Es ist noch immer verschlossen, und ich gäbe viel darum, wenn ich wüßte, wo sich der Schlüssel befindet. Übrigens hätte ich gerne Ihre Meinung über eine bestimmte Angelegenheit gewußt, Miss Keate. Kommen Sie bitte mit.«

Er tat ein paar Schritte in jene Richtung, aus der ich gekommen war, und stieß eine Tür auf, die in ein dunkles Schlafzimmer führte. Zuerst bemerkte ich nichts, aber dann knipste er eine elektrische Taschenlampe an, in deren Schein ich ein großes Bett, einen riesigen Kleiderschrank und verschiedene andere Möbel gewahrte. Der Boden war mit einem schweren grünen Teppich bedeckt.

Lance O'Leary beugte sich vor.

»Hier, Miss Keate.« Er ließ den Lichtkegel nach verschiedenen Richtungen gleiten. »Können Sie es sehen?«

»Was?«

»Den Staub, der auf dem Teppich liegt. Er ist unverkennbar . . .«

»O ja, ich hab's!«

Ganz deutlich hoben sich von der Staubschicht kleine Fußabdrücke ab. Neben ihnen gab es noch andere, offenbar größere.

»Die großen sind von mir«, erläuterte O'Leary. »Die Spur führt zur Ecke des großen Kleiderschranks und dann wieder zur Tür zurück. Hinter der Schrankecke aber fand ich ... dies.«

Es war ein kleiner, aber offenbar sehr guter Revolver, den mir O'Leary nur eben zeigte, bevor er ihn wieder in die Rocktasche gleiten ließ.

»Es sah ganz so aus, als sei er schnell dorthin geworfen worden. Wer das jedoch tat, ließ sich zum mindesten Zeit, behutsam die Fingerabdrücke fortzuwischen.«

Ich wandte meine Aufmerksamkeit wieder den Fußabdrücken zu, die so merkwürdig klein und doch so überaus deutlich waren.

»Sie sind ...« wollte ich anfangen, schwieg dann aber. Wenn er es nicht schon selbst entdeckt hatte, brauchte ich ihn nicht darauf aufmerksam zu machen, aber da O'Leary weder blind noch ein Trottel war, wußte er natürlich schon Bescheid.

»Ja«, sagte er, »sie stammen von den Füßen einer Frau.«

Sofort fielen mir Marchs schlanke Seidenpantoffel ein.

»Die Schwierigkeit liegt nur darin, daß sich hier im Hause zwei Frauen befinden, deren Schuhe zu dieser Spur passen«, sagte der Detektiv sehr langsam. »Mittie Frisling und ...«

»Sind Sie sicher, daß es eine von beiden gewesen sein muß?«

»O nein. Im Augenblick bin ich mir überhaupt in keiner Weise sicher. Ich habe jedoch diese Abdrücke mit einem Paar ziemlich zerschlissener, schwarzseidener Pantoffel verglichen, die ich in Miss Frislings Zimmer fand und zudem mit einem Paar schwarzer Samtschuhe, die aus dem Zimmer von Mrs. Isobel stammen. Nun frage ich Sie: Glauben Sie, daß eine dieser beiden Frauen imstande wäre, sicher zu zielen?«

»Nein«, sagte ich. »Immerhin würde ich so etwas noch eher Isobel als der Frisling zutrauen. Isobel ist überlegener, aber dennoch machte mir ihr Verhalten heute früh, als Eustace ihr den Tod ihres Mannes mitteilte, den Eindruck, als sei sie an der Mordtat unschuldig. Sie schien aufs tiefste erschüttert, wenn sie auch sicherlich keinen Kummer empfand.«

»So, also diesen Eindruck hatten Sie?« Wir standen nun wieder draußen im Korridor, und O'Leary hielt seine grauen Augen fest auf die meinen gerichtet, als suche er auf dem Grunde meiner Seele zu lesen. »Sie mögen recht haben. Immerhin ist an dieser Frau eine Schauspielerin verlorengegangen. Bemerkten Sie, wie sie Mitties Worte abschwächte, noch ehe sie gesprochen worden waren? Was die Frisling anbetrifft, nun, eine so hemmungslose Person ist schließlich zu allem fähig.«

»Halt«, unterbrach ich ihn. »Wenn Mittie jemals versuchen sollte, einen Mitmenschen umzubringen, so würde sie sechsmal hintereinander schießen und nicht treffen.«

O'Leary schien jedoch noch Zweifel zu haben. »Immerhin ist irgend etwas von katzenhafter Schlauheit an dieser Frau«, sagte er. »Aber warten Sie, ich will nur die Tür wieder schließen, denn der Raum wird nicht benutzt. Würde er das, so hätten wir weder die Spuren noch den Revolver gefunden. Übrigens werde ich durch diese Entdeckung in der Vermutung bestärkt, daß der Täter zum Hause gehört. Wie hätte er sonst wissen können, daß das Zimmer unbewohnt ist?«

Wir schritten den Korridor entlang, wobei der Detektiv mit seinen Erläuterungen fortfuhr.

»Es ist nur eine einzige der Revolverpatronen abgefeuert worden, und die Kugel, die man im Körper des Toten fand, paßt dazu.«

»Wo liegen Adolph Federies Zimmer?« fragte ich, als wir den Seitengang erreichten.

»Die mittlere Tür dort führt zu seinem Wohnzimmer. Das Schlafzimmer befindet sich unmittelbar daneben und steht in Verbindung mit dem Badezimmer. Vor fünfzig Jahren waren solche luftlosen Zimmerfluchten modern. Miss March wohnt am Ende des Hauptkorridors in der Südwestecke des Hauses. Dimuck hat das ihr gegenüberliegende Zimmer inne, und diesseits davon liegt das von Miss Frisling. Dann folgt die

Kofferkammer, von der aus eine Leitertreppe zum Speicher führt. Ihr Zimmer liegt also der Kofferkammer gegenüber. Dann kommt wieder ein Badezimmer, und der nächste Raum beherbergt Eustace und Lonergan bis auf weiteres; das heißt, bis wir den Schlüssel ihres ursprünglichen Schlafzimmers gefunden haben.«

»Glauben Sie, daß der Mörder den Schlüssel besitzt? Aus welchem Grunde wurde überhaupt Ihrer Meinung nach die Tür versperrt?«

»Wahrscheinlich, um uns Sand in die Augen zu streuen. Vielleicht auch, weil es dem Täter darauf ankam, sich einen Zugang zum Turmzimmer zu sichern. Oh, nur nicht erschrekken, Miss Keate! Kommen Sie, wir wollen hinuntergehen; Sie frösteln ja. Diese alten Häuser sind die reinsten Eiskeller. Dabei genügt schon die vorsintflutliche Beleuchtung mit Lampen und Kerzen, um einem das Gruseln beizubringen. Weshalb um alles in der Welt die Leute wohl keine Lichtleitung haben legen lassen? Vorsicht, die Stufen sind in diesem Halbdunkel kaum zu sehen.«

Auf dem Treppenabsatz begegnete uns eine in eine schwarze Seidenmantille gehüllte Gestalt. Es war Isobel. Im Vorbeigehen warf sie uns aus halbgeschlossenen Augen einen schiefen Blick zu. Wenn sie auch nichts sagte, so wußte ich doch daß sie sich über unser Beisammensein Gedanken machte.

Wir erreichten das Turmzimmer.

March saß noch dort. Offenbar war sie mit ihren Gedanken bei den jüngsten Vorfällen, denn bei unserem Erscheinen drehte sie sich mit einem Ruck um und umklammerte mit beiden Händen die Armlehnen ihres Stuhles. Dann murmelte sie etwas Unverständliches und ging schnell zur Tür. Es sah wie eine Flucht aus.

»Sie liebt meinen Anblick nicht sonderlich«, meinte Lance O'Leary. »Vielleicht auch nicht meine Gespräche.«

»Vermutlich sind es die Gespräche«, nickte ich und trat zum Krankenbett.

»Geht es ihm besser?« fragte der Detektiv. Er sah zu, wie ich das Thermometer heftig herunterschlug, ehe ich das Röhrchen dem Bewußtlosen zwischen die schlaffen Lippen schob.

»Ich glaube, eine leichte Besserung beobachten zu können.«

»Da fällt mir ein, Miss Keate: Trug Adolph Federie einen Ring?

Nach dem Eindruck an seinem Finger zu schließen, muß es sich sogar um ein ziemlich schweres Stück gehandelt haben. Entsinnen Sie sich?«

Ich erinnerte mich an den großen, etwas zweifelhaften Diamanten, der an seiner weichen, feuchten Hand prangte.

»Ja. Es war ein großer Brillantring, dessen Stein meines Wissens nicht viel taugte.«

»Bei der Untersuchung der Leiche war er nicht mehr da. Haben Sie ihn vielleicht irgendwo anders gesehen?«

»Nein, bestimmt nicht.«

Ich begann dem Kranken abwechselnd heiße und kalte Umschläge zu machen, und Lance O'Leary sah mir dabei zu. Er plauderte ganz zwanglos weiter, als handelte es sich um einen kleinen Besuch zur Teestunde.

»Soweit ich bisher feststellen konnte, entsprechen die Aussagen aller Anwesenden über ihre Person und ihren Beruf der Wahrheit. Eustace und Lonergan kamen von Olfield, wo Eustace als Anwalt tätig ist. Lonergan steht in Verbindung mit der Firma Dekesmith & Lonergan, deren Hauptanteile sein Vater besitzt. Der lebt übrigens hier in der Nähe in Dungerton. Eustace scheint allerdings ein Nichtstuer zu sein, der den größten Teil seiner Zeit vertrödelt und dabei sehr viel Geld ausgibt. March Federie kam erst kürzlich von einem Besuch bei Verwandten zurück, die im Süden wohnen. Es handelt sich um einen ältlichen Vetter, der heute früh sein etwas sehr förmliches Beileid drahtete und March für den Fall, daß der alte Federie sterben sollte, sein Haus zur Verfügung stellte. Adolph und Isobel sind offenbar moderne Nomaden. Sie ziehen von einer Stadt zur andern und genießen die Freuden des Daseins, wo immer sich Gelegenheit bietet. Wenn das Geld alle ist, kehren sie zeitweilig nach Hause zurück. Adolph erfreute sich keines sonderlich guten Rufes, doch liegen keine ausgesprochenen Anschuldigungen vor. Auch konnte ich aus seiner Lebensführung nichts entnehmen, was als Motiv zu seiner Ermordung hätte gelten können.«

»Ich meine, daß es hier im eigenen Hause Gründe genug geben sollte«, warf ich ein.

O'Leary schenkte meinen Worten keine Beachtung, wie ich überhaupt den Eindruck gewann, daß er eigentlich nur ein Selbstgespräch führte. Inzwischen war ich mit der Behandlung des Kranken fertig geworden. Ich sah noch einmal auf die Uhr und nahm dann in der Nähe O'Learys Platz.

»Dann ist da noch Mittie Frisling«, fuhr er fort. »Mehrere Jahre lang wohnte sie zusammen mit ihrem Vater in einer ziemlich unschönen Stadtwohnung. Über ihn vermochte ich bisher lediglich in Erfahrung zu bringen, daß er Matthew Frisling hieß, früher Notar gewesen war und die letzten fünfzehn Jahre seines Lebens privatisierte. Die beiden führten ein sehr zurückgezogenes Dasein. Der Vater starb vor kurzem, und Mittie gab die Wohnung auf und kam hierher. Sicherlich hält sie sich schon etliche Wochen in diesem Hause auf, und sie dürfte reichlich Gelegenheit gefunden haben, mit dem alten Mr. Federie zu sprechen, noch bevor er krank wurde. Was eigentlich der Grund ihrer Anwesenheit ist, wird nur sie – und wahrscheinlich Grondal – angeben können. Vielleicht kennt ihn auch Isobel, denn sie scheint mit Mittie seit geraumer Zeit bekannt zu sein.«

O'Leary hatte sich mittlerweile auf einen Stuhl niedergelassen und die Beine übereinandergeschlagen. Vom Tisch fiel das Licht der Lampe auf sein Gesicht. Es ließ die scharfgeschnittenen Züge stark hervortreten, während die Augen im Schatten blieben. Bisher war es mir vielleicht noch nicht so überzeugend klargeworden, wie sehr sein energisches Gesicht vom Ausdruck der grauen Augen beherrscht wurde.

In der kleinen Pause, die seinen Worten folgte, polterte plötzlich ein halbverbranntes Stück Holz durch den Rost des Kamins. Das an sich belanglose Geräusch ließ mich erschrokken zusammenfahren. Sofort wandte sich O'Leary mir zu.

»Haben Sie sich ein wenig ausruhen können, Miss Keate?«

»Ja ... das heißt ...« Ich gab ihm einen kurzen Überblick über den Verlauf des Nachmittags. Da ich es nicht gewohnt bin, daß sich meine Mitmenschen für mein Wohlergehen interessieren, war ich ihm für seine Anteilnahme richtig dankbar.

»Sie werden sich heute nacht zu Bett legen und ordentlich schlafen«, sagte er. »Ich sorge schon dafür, daß noch eine zweite Krankenschwester zugezogen wird. Weniger energische Frauen als Sie wären überhaupt schon längst zusammengebrochen.«

Natürlich paßte mir sein Vorschlag durchaus nicht. Ich bedankte mich dafür, vielleicht ein flatterhaftes Ding in meiner Nähe zu haben, mit der Eustace schöntat. Außerdem war mir nun einmal die Behandlung des Falles anvertraut worden, und dabei sollte es bleiben. Ich hatte dann allerdings sehr bald Gelegenheit, meinen Entschluß zu bereuen.

»Dann wäre da noch Elihu Dimuck«, nahm O'Leary den Faden seiner Gedanken wieder auf. »Er ist ein alter Freund des Hausherrn und kommt des öfteren zu Besuch. Ungefähr fünfzig Meilen südlich von hier gehört ihm eine große Landwirtschaft. Er verfügt über ein ansehnliches Bankkonto, das er ausgiebig, wenn auch nicht übertrieben in Anspruch nimmt. In Stockville, wo er für gewöhnlich wohnt, gilt er als recht wohlhabend. Sein Vermögen wird auf annähernd achthunderttausend Dollar bewertet. Übrigens lebt er zurückgezogen, ist zeit seines Lebens Junggeselle gewesen, und der einzige kleine Skandal, dem ich auf die Spur kommen konnte, bestand in der ziemlich rücksichtslosen Zurückweisung einer heiratslustigen Witwe. Seine Beziehungen zu Mr. Federie scheinen sich auf gelegentliche Ratschläge zu beschränken, denn nirgends konnte ich finanzielle Transaktionen finden. Anscheinend gehört er zu jenen eingefleischten älteren Junggesellen, die eifersüchtig darüber wachen, daß man sie nicht behelligt.«

»Es wäre mir auch niemals eingefallen, ihn zu verdächtigen!«

»Grundsätzlich soll sich in einem Fall wie dem vorliegenden der Verdacht gegen jeden richten. Bleiben also noch die beiden Dienstboten, die zwar keinen sonderlich angenehmen Eindruck erwecken, im übrigen aber deutet nichts auf ihre Schuld.

Die amtliche Feststellung der Todesursache wird lediglich eine formelle Angelegenheit darstellen. Gestern war der Staatsanwalt da; ich nehme an, daß Sie ihn gesehen haben!«

Grondal hatte so leise das Zimmer betreten, daß ich seine Anwesenheit erst bemerkte, als er fast meinen Stuhl erreicht hatte. Nun begriff ich auch, weswegen O'Leary so unvermittelt den Gespächsstoff wechselte.

Der Diener trug wieder seine verblichene Livree, die in so sonderbarem Gegensatz zu seiner übrigen Bekleidung stand. Ich sah, daß auch O'Leary diese eigenartige Zusammenstellung auffiel.

»Ich will nur die Fensterläden schließen, Sir«, erklärte Grondal respektvoll, während er zum Fenster ging.

»Sie besorgen das jeden Abend, nicht wahr?« fragte der Detektiv, ohne seine lässige Haltung zu verändern.

»Jawohl, Sir. Es ist hier im Hause so üblich.«

»Eine ziemlich lästige Arbeit, wie?«

»O nein, Sir. Es sind ja nur wenige. Die meisten bleiben ja tagsüber geschlossen.«

»Auffallend starke Riegel hat man angebracht.«

»Jawohl, Sir. Es sind noch dieselben, die beim Bau des Hauses geliefert wurden, und sie haben uns gute Dienste geleistet.«

»Stehen Sie schon lange in Diensten der Familie?«

»Rund vierzig Jahre. Schon als Junge arbeitete ich für Mr. Federie.«

»Dann ist Ihnen die Familie also gut bekannt?«

»Ich bin stolz darauf, ihres Vertrauens gewürdigt zu werden, Sir«, antwortete Grondal prompt.

»Zweifelsohne. Dann müssen Sie auch von dem letzten Ereignis stark beeindruckt sein.«

»Selbstverständlich, Sir. Allerdings ist Mr. Adolph während der letzten Jahre nicht viel zu Haus gewesen.«

»Er war nicht das einzige Kind?«

»O nein, Sir. Der alte Mr. Federie hatte vier Söhne. Da war Mr. James, der älteste. Er starb, als seine Tochter March noch ein Kind war. Dann Mr. Charles, der in manchem Ähnlichkeit mit seinem Bruder Adolph besaß. Sie verstehen mich, Sir. Vor etlichen Jahren verschwand er, weil er beim Kartenspiel sein Geld verloren und noch große Schulden gemacht hatte. Mr. Federie erklärte, daß er die Ehre der Familie in den Schmutz gezogen habe, und weigerte sich, ihn in der Familiengruft beisetzen zu lassen. Mr. Federie besitzt ein sehr feines Empfinden für Unrecht. Der jüngste von allen war Mr. Eustace, der Vater unseres Mr. Eustace. Vor beinahe dreißig Jahren starb er hier im Haus als Opfer seiner Trunksucht. Seine Frau folgte ihm binnen kürzester Frist. Ein übles Paar war das. Nun setzte Mr. Federie seine ganze Hoffnung auf den jungen Eustace, wenn ich auch annehme, daß Miss March seinem Herzen am nächsten steht. –

Das Essen wird um sieben Uhr serviert, Miss Keate. Falls

Sie im Hause bleiben, Mr. O'Leary, so wird sich Miss March freuen, wenn Sie gleichfalls an der Mahlzeit teilnehmen.«

Erst als der Türvorhang wieder ruhig hing, wandte sich Lance O'Leary an mich. »Ein übles Paar ...« wiederholte er sinnend. Und dann: »Miss March steht seinem Herzen am nächsten. Sehen Sie sich dies mal an, Miss Keate.«

Er streckte die geöffnete Hand aus, auf deren Fläche eine aus roten Straußenfedern gebildete Rosette lag.

»Ich brauche wohl nicht erst zu fragen, ob Sie das erkennen?« meinte er gelassen.

»Wo ... wo fanden Sie das?«

»In der zusammengekrampften Faust des Toten. Wie es dorthin gelangte, können wir vorderhand nur vermuten.«

6

Die Rosette von Marchs Pantoffel war in der Hand des Ermordeten gefunden worden!

Abermals mußte ich an die Worte denken, die ich bei jener abendlichen Unterredung belauscht hatte: ›Die Hand einer Federie schließt sich leicht um den Griff eines Revolvers.‹ Und dann: ›Also heute nacht.‹

»Was ist Ihnen, Miss Keate?«

»Nichts«, stieß ich kurz hervor. »Gar nichts.«

»Nun, ich denke, Sie werden es mir sagen, wenn Sie sich dazu aufgelegt fühlen«, meinte O'Leary freundlich. »Inzwischen möchte ich nur Ihre Bestätigung haben, daß ich wenigstens einen Anhaltspunkt für das besitze, was Sie wissen.«

Ich hatte ganz vergessen, daß er im Dunkeln saß, während mein Gesicht voll von der Lampe beschienen wurde.

»Sie haben diesen Anhaltspunkt«, gab ich zur Antwort.

»Nur gut, daß ich Sie kenne, Miss Keate, sonst würde ich ernstlich Verdacht schöpfen, daß Sie etwas Wichtiges verheimlichen. Übrigens glaubte der Polizeichef bereits, daß Sie selbst Adolph Federie erschossen, weil er bei Ihnen hier im Zimmer war. Als mutmaßlichen Grund nannte er einen Streit, der sich aus der Zudringlichkeit Adolphs ergeben haben mochte. Nun, nun, nicht gleich so aufbrausen! Natürlich trat ich für Sie ein. – Jetzt aber zur Sache, Miss Keate. Ich möchte, daß Sie mir alles erzählen, was Sie seit Ihrem Eintreffen erlebten, und daß Sie dabei auch nicht die belanglosesten Kleinigkeiten auslassen.« Er lächelte mir ermutigend zu.

Ich erzählte ihm nochmals alles ganz genau, glaubte es aber durchaus mit meinem Gewissen vereinbaren zu können, daß ich das Bruchstück des Gesprächs verschwieg, das ich zwischen March und ihrem Vetter belauscht hatte. Erst als ich von der ersten Untersuchung des Toten berichtete, unterbrach mich O'Leary ziemlich scharf.

»Sie sagten, daß sich Eustace und Lonergan über ihn beugten?«

»Ja.«

»Dann hat einer von ihnen mit Leichtigkeit die Rosette in Adolphs Hand legen können. – Bewahre! Ich will damit keineswegs behaupten, daß es wirklich geschah. Na, also weiter.«

Ich folgte seiner Aufforderung.

»Wo ist der kleine Elefant, von dem Sie sprachen?« fragte O'Leary, als ich zu Ende war.

»Dort auf dem Kamin.«

Er erhob sich und trat zu dem nur schattenhaft sichtbaren Sims hinüber, wo er einige Augenblicke suchte, um dann wieder zu mir zurückzukehren. Er lüftete den Lampenschirm so weit, daß das Licht nunmehr die Kaminecke des Zimmers beleuchtete.

»Es ist zwar alles mögliche dort«, sagte er, »aber einen Elefanten kann ich nicht entdecken.«

Ich schenkte der Sache zunächst wenig Beachtung. »Er ist

grün«, gab ich leichthin zur Antwort. »Scheint aus Jadestein geschnitten zu sein. Er ist ungefähr zehn Zentimeter hoch.«

»Hm ... man mag mich ein blindes Huhn nennen, aber ich kann beim besten Willen nichts sehen, was einem Elefanten ähnlich sieht.«

»Aber natürlich!« Etwas ungeduldig erhob ich mich; gleich darauf betrachtete ich etwas befremdet die angegebene Stelle.

»Nanu ...! Er ist fort! Ich glaube nicht, daß er einen sehr großen Wert darstellt. Grondal ließ allerdings durchblicken, daß der alte Mr. Federie sehr daran hängt.«

»Können Sie mir Grondals Worte wiederholen?«

Ich bemühte mich, seinem Wunsch nachzukommen, während ich vergebens weitersuchte.

»Ich betrat das Zimmer, während Sie noch mit dem Diener sprachen«, sagte O'Leary. »Beide folgten Sie mir dann zur Bibliothek. Das heißt ... Grondal blieb noch zurück, um Holz nachzulegen.«

»Richtig. Außerdem bin ich seit dem Verhör dauernd hier im Zimmer gewesen. Ich oder March Federie. Sämtliche Hausbewohner waren in der Bibliothek versammelt, die ich als erste verließ.«

»Aber heute nachmittag schliefen Sie.«

»Nicht fest.«

»Hm, das Wesentliche ist, daß jemand dem Gegenstand hinreichenden Wert beimaß, ihn zu entwenden. Machte er auf Sie einen kostbaren Eindruck?«

»Ich verstehe davon zuwenig.«

O'Leary war sichtlich ein wenig enttäuscht.

»Es kann natürlich völlig bedeutungslos sein«, sagte er dann. »Ich fahre jetzt in die Stadt. Gibt es ein Telefon in diesem Hause?«

»Ich glaube.« Und hastig setzte ich hinzu: »Es wird sich doch hoffentlich heute nacht nicht nochmals etwas ereignen?«

»Beruhigen Sie sich. Erstens lasse ich einige Schutzleute hier, und dann pflegt der Blitz bekanntlich fast nie die gleiche Stelle zu treffen. Lassen Sie doch Grondal drüben auf der Couch schlafen. Fürchten Sie sich?«

Beleidigt richtete ich mich auf, und doch antwortete ich mit einer Lüge, als ich seine Frage verneinte. Ja, es war mir gar nicht recht, daß er sich sofort zufriedengab.

»Ich habe in der Stadt verschiedenes zu erledigen«, fuhr er fort. »Zum Beispiel werde ich mich etwas mit der Vergangenheit dieser Familie befassen.«

»Es ist angerichtet«, meldete Grondal von der Tür aus.

O'Leary hatte sich kaum entfernt, als ich die erste blaue Perle fand. Das kam so.

Grondal war bereits wieder verschwunden, und ich legte meinem Patienten neue Kompressen auf, bevor ich eine Kerze anzündete und dem Diener folgte. Gerade durchschritt ich die Tür, wobei ich den grünen Plüschvorhang beiseite zog, als mir die Bewegung einfiel, die ich unmittelbar nach dem Schuß wahrgenommen hatte. Versuchsweise lüftete ich den Vorhang nochmals und beobachtete dabei genau die Art seines Zurückfallens. Unzweifelhaft war damals ebenfalls der Stoff durch eine Hand bewegt worden, denn kein Zugwind hätte gerade diese Bewegung veranlassen können. Wessen Hand aber war es gewesen?

Mein Blick fiel auf einen kleinen Nagel, der aus dem Türpfosten hervorragte und an dem ein blauer Faden hing. Interessiert blickte ich näher hin und entdeckte, daß an diesem Faden einige blaue Perlen hingen, die fast ganz in einer Spalte des Holzes verschwanden. Es war offensichtlich, daß sich der Faden an dem vorstehenden Nagel verfangen hatte. Die Perlen aber gehörten zu Mittie Frislings Abendkleid! Am letzten Abend hatte sie dieses reichlich mit blauen Perlen bestickte Kleid getragen.

Mehrere Sekunden lang blieb ich sinnend stehen, ehe es mir

einfiel, daß das Abendessen bereits auf mich wartete. Dann löste ich den Perlenfaden behutsam vom Nagel, schob ihn in meine Tasche und ging weiter.

Die übrigen Hausbewohner warteten bereits, und mit ein paar entschuldigenden Worten nahm ich Platz. Durch einen schnellen Blick ringsum überzeugte ich mich davon, daß alle Anwesenden die gleiche Kleidung trugen wie am Abend zuvor. Mittie Frislings Perlenbesatz klirrte leise bei jedem Aufheben des Suppenlöffels.

Die einzige Veränderung bestand darin, daß der Stuhl an meiner Seite leer geblieben war. Es war ziemlich unbehaglich, den Platz, auf dem Adolph Federie sozusagen seine Henkersmahlzeit eingenommen hatte, leer neben mir zu wissen.

Während der Suppe beschäftigte ich mich damit, die Stelle an Mitties Kleid ausfindig zu machen, wo der Besatz beschädigt worden war. Als Grondal die Teller wechselte, hatte ich sie auch schon entdeckt. Sie befand sich nahe der Schulter. Offenbar war der Faden in der Mitte zerrissen, denn kahl hing das eine Ende zwischen den übrigen Teilen des Besatzes herab. Im ganzen mußte es sich wohl um fünfzehn einzelne Perlen gehandelt haben. In meiner Tasche befanden sich nur sechs. Die fehlenden waren also vermutlich anderswo verloren worden, und demnach mußte die Frisling eine Spur von Perlen hinterlassen haben.

Die Mahlzeit verlief noch unbehaglicher als tags zuvor. Dazu dauerte sie gräßlich lange, denn Grondal trug die verschiedenen Gänge höchst umständlich auf. Gesprochen wurde überhaupt nicht. Hin und wieder sah die Köchin durch die Klappe des Anrichteraumes herein, und Isobels Blick glitt völlig teilnahmslos über den Platz, an dem zuletzt ihr Gatte gesessen hatte.

Kurz vor Beendigung des Essens begann Konrad draußen vor dem Hause mit einemmal laut zu bellen. Mittie stieß einen unterdrückten Schrei aus, und March wurde sehr bleich. Dimuck ließ die Gabel zu Boden fallen, die von Grondal durch eine neue ersetzt wurde.

Wir waren gerade mit der Nachspeise beschäftigt, die aus gedünsteten Pflaumen bestand, als etwas Furchtbares geschah.

Irgendwo aus den oberen Stockwerken tönten Schritte herunter. Nun waren sie unmittelbar über uns. Langsam bewegten sie sich fort.

Jeder blickte ruckartig auf.

March klammerte sich an die Tischplatte, wobei ihre Finger das Tischtuch zerknitterten. Wie mit einem Schlag hörte jedermann zu essen auf.

Lautlose Stille herrschte im Zimmer. Ich glaube, daß alles den Atem anhielt. Allem Anschein nach bewegte sich jemand droben auf dem läuferlosen Korridor. Im Augenblick, da Isobel krampfhaft die Hand vor den Mund preßte, ging das Tempo der Schritte in schnelles, leichtes Laufen über und verhallte.

Wir waren alle aufgesprungen. Eustace schob hastig seinen Stuhl zurück und eilte aus dem Zimmer. Deke Lonergan folgte ihm, und dann kam Elihu Dimuck, dessen Hand noch die flatternde Serviette umkrallte. Auch Grondal lief den andern nach.

Mittie Frisling, die sich weit über den Tisch beugte und gar nicht merkte, daß sie sich auf einen Teller mit Gebäck stützte, starrte – im Gesicht ganz grün – entsetzt Adolphs Stuhl an, und urplötzlich schrie sie gellend los.

Isobel war es, die das schauerliche Kreischen dadurch beendete, daß sie herzueilte und mit ihrer beringten Hand Mitties Mund zuhielt und nicht losließ, obwohl sich die Frisling, die nach wie vor den Stuhl anstarrte, verzweifelt zur Wehr setzte.

Da erwachte auch ich aus meiner Betäubung. Ich ergriff das vor mir stehende Wasserglas und goß den Inhalt der Hysterischen mitten ins Gesicht.

Das hatte den gewünschten Erfolg.

Sie taumelte zurück, und als Isobel sie freigab, riß sie ihre Serviette an sich und begann hastig das kalte Wasser aufzutrocknen, das von ihrem Haar und ihrem Gesicht tropfte.

»Wollen wir nicht in die Bibliothek hinübergehen?« schlug March vor. Die Worte glichen einem Befehl. Ihre Lippen waren noch blutlos, doch klang die Stimme auffallend fest.

Statt aber dorthin zu eilen, schlug sie den Weg zum Turmzimmer ein. Ich besaß die Geistesgegenwart, schnell einen der Tischleuchter an mich zu nehmen, und folgte als letzte. Das flackernde Licht beschien Isobels volles rotes Haar und die helle Haut ihres Nackens und ihrer Arme.

Im Turmzimmer angekommen, stocherte March zunächst in der Glut des Kamins herum, die auch alsbald aufprasselte. Die andern beiden Damen ließen sich auf Sesseln nieder, und ich trat sofort zum Krankenbett. Wahrlich, wir müssen einen seltsamen Anblick dargeboten haben.

Eine gute Viertelstunde verging, ehe die Herren wieder erschienen. Eustace hielt den Vorhang beiseite, um die übrigen eintreten zu lassen. Den Schluß machte ein uniformierter Schutzmann, dessen Abzeichen sich hell vom blauen Tuch abhob.

»Es war nichts«, sagte Eustace lächelnd, obwohl der Ausdruck seiner Augen gar nicht dazu passen wollte. »Während der ganzen Zeit hielt sich ein Schutzmann im oberen Korridor auf. Er hat nichts gesehen.«

»Habt ihr das Haus durchsucht?« fragte March.

»Aber gründlich«, gab Eustace zur Antwort. »Wir sind sogar von der Kofferkammer aus auf den Bodenraum geklettert, um uns dort umzusehen.« Hier meldete sich auch der Schutzmann: »Ich nehme an, daß sich die Köchin da oben zu schaffen machte. Wahrscheinlich sah sie mich, huschte erschreckt die Hintertreppe hinunter und wagt nun nicht, es einzugestehen.«

Kema? Diese Erklärung schien mir nicht ganz unbegründet, wenngleich sich in meinem Herzen etwas wie Widerspruch regen wollte.

Grondal brachte Kaffee und servierte ihn in kleinen Tassen, die wie Silber aussahen. Auch der Polizist bekam eine. Etwas befremdet besah er sich das zerbrechliche Ding, führte es mißtrauisch zur Nase und goß den Kaffee mit einem einzigen Schluck hinunter. Gleich darauf hatte er uns verlassen.

Die übrigen verbrachten den Rest des Abends im Turmzimmer. Was auch immer ihre Empfindungen sein mochten, die gemeinsame Furcht hielt sie alle zusammen . . . Und einer wußte um das Geheimnis der Treppe!

Kein erfreulicher Gedanke.

Es wurde nur sehr wenig gesprochen. Überhaupt gehört es zu meinen scheußlichsten Erinnerungen an Haus Federie: dieses schaurige Schweigen, wenn wir beisammen waren.

Nur Eustace war die Rastlosigkeit selbst. Er rauchte unzählige Zigaretten, spielte mit dem Kaminfeuer, trat verschiedentlich an das Krankenbett, starrte dabei erst des Großvaters gerötetes Gesicht und dann die Krankenkarte an und gab sich den Anschein, als verstehe er etwas von der Angelegenheit. Schließlich geriet er bei seinen Wanderungen an einen alten Geigenkasten, der auf einem Seitentisch lag. Nachdem er eine Staubwolke von dem Plüschbezug fortgeblasen hatte, öffnete er ihn und nahm das Instrument heraus. Es mußte wohl seit undenklichen Zeiten unbenutzt gewesen sein, aber immerhin befanden sich noch alle Saiten darauf, an denen sich Eustace zu schaffen machte. Schließlich ergriff er sogar den Bogen und tat einige Striche auf der Geige, die er zuvor notdürftig stimmte. Beim ersten Klang verließ die Katze Genoveva, die hochbeinig hereinspaziert kam, fluchtartig das Zimmer, und March hob abwehrend die Hand. Ob Eustace diese Geste nicht sah oder nicht sehen wollte, weiß ich nicht. Jedenfalls ließ er sich nicht im geringsten stören, und allmählich ging das Gefiedel in die schauerlichen Töne des Stückes ›La Furiante‹ über.

Mitten in einer abscheulichen Passage stand Isobel, die ihre Zigarette in den Kamin warf, mit ruckartiger Bewegung auf. Sekundenlang starrte sie uns an. Das gelbe Seidenkleid umspannte in gefälliger Art ihren Körper, und giftig schillerte an ihrem Halse der fehlerhafte Smaragd.

»Hör sofort auf, Eustace!« befahl sie mit schriller Stimme, ihr verzerrtes Gesicht glich einer bemalten Maske.

Elihu Dimuck schreckte aus seinem Halbschlaf auf. Deke Lonergan wandte den Blick von Marchs Gesicht und erhob sich ebenfalls.

»Ich gehe zu Bett«, erklärte Isobel unvermittelt. Der Tonfall ihrer Worte war wieder gesellschaftlich kühl geworden. »Gute Nacht.«

Nachdem so erst einmal der Anfang gemacht worden war, zogen sich auch die andern binnen kurzer Zeit zurück. Eustace trat noch einmal zu seiner Kusine, die bei mir stand, und legte ihr lässig den Arm um die Hüften. Sie aber machte sich sofort frei, wünschte mir angenehme Ruhe und schritt zur Tür, wo der junge Lonergan auf sie wartete. Seine Wut über Eustaces plumpe Vertraulichkeit war ihm deutlich anzumerken.

»Glauben Sie, daß Großvater bald wieder zu sich kommen wird?« fragte mich Eustace.

»Das vermag ich nicht zu sagen.«

Noch einmal blickte er nachdenklich auf das Gesicht seines Großvaters, dann verschwand auch er, und ich blieb allein in dem Zimmer, in dem noch der fade Duft von Isobels Zigaretten hing. Die altmodischen Lampen flackerten; in dem geräumigen Bett lag der völlig teilnahmslose Schwerkranke, und in der Zimmerecke begann jene Treppe, deren Stufen sich in dunklen Schatten verloren . . .

Der grüne Elefant war nicht mehr da, in meiner Tasche

lagen die blauen Perlen, die rote Federrosette hatte man in der Hand des Ermordeten gefunden. Das alles kam mir auf einmal so komisch vor, daß ich schrill auflachte. Sofort aber riß ich mich wieder zusammen und besann mich auf meine beruflichen Pflichten.

Der Klang jener schleichenden Schritte aber wollte mir nicht aus dem Sinn.

Dann kam Grondal mit heißem Wasser und einer Decke. Das Wasser stellte er so am Feuer nieder, daß es möglichst lange warm blieb. Die Decke ließ er auf die Couch fallen.

»Soll ich mich hier hinlegen, Miss?«

»Ja. Versuchen Sie nur gleich zu schlafen. Wenn etwas ist, werde ich Sie wecken.«

»Sehr wohl, Miss.«

Ohne noch ein weiteres Wort zu verlieren, machte es sich der Diener bequem und schlief augenblicklich ein. Wie er so tief atmend und mit geschlossenen Augen dalag, bekam der Gesichtsausdruck erst recht etwas Verbrecherisches.

Ich muß gestehen, daß ich bei meiner Meinung über Grondals Charakter seinen Schutz nicht sehr hoch einschätzte. Andrerseits aber beruhigte mich allein schon die Tatsache, daß jemand bei mir war.

Genoveva kam ins Zimmer, als ich zum letzten Mal den Puls des Kranken kontrollierte. Die Katze sprang sofort auf ihren Stammplatz am Kaminsims, und unwillkürlich bewunderte ich ihre Fähigkeit, keinen der vielen kleinen Gegenstände zu verrücken. Ich nahm meine Haube ab, zog die Uhr auf und ließ mich dann in den großen Armstuhl sinken. Die Lampen hatte ich nicht heruntergeschraubt. Ungeachtet meiner heimlichen Befürchtungen ereignete sich zunächst nichts Besonderes. Gegen Mitternacht war ich wohl ein wenig eingeschlafen, aber ich schlafe sehr leicht, und so war ich sofort wieder wach, als Grondal aufstand und sich – wie immer vollständig lautlos – dem Kamin näherte. Dabei kam es mir vor, als läge ihm viel daran, mich nicht zu wecken. Er sagte nichts, legte vorsichtig etwas Holz auf und kehrte zu seiner Couch zurück. Noch immer aber hatte ich das Gefühl, als ob ich heimlich beobachtet würde, so daß ich mich mehrfach dabei ertappte, wie ich unruhig in die Zimmerwinkel spähte. Spätere Ereignisse bestätigten meinen Eindruck, denn den größten Teil der langen Nacht hatten wir tatsächlich einen unsichtbaren Aufpasser.

Gegen drei Uhr war das Feuer niedergebrannt, und das Wasser, das Grondal für den Kranken gebracht hatte, war nur noch lauwarm. Ich nahm daher eine Kerze und ging, wenn auch höchst ungern, durch die im Dunkel liegenden Räume zur Küche, wo ich nach Kemas Versprechen heißes Wasser zu finden hoffte.

Hin- und Rückweg verliefen ohne Zwischenfälle. Vor der Tür des Turmgemachs blieb ich einen Moment stehen, denn es war nicht so ganz einfach, mit dem Leuchter in der einen und dem Wassertopf in der andern Hand durch die verhangene Tür zu kommen.

Beim Eintritt fiel mein Blick sofort auf Grondal, der vor der Holzkiste kniete. Ich sah allerdings nur die Schultern und seinen Hinterkopf, doch kam es mir so vor, als betrachte er etwas in seinen Händen, das ihn außerordentlich zu interessieren schien.

Hätte ich nicht so schnell mit dem heißen Wasser weitergehen müssen, so würde ich wohl ein paar Sekunden auf der Schwelle stehengeblieben sein. So aber schob ich den Vorhang kurzerhand beiseite und trat ein.

Und bei diesem hastigen Eintritt fing ich den Schimmer eines grünlichen Gegenstandes auf, der sich in Grondals gelblicher Faust befand. Im selben Augenblick aber riß er ein Holzscheit hervor, ließ es anscheinend aus Versehen fallen und machte sich eifrig daran, das Feuer wieder in Gang zu bringen. Da ich der Wärme dringend bedurfte, sagte ich nichts, doch ließ ich den Mann nicht aus den Augen, als er sich wieder hinlegte und bald danach einschlief.

Während der Hantierungen mit den Instrumenten schweiften meine Gedanken jedoch immer wieder ab. Ich hätte darauf schwören mögen, daß der grüne Elefant in jener Holzkiste lag; ebenso, wie ich davon überzeugt war, daß Grondal ihn von dem Kaminsims entfernt hatte. Ich zermarterte mein Hirn, um einen einleuchtenden Grund dafür zu finden, kam aber zu keinem Ergebnis. Nur so viel stand fest, daß der Elefant eine große Bedeutung besitzen mußte. Mr. Federie hatte ihn wie seinen Augapfel gehütet, wie Grondal mir selbst mitgeteilt hatte. Die weitere Tatsache, daß das kleine Kunstwerk in der Mordnacht am Fuß der Treppe lag, mochte den Diener dazu verleitet haben, es an sich zu nehmen, weil er ahnte, daß es damit eine besondere Bewandtnis hatte.

Immer mehr gewann ich den Eindruck, daß der Jadeelefant eine nicht unbedeutende Rolle spielte, und deshalb gedachte ich ihn in meinen Besitz zu bringen.

Innerhalb einer Viertelstunde hatte ich auch einen hinreichenden Grund gefunden, Grondal in die Küche zu schicken. Ich überzeugte mich, daß er meinen Auftrag auch wirklich ausführte, durchschritt hastig das Zimmer und kniete bei der Holzkiste nieder. Es durchzuckte mich doch wie ein gelinder Schlag, als meine Finger die kühle, glatte Oberfläche des Elefanten berührten. Wenige Sekunden später bereits hatte ich ihn an einer Stelle versteckt, die mir dazu äußerst geeignet schien: im Innern des alten Violinkastens, den ich sorgfältig versperrte.

Dann, während ich mich an das Krankenbett setzte, kam das merkwürdige Gefühl wieder, das mich die Nähe eines andern Menschen ahnen ließ. Aber der Türvorhang hing vollkommen ruhig, und soweit ich das beurteilen konnte, gähnte mich von der Treppe schwarze Leere an.

Grondal brachte die frischgefüllte Wärmeflasche. Täuschte

ich mich, oder warf er mir und der Holzkiste einen mißtrauischen Blick zu? Nicht viel später begann es zu dämmern.

Grondal erhob sich, wickelte seine Decke zusammen und ging zur Holzkiste hinüber. Ich beobachtete ihn scharf. Ich nahm an, daß er beim Holznachlegen den grünen Elefanten in seine Decke schmuggeln wollte. Und als er in die Kiste hineinlangte, ohne den gesuchten Gegenstand zu spüren, sah ich deutlich, wie er sich steifte und sekundenlang verwirrt blieb. Schließlich aber beendete er seine Arbeit ohne ein Zeichen von Erregung, stand auf und verließ das Zimmer.

Eine halbe Stunde danach brachte er mir das Frühstück. Ich sah ihm gerade in die Augen, aber sein Blick blieb verschleiert wie stets, so daß ich keine weiteren Anhaltspunkte gewann.

Während ich den heißen, wenn auch etwas dünnen Kaffee schlürfte, faßte ich einen doppelten Entschluß. Ich wollte den grünen Elefanten bis zum Eintreffen O'Learys unbedingt bewachen und den Detektiv auf Grondal als den vermutlichen Mörder hinweisen.

7

March Federie erschien, als ich gerade mit dem Frühstück fertig war. Sie sah sehr übernächtig aus, wünschte mir aber freundlich guten Morgen und erkundigte sich nach dem Zustand ihres Großvaters. Ich bat sie, für einen Augenblick die Krankenwache zu übernehmen, damit ich mich etwas waschen könnte. Bereitwillig erfüllte sie meine Bitte.

Auf der Treppe begegnete mir Mittie Frisling, die noch häßlicher aussah als tags zuvor. Ihren Fragen wich ich dadurch aus, daß ich mich beeilte, in mein Zimmer zu kommen.

Nach meiner Rückkehr zu dem Patienten wartete ich, bis March wieder das Zimmer verlassen hatte. Dann holte ich den Geigenkasten vor und öffnete ihn. Der Elefant war noch da.

Ich hob ihn auf und besah ihn mir sehr genau von allen Seiten. Selbst meinem Laienverstand stellte sich das Stück als etwas ganz Entzückendes dar. Die Steinschnitzarbeit war geradezu meisterhaft.

Weiter aber sagte sie mir nicht viel, und als ich draußen im Korridor Schritte vernahm, legte ich das Zierstück schnell wieder fort.

Kema kam herein, die das Frühstücksgeschirr abholen wollte.

»Wo waren Sie eigentlich gestern während des Abendessens?« erkundigte ich mich nebenbei.

Die Antwort erfolgt sehr prompt. »In der Küche.«

»Die ganze Zeit?«

»Ja.«

Meine Frage schien ihr nicht sonderlich zu behagen, denn ihre dunklen Augen bekamen ein mißtrauisches Aussehen, und sie schickte sich an, mit dem Kaffeetablett in Händen den Rückzug anzutreten. Ich aber blieb hartnäckig.

»Im oberen Korridor waren Sie also nicht?«

»Nein, Miss. Ich hatte alle Hände voll drunten in der Küche zu tun.« Im nächsten Augenblick war sie bereits hinter dem grünen Plüschvorhang verschwunden.

Wenn es nicht Kema gewesen war, wer war da oben herumgeschlichen?

Ich bin eine nüchtern denkende Frau, aber in diesem Fall muß ich doch gestehen, daß ich unwillkürlich an Adolph Federie dachte. Eine Gänsehaut überlief mich, als ich forschend zur dunklen Treppe sah.

Dann aber wurde ich meiner abergläubischen Anwandlung Herr, und mit Feuereifer machte ich mich an meine Arbeit.

An diesem Morgen reinigte Grondal das Zimmer nur oberflächlich. Er entschuldigte sich damit, daß der Detektiv mit dem grauen Anzug angeordnet habe, das Verhör durch den

Staatsanwalt solle in der Bibliothek stattfinden. Er müsse sich beeilen, sie herzurichten.

Gegen zehn Uhr erschien er abermals, um mir mitzuteilen, daß bereits sämtliche Teilnehmer versammelt seien.

»Sie wollen gleich anfangen, Miss«, sagte er. »Mr. O'Leary läßt Sie bitten, herüberzukommen.«

Nun, da sich offenbar sämtliche Bewohner in der Bibliothek eingefunden hatten, konnte ich den grünen Elefanten ruhig für ein Weilchen unbeaufsichtigt lassen. Auch richtete ich es so ein, daß Grondal mit mir zusammen das Krankenzimmer verließ.

Wie der Diener mir mitgeteilt hatte, fehlte niemand. Ich war etwas enttäuscht, daß ich Lance O'Leary nicht vor Beginn der Verhandlung hatte sprechen können, um ihn von meinen neuesten Beobachtungen in Kenntnis zu setzen.

Man hatte sich sichtlich bemüht, dem Raum ein amtliches Aussehen zu verleihen. Einige Stuhlreihen waren aufgestellt worden, denen gegenüber sich die Sitze des Staatsanwalts und des Detektivs O'Leary befanden. Vor ihnen stand ein kleiner Tisch. Im Hintergrund drückten sich noch etliche junge Leute herum, die ich für Zeitungsberichterstatter hielt. Ihre Aufmerksamkeit schien in erster Linie March und der Witwe des Ermordeten zu gelten. Ferner waren ein paar Schutzleute und sonstige Beamte zur Stelle.

Die Stimme des Staatsanwalts zog mich sofort in ihren Bann. Mit großem Interesse hörte ich das Gutachten eines Dr. Hiller an, der als Gerichtsarzt auftrat. Er sprach sehr schnell, und von allen Anwesenden war ich vermutlich die einzige, die die vielen medizinischen Ausdrücke begriff.

»... und somit ist aus der Richtung des Schußkanals zu schließen, daß die Kugel von einem Punkt aus abgefeuert wurde, der sich nur in geringer Höhe über dem Ermordeten befand.«

Hier unterbrach ihn der Staatsanwalt mit der Frage, aus

welcher Entfernung der Schuß abgegeben worden sei. Die Antwort lautete zwar sehr wissenschaftlich, aber trotz aller schönen Wendungen nicht sehr bestimmt, so daß ich den Eindruck gewann, daß dieser Punkt vorderhand einigermaßen unaufgeklärt blieb. Plötzlich fiel mir ein, daß, falls Adolph sich über das Geländer gebeugt hatte, es durchaus im Bereich der Möglichkeit lag, daß die Kugel von der Tür des Turmzimmers aus abgefeuert wurde. Nun wußte ich aber, daß Mittie Frisling dort gestanden und daß sich die Falten des grünen Vorhangs bewegt hatten, nachdem der Schuß gefallen war.

Gewiß, es bestand immer noch die Möglichkeit, daß Mitties geheimnisvoller Besuch Stunden oder gar Tage vor der Ermordung Adolph Federies stattfand. Auch blieb nach wie vor die verschlossene Tür oberhalb der Wendeltreppe zu berücksichtigen, sowie der Umstand, daß Deke Lonergan offenbar etwas davon gewußt hatte.

Es folgte dann die übliche Erörterung der Lage, in der der Tote gefunden worden war, doch legte ich ihr wenig Bedeutung bei. Meine Erfahrungen als Schwester ließen mich die Ansicht gewinnen, daß das Aufbäumen des Getroffenen oder seine letzten zuckenden Bewegungen alle Berechnungen über den Haufen werfen konnten.

Immerhin behandelte der Staatsanwalt gerade diesen Punkt sehr ausgiebig, als er mich vernahm. Sensationen gab es weiter nicht, denn sämtliche Zeugen blieben wortwörtlich bei ihrer ersten Aussage. Ich weiß nicht, wie sich der Verhandlungsleiter zu Mitties Behauptung stellte, daß Isobel ihren Gatten mit dem Tode bedroht habe, aber die Notizstifte der Zeitungsleute gerieten in fieberhafte Tätigkeit. Ich dachte schon daran, mich heimlich wieder auf meinen Posten zu begeben, als Eustace sich plötzlich das Taschentuch vor die Nase hielt, irgend etwas Unverständliches murmelte und die Erlaubnis erhielt, sich zu entfernen.

Ehe ich mir selbst über mein Tun Rechenschaft zu geben

vermochte, war ich auf den Beinen und lief hinter ihm her. Ich schob sogar einen im Wege stehenden Schutzmann kurzerhand auf die Seite. Gerade hörte ich noch O'Leary erklären, daß sich Miss Keate wieder zu ihrem Patienten begebe.

Bis ich die Halle erreichte, war Eustace verschwunden. Wollte er zum Turmzimmer, in dem der grüne Elefant verborgen lag?

So schnell mich meine Füße trugen, rannte ich dorthin. Auf der Schwelle blieb ich stehen und ließ den Blick schnell durch den Raum gleiten. Ich war doch etwas außer Atem geraten. Regungslos lag der Kranke in seinem Bett, doch sah ich deutlich, daß er atmete. Außer ihm war niemand anwesend.

Wenn Eustaces Ziel dieses Zimmer gewesen war, dann hatte er das Rennen verloren.

Doch als ich mich dem Tisch näherte, auf dem die alte Geige lag, schwand mein Siegesbewußtsein vollkommen.

Das Instrument lag auf der Tischplatte neben dem Kasten. Ich öffnete ihn hastig. Der grüne Elefant war verschwunden!

Er hatte noch dort gelegen, als ich mit Grondal zusammen in die Bibliothek ging. Sämtliche Hausbewohner waren dort versammelt gewesen. Daß Eustace mir zuvorgekommen war, lag außerhalb des Bereiches jeder Möglichkeit. Wie hätte er zudem ahnen sollen, wo ich den Gegenstand verborgen hielt?

Doch der Elefant fehlte, und Eustace war der einzige Mensch, der die Versammlung verlassen hatte.

War irgendeine Macht des Bösen innerhalb dieses schweigenden alten Hauses wirksam ...?

Ich schämte mich meiner abergläubischen Gedanken und wischte sie kurzerhand beiseite. Nein, es waren menschliche Hände gewesen, die den Kasten geöffnet und die Steinschnitzerei entfernt hatten. Nur stimmte es, daß es sich dabei um böse und geheimnisvolle Beweggründe handelte.

Zur Bibliothek kehrte ich nicht zurück. Wenn meine Anwesenheit nötig war, würde man mich holen lassen. Es erfolgte jedoch weiter nichts, bis O'Leary kurz vor dem zweiten Frühstück bei mir eintrat. Er sah abgespannt aus und ließ sich müde auf einen Stuhl nieder.

»Nichts«, antwortete er auf meine Frage. »Nichts, was wir nicht schon gewußt hätten. Ich bin recht enttäuscht. Meistens bekommt man doch bei solchen Verhandlungen die eine oder andere Anregung, aber ...« Er sah mich scharf an, und seine Züge strafften sich. »Was haben Sie, Miss Keate? Ihr Blick ist so unruhig. Haben Sie Neuigkeiten?«

»Vielleicht. Ich will Ihnen erzählen, wie die Angelegenheit mit dem grünen Elefanten derzeit steht. Vielleicht können Sie sich einen Vers darauf machen.«

Er lauschte mit steigendem Interesse, während ich ihm alles erzählte, was sich inzwischen zugetragen hatte. Dann schüttelte er bedächtig den Kopf und trat an den Tisch, auf dem die Geige lag. Auch das Instrument selbst betrachtete er sehr genau.

»Keine Fingerabdrücke, soweit ich das jetzt zu beurteilen vermag, wenn auch bestimmt welche vorhanden sein müssen. Ich will versuchen, ob wir sie nicht feststellen können.«

»Die meinigen werden Sie finden«, sagte ich nicht sonderlich erfreut.

»Freilich, die auch.«

Nach wenigen Augenblicken kehrte er zu seinem Stuhl zurück. Ich sah ihm an, daß er sich ein wenig ärgerte, und seine Worte, wenn sie auch freundlich gesprochen wurden, bestätigten es.

»Ich möchte meinen, daß Sie den Gegenstand in Ihrem Besitz halten konnten, nachdem Sie ihn schon einmal in der Hand hatten.«

»Ach so. Vielleicht hätte ich ihn in meiner Tasche spazierentragen können, wie? Oder gleich ganz offensichtlich in der Hand. Dann wäre ich mittlerweile vielleicht schon von irgend jemandem niedergeschossen worden, der das Ding gern haben möchte.«

Zerstreut sah er mich an. Die von mir angedeutete Möglichkeit schien auf ihn weiter keinen Eindruck zu machen.

»Wissen Sie, ich würde mich gar nicht wundern, wenn der Elefant die Ursache von Adolph Federies Tod ist. Er hatte sich vielleicht seiner bemächtigt und wurde erschossen, weil ... weil ein anderer nach seinem Besitz strebte. Sie sagten doch, daß Sie das Stück dort droben am Fuße der Treppe fanden, nicht wahr?«

Ich nickte.

»Und der Mörder, der sofort erkannte, daß er den Elefanten nicht ohne weiteres aufheben konnte, da er Ihretwegen sofort die Flucht ergreifen mußte, wollte ihn bei späterer Gelegenheit holen.«

»Der Mörder? Glauben Sie, daß es ein Mann war, der Adolph Federie erschoß?«

»Ich sagte das nur so allgemein.«

»Ja aber«, gab ich zu bedenken, »der grüne Elefant stand doch schon die ganze Zeit offen und unbewacht auf dem Kaminsims, wo ihn jedermann wegnehmen konnte. Seit der Erkrankung des Hausherrn hätte sich schon hundertfach die Gelegenheit dazu ergeben.«

»Vorausgesetzt ...« hier wurden O'Learys Augen mit einemmal sehr klar, »daß jemand wußte, um was es sich handelte.« Sein äußerst befriedigter Gesichtsausdruck ließ mich den Eindruck gewinnen, daß er glaubte, einen sehr wichtigen Anhaltspunkt gefunden zu haben, obwohl ich zunächst nicht begriff, wieso. Was meinte er? Ich wollte ihn noch gerne danach fragen, aber da sah ich an meiner Armbanduhr, daß es Zeit war, die Temperatur zu messen.

»Sonst noch etwas, Miss Keate?«

Die Frage konnte ich bejahen. Da war zunächst einmal die Sache mit den blauen Perlen und dann das schreckliche Erlebnis bei Tisch, als droben im läuferlosen Korridor Schritte hörbar wurden. Meine Stimme klang ganz ruhig, doch als ich geendet hatte, mußte ich feststellen, daß ich dem Kranken das falsche Ende des Thermometers in den Mund geschoben hatte.

O'Leary sah zu, wie ich den Fehler wiedergutmachte.

»Hm, also Kema behauptet, während der ganzen Dauer der Mahlzeit in der Küche geblieben zu sein«, murmelte er. »Grondal war im Anrichteraum und folgte den übrigen Männern nach oben. Sie wissen genau, daß außer den beiden Genannten sämtliche Hausbewohner an der Tafel saßen?«

»Gewiß. Jedermann mit Ausnahme von ...« Ich stockte ärgerlich, weil sich mir abermals jener abergläubische Gedanke aufdrängte.

»Mit Ausnahme von Adolph wollten Sie vermutlich sagen. Aber, Miss Keate, die Toten können nicht umherwandeln.«

»Vielleicht würden Sie dessen gar nicht so unbedingt sicher sein, wenn Sie mal eine Nacht in diesem Hause zubrächten! Aber dem sei, wie ihm wolle; meine Ohren sind jedenfalls gut. Ich hörte Schritte. Das steht außer allem Zweifel. Natürlich ist es möglich, daß es Ihr Schutzmann war, der sich den neckischen Scherz leistete.«

Als habe er auf das Stichwort gewartet, trat der Genannte in diesem Augenblick ins Zimmer. Sein Gesicht hellte sich auf, als er O'Leary erblickte.

»Was gibt es, O'Brien?«

»Ich wollte nur fragen, Sir, ob Shafer und ich über Nacht hierbleiben sollen?«

»Freilich. Ihr seid doch tagsüber dienstfrei gewesen, soviel ich weiß.«

»Jawohl, Sir. Der Chef wies mich an, Sie zu fragen, Sir. Aber ... der Mann wurde sichtlich verlegen, »aber, ich weiß nicht, ob ... zwei Mann ausreichen.« Die letzten Worte stieß er hastig hervor und schien nun etwas erleichtert zu sein, daß er den Mut aufgebracht hatte, sie zu äußern. Nach wie vor aber blieben seine Augen ängstlich fragend auf den Detektiv gerichtet.

»Ich sollte meinen, daß ihr beide genügt. Ihr seid doch nicht etwa ängstlich?«

»O nein, Sir ... gewiß nicht.« Trotz dieser Beteuerung schluckte O'Brien unbehaglich und sah überhaupt sehr unglücklich aus. »Nur ... um die Wahrheit zu sagen, Sir ...« seine Stimme sank zu einem heiseren Flüstern herab, »dies Haus ist verwunschen. Der Böse selbst treibt sein Unwesen darin!«

O'Leary blieb ganz ernst.

»Wie kommen Sie zu dieser Behauptung?«

»Ich weiß selbst nicht. Ganz bestimmt nicht. Mir wäre lieber, ich könnte mich deutlicher ausdrücken. Wenn da etwas wäre, das ich mit den Händen packen oder mit meinem Gummiknüppel gehörig treffen könnte, dann wäre alles in schönster Ordnung. Aber ... das hier ist unheimlich. Mindestens ein dutzendmal habe ich mich umgedreht, weil ich mir einbildete, daß mich jemand anstarrte, und dabei war doch nichts zu sehen. Das ... das geht nicht mit rechten Dingen zu.« Sein gerötetes Gesicht drückte einen verbissenen Eigensinn aus.

»Sagen Sie mal, O'Brien, was hatte es mit den Schritten auf sich, die man gestern während des Abendessens gehört haben will? Waren Sie zu dem angegebenen Zeitpunkt oben?«

»Oh, das war nichts, Sir«, erwiderte der junge Beamte sichtlich erleichtert. »Wird wohl Einbildung gewesen sein. Vielleicht ging nur jemand in der Küche umher, und da meinten plötzlich alle, es sei im oberen Stock. Ich selbst patrouillierte im Hauptkorridor, als mit einemmal die beiden jungen Herren heraufgestürmt kamen. Auch der Dickbäuchige mit der Brille und Grondal waren dabei. Sie alle wollten wissen, wer da im Seitengang herumspaziert sei. Da war aber natürlich niemand gewesen, Sir. Ebensowenig in den Schlafzimmern. Sogar auf den Boden sind wir geklettert. Dann kamen wir überein, daß es die alte Heidenköchin gewesen sein müsse; das Weib mit den Ohrringen, wissen Sie. Ich persönlich möchte allerdings eher annehmen, daß es sich um eine Sinnestäuschung handelte.«

Ich vermochte nicht länger an mich zu halten.

»Sinnestäuschung! Dummes Zeug! Gottlob höre ich noch sehr gut und habe überhaupt meine fünf Sinne beisammen. Ich erkläre mit aller Bestimmtheit, daß es Schritte waren.«

»Hören wir erst einmal, was uns Kema zu sagen hat«, meinte O'Leary. »Kommen Sie mit, O'Brien.«

»Einen Augenblick, da ist noch etwas anderes zu berichten.« Ich zog die blauen Perlen hervor. Mit offenem Munde hörte der Schutzmann zu, während ich erklärte, wo und wie ich sie gefunden hatte. Aus irgendeinem Grunde schien sich O'Leary sehr über meine Worte zu freuen, denn ich mußte sie wiederholen, und als ich meine Vermutung aussprach, daß der Schuß von der Tür aus abgefeuert worden sein könnte, da begannen seine grauen Augen in der mir so wohlbekannten Art zu leuchten.

»Miss Keate, Sie sind unbezahlbar«, sagte er. »Bitte geben Sie mir jetzt die Perlen. So, und nun wollen wir den Fall der gespenstischen Schritte untersuchen.«

Grondal, der mir gleich darauf das zweite Frühstück brachte, teilte mir bei der Gelegenheit mit, daß die Beerdigung um drei Uhr nachmittags in aller Stille stattfinde. Gegen zwei Uhr – ich wollte mich gerade hinlegen, um während meiner nun beginnenden Freizeit gehörig zu schlafen – trat abermals O'Leary ins Zimmer. Nochmals befragte er mich eingehend über die Schritte, die wir gehört hatten, und zum Schluß meinte er, daß er ebenfalls an eine Sinnestäuschung glauben würde, wäre nicht ich es gewesen, die ihm die Sache meldete. Ich wußte dabei nicht, ob ich mich geschmeichelt fühlen oder ärgerlich werden sollte.

»Sie müssen wissen, daß Kema mir sagte, sie sei droben gewesen und habe die Hintertreppe benutzt, um nicht den Schutzleuten zu begegnen. Als ich sie daraufhin fragte, weshalb sie ihre Ihnen gegenüber gemachte Aussage widerrufe, tat sie so, als verstände sie mich nicht. Wen von uns beiden hat sie angelogen? Wahrscheinlich mich, denn inzwischen hatte sie Zeit, sich ihre Gedanken zurechtzulegen. Auf alle Fälle sind ihre gegensätzlichen Angaben höchst interessant.«

»Halten Sie es für möglich, daß von außen her jemand ins Haus drang, ein Dieb oder Einbrecher?«

In eigentümlicher Weise sah mich der Detektiv an.

»Möglich ist schließlich alles, Miss Keate. Bedenken Sie aber, daß gestern ununterbrochen die Polizei im Hause war und dabei alle Winkel durchstöberte. Eine Wache blieb auch über Nacht zurück. Nein, wenn es jemand glückt, unter solchen Umständen unbemerkt das Haus zu betreten und wieder zu verlassen, müßte er übernatürliche Fähigkeiten besitzen. O'Brien bleibt bei der Behauptung, keine Schritte vernommen zu haben. Man darf dabei allerdings nicht vergessen, daß die dicken Teppiche fast jedes Geräusch ersticken. Am ehesten konnte es daher Ihnen auffallen, da Sie sich unmittelbar unter dem läuferlosen Korridor befanden. Das ist alles, was man im Augenblick zu sagen vermag.«

Er wandte sich um, als Grondal erschien.

»Sie haben mich rufen lassen, Sir?«

»Ja.«

Einige Sekunden lang sah O'Leary den vor ihm Stehenden nachdenklich an. Als er dann zu sprechen begann, klangen seine Worte stahlhart. »In der Nacht, in der Adolph Federie erschossen wurde, kamen Sie die Hintertreppe herunter, nachdem Miss Keate läutete. Wer war die Frau, der Sie – vermutlich auf der Treppe – begegneten?«

Des Dieners Gesicht rötete sich, so daß die Narbe stark hervortrat. Seine Zungenspitze glitt nervös über die Lippen.

»Wer war es?« wiederholte der Detektiv seine Frage.

Grondal würgte an seinen Worten. Die Brauen waren jetzt so zusammengezogen, daß die Augen fast gänzlich darunter verschwanden. Hinter ihm regten sich die kaum einen Meter weit entfernten Türvorhänge wie in einem plötzlichen Luftzug.

»Es war Mittie Frisling«, sagte der Diener. Bewegte sich in diesem Augenblick nicht abermals der Vorhang? Blitzschnell eilte ich hin und zog den Plüschstoff beiseite. Ich kam gerade zur rechten Zeit, um Mittie Frisling noch um die Ecke des kleinen Ganges verschwinden zu sehen.

»Mittie Frisling in Person«, sagte ich zu O'Leary, der an meine Seite getreten war.

Bei den Worten drehte sich Grondal erschrocken zu mir um.

»Es ist mir sehr peinlich, daß sie mich hörte«, stotterte er. »Miss Mittie besitzt einen sehr bösartigen Charakter. Gerade so war auch ihr Vater.«

»Den haben Sie also gekannt?« fragte O'Leary.

Ich sah, daß Grondal sein halbes Geständnis bereute.

»Bis zum gewissen Grade, Sir. Er war ein . . . ein Bekannter von Mr. Federie.«

»Ich nehme an, daß diese Bekanntschaft zum mindesten eine sehr innige war, denn sofort nach ihres Vaters Tode siedelte Miss Frisling hierher über.«

»Woher wissen . . .« Grondal brach so schnell ab, daß er sich fast verschluckte. »Jawohl, Sir.«

»Weshalb taten Sie so, als sei Miss Frisling erst seit wenigen Tagen anwesend, wenn sie in Wirklichkeit doch schon mehrere Wochen lang hier wohnt?«

»Ich fühlte, daß Mr. Federie wünschte, daß . . . das . . .«

»Nun?«

»Ich habe nach bestem Gewissen geantwortet, Sir«, erwiderte Grondal, der sich anscheinend wieder gefaßt hatte. Von diesem Augenblick an gelang es O'Leary nicht mehr, den Diener zu weiteren Aussagen zu bewegen, soweit es sich dabei um Mittie handelte.

»Warum weigerten Sie sich, mir einzugestehen, daß Sie Miss Frisling in der Mordnacht auf der Treppe begegneten?« fragte O'Leary nach einem Weilchen.

»Weil ich es für besser hielt.«

Ich sah, wie sich O'Learys graue Augen verdunkelten. Es kam mir unwillkürlich der Vergleich mit aufziehenden Sturmwolken. Noch aber blieb er ganz ruhig.

»An welcher Stelle fand jene Begegnung statt?«

»Ungefähr auf der Mitte der Treppe, Sir. Im Vorbeigehen streifte meine Hand ihren bloßen Arm. Ich erschrak fast darüber.«

»Sprach sie nichts?«

»Nein, Sir. Sie schien aber ebenfalls erschrocken zu sein.«

»Das wäre begreiflich«, knurrte der Detektiv. »Woher wußten Sie übrigens, daß es Miss Frisling war?«

Grondal zögerte mit der Antwort.

»Ich weiß nicht recht, Sir. Es war aber bestimmt nicht Madam Isobel, die ich sofort an ihrem durchdringend riechenden Parfüm erkannt haben würde. Miss March kann es nicht gewesen sein, weil . . . weil ich sie ganz bestimmt sofort erkannt hätte. Es war Miss Frisling, Sir. Dessen bin ich ganz gewiß.«

»Noch etwas, Grondal . . .« O'Leary sprach die Worte sehr scharf aus, denn der Diener wollte sich gerade zur Tür wenden, als betrachte er das Gespräch als abgeschlossen. »Was wissen Sie von dem grünen Elefanten?«

Die unerwartete Frage traf Grondal wie ein Peitschenhieb. Dann sah er mit gehetztem Ausdruck bald mich, bald den Detektiv an.

»Ein grüner Elefant?« murmelte er schließlich. »Ach so, Sie meinen den kleinen Ziergegenstand, der Mr. Federie gehört?«

»Allerdings.«

»Davon ... hm ... davon weiß ich weiter nichts. Nur so viel, daß Mr. Federie das Kunstwerk sehr schätzte. Übrigens scheint es nicht mehr dazusein.« Er blickte zum Kamin hinüber. »Jemand hat es wohl fortgenommen.«

»Wer?«

Grondal blieb unerschüttert.

»Das vermag ich wirklich nicht zu sagen«, gab er zur Antwort, und obwohl ihm O'Leary noch für eine kurze Weile mit Fragen zusetzte, war nichts mehr aus ihm herauszubekommen.

»Vielleicht verschweigen Sie mir noch anderes, weil Sie es für ... besser halten?« fragte O'Leary zum Schluß, worauf Grondal abermals sehr rot wurde.

»Nein, Sir«, sagte er sofort. Erst viel später sollten wir erfahren wie unverschämt er uns mit dieser Behauptung anlog.

Nachdem er sich entfernt hatte, wandte sich O'Leary an mich. »Meinen neuen Wagen würde ich verwetten – und der ist ein wundervolles Modell –, daß mir der Bursche noch verschiedenes mitteilen könnte. Nun, es ist ja noch nicht aller Tage Abend.«

»Woher wußten Sie, daß er Mittie Frisling auf der Hintertreppe begegnete?«

»Mit Hilfe Ihrer blauen Perlen kam ich darauf.« Vorsichtig zog er die Kügelchen, die ich ihm gegeben hatte, aus der Tasche. Es waren aber noch drei weitere dazugekommen. »Eine von diesen«, fuhr er fort, »lag ungefähr in der Mitte jener Treppe. Die zweite hatte sich in einer Bodenritze des läuferlosen oberen Korridors verfangen; übrigens unweit vom Wohnzimmer des verstorben Adolph. Und die dritte ...« hier machte er eine Kunstpause, um seinen nächsten Worten einen größeren Nachdruck zu verleihen, die dritte lag in dem unbenutzten Schlafzimmer des oberen Stockwerkes, kaum eine Handbreit von jener Stelle entfernt, an der wir den Revolver fanden, mit dem Adolph Federie erschossen wurde.«

Unwillkürlich trat ich einen Schritt zurück. Mein entsetzter Blick haftete an den drei Perlen, die so unschuldig auf der Handfläche des Mannes aussahen. Fast tat es mir leid, daß ich es gewesen war, die O'Leary auf die Spur gebracht hatte. Ich sah es als sicher an, daß Mittie Frisling bereits des Verbrechens überführt worden sei. Sie würde hingerichtet werden, und ich hatte den Anstoß dazu gegeben. Das war ein unbehagliches Gefühl. Aber ich durfte mich mit dem Bewußtsein trösten, daß ein Mann wie O'Leary höchstwahrscheinlich alsbald von sich aus die Perlen gefunden hätte.

»Machen Sie sich keine Vorwürfe, Miss Keate«, sagte er, als erriete er meine Gedanken. »Die Sache nimmt nun einmal zwangsläufig ihren Gang. War Mittie Frisling dazu imstande, das Verbrechen zu begehen, so muß sie auch die Folgen tragen. Das ist ein Grundsatz, den sich jeder Verbrecher hinter die Ohren schreiben sollte. Na schön, ich habe heute nachmittag noch allerlei zu tun. Gegen Abend werde ich nochmals erscheinen. Inzwischen nimmt jemand die Fingerabdrücke von dem Geigenkasten ab. Ich rate Ihnen, sich tagsüber von Kema oder dem Diener vertreten zu lassen, damit Sie ausruhen können. Vorläufig bleiben die Schutzleute hier. Sie brauchen sich also nicht zu fürchten. Ah, guten Tag, Herr Doktor!«

Dr. Jay trat ins Zimmer. Lance O'Leary begrüßte ihn kurz und ging dann hinaus. Der Arzt sah ihm bewundernd nach.

»Also das ist Lance O'Leary«, meinte er. »Ich hätte nicht gedacht, daß er noch so jung sei. Sieht prächtig aus, der Mann. Er könnte mir bei Gelegenheit die Adresse seines Schneiders geben. Wissen Sie, Schwester«, fuhr er seufzend fort, während er sich über den Kranken beugte, »es war schon immer mein eigener Wunschtraum, Detektiv zu werden, Verbrecher zur

Strecke zu bringen und als berühmter Mann dazustehen. Statt dessen hantiere ich mit dem Stethoskop herum, werde um meine Nachtruhe gebracht und führe überhaupt ein Hundedasein. Na, aber zur Sache. Wo ist die Karte? ... Aha ... Macht mir ganz den Eindruck, als wenn es mit unserem Patienten aufwärtsginge.«

Kema erklärte sich sofort bereit, meinen Platz am Krankenlager einzunehmen, während ich ein wenig schlief. Es sei nicht ihre Absicht, an der Beerdigung teilzunehmen, da ihre Kraft den Lebenden gehöre. Ihr Standpunkt hätte mir noch mehr gefallen, wenn ich davon überzeugt gewesen wäre, daß sie keinerlei Anteil am Tode Adolph Federies hatte.

Droben in meinem Zimmer mußte ich erst Genoveva von meinem Bett entfernen. Sie hatte es sich in den Falten meines schwarzseidenen Kimonos recht bequem gemacht. Es war mir widerlich, das Tier, das ich vor die Tür setzte, anfassen zu müssen. Es haarte stark, und trotz heftigen Bürstens blieben etliche Katzenhaare am Stoff haften.

Vom Fenster aus beobachtete ich den Aufbruch der Trauergesellschaft. Zu zweit und zu dritt gingen sie zum Tor, hinter dem zwei gelbliche Autodroschken warteten. Sie waren die einzigen Farbflecke in dieser aus Grau und Schwarz bestehenden Landschaft.

Behaglich streckte ich mich auf meinem Bett aus. Zum erstenmal seit meinem Eintreffen fühlte ich mich entspannt, und ich darf gleich hinzufügen, daß es auch das letztemal sein sollte. Schläfrig stellte ich fest, daß ich dies Wohlbehagen in erster Linie wohl deswegen empfand, weil alle unbehaglichen Elemente das Haus verlassen hatten. Diese Menschen waren hinausgegangen, um an der Bestattung eines Mannes teilzunehmen, den einer von ihnen ermordet hatte!

Der Gedanke veranlaßte mich, jählings den Oberkörper aufzurichten und erregt im Zimmer umherzublicken. Vorbei war es mit dem Gefühl wohliger Entspannung. Einer von diesen Sieben, die da dem Toten die letzte Ehre erweisen wollten, hatte einen Mord auf dem Gewissen.

Ehe ich mich endgültig schlafen legte, schob ich einen Stuhl mit der Lehne unter die Türklinke.

Ich mochte kaum länger als eine Stunde geschlummert haben, als ich urplötzlich mit rasendem Herzklopfen erwachte. Meine Hände waren kalt und feucht.

Von den unteren Räumen des Hauses drang deutlich, wenn auch gedämpft, Musik herauf. Jemand spielte Klavier. Ich erkannte sofort die mir verhaßte Lieblingsmelodie Eustaces ... ›La Furiante‹.

Ich weiß nicht, wie lange ich in halber Erstarrung jenen wilden, disharmonischen Klängen lauschte, die mir so entsetzlich auf die Nerven fielen.

Was mich vollends auf die Beine brachte, war das Bewußtsein, daß Eustace gar nicht zu Haus war.

Mit meinen eigenen Augen hatte ich ihn das Haus verlassen sehen!

8

Im nächsten Augenblick trat ich, in meinen schwarzen Kimono gehüllt, ohne mir erst die Schuhe anzuziehen, auf den Korridor hinaus. Drunten am Südende der Halle und jenseits von Marchs Zimmer sah ich die Umrisse einer breiten, blaugekleideten Gestalt, die sich vom hellen Fenster abhob. Anscheinend beobachtete der Schutzmann etwas, was außerhalb des Hauses vorging. Was konnte er auch Absonderliches an der Musik finden? Ich ging sehr leise, um zu vermeiden, daß er sich nach mir umdrehte.

Gerade als ich die Treppe erreichte, brach das Klavierspiel jäh ab.

Ich war so betroffen davon, daß ich längere Zeit wie angewurzelt stehenblieb. Ich glaubte den dröhnenden Schlag meines Herzens zu hören.

Kein Laut drang von unten herauf.

Eine innere Stimme riet mir, den Schutzmann zu rufen, doch verwarf ich den Gedanken wieder und huschte behende und lautlos die Stufen hinunter. Die große Vorhalle war leer. Der Vorhang der zur Bibliothek führenden Tür war zurückgezogen. Ich vermochte den ganzen Raum zu überblicken.

Niemand war im Zimmer!

Obwohl ich im Grunde genommen nichts anderes erwartet hatte, empfand ich dennoch einen leichten Schock. Wer hatte auf den gelblichen Tasten des alten Klaviers gespielt, dessen Umrisse düster aus dem Hintergrund des Raumes hervortraten?

In jenem Augenblick faßte ich den, wie sich herausstellen sollte, überhasteten Entschluß, das ganze Haus zu durchsuchen.

Auf der Stelle begann ich mit der Ausführung.

Zuerst warf ich einen Blick in das Turmzimmer, aber der Kranke würde meiner nicht bedürfen, und Kema war in ihrem Sessel eingenickt.

Nach etwa zwanzig Minuten war ich fertig. Sogar die Vorratskammern, die Räume der Dienstboten, die verschiedenen unbenutzten Fremdenzimmer und die Kofferkammer hatte ich durchsucht. Nur das über dem Turmzimmer gelegene, abgesperrte Zimmer und den Bodenraum hatte ich ausgelassen. Wenn meine Tätigkeit überhaupt ein Ergebnis hatte, so war es die sichere Erkenntnis, in einem muffigen, verstaubten, schlecht gelüfteten, schlecht beleuchteten und in jeder Weise veralteten Hause zu leben. Es war nicht einmal unterkellert. Holz und Kohlen bewahrte man in einem unweit der Hintertür stehenden Schuppen auf.

Ich hatte unbedingt vermeiden wollen, daß ich gestört wurde, und war daher sehr leise zu Werke gegangen. Der

Schutzmann, den ich beobachtet hatte, rührte sich nicht. Wenn mir das im Augenblick auch durchaus gelegen kam, so trug das Bewußtsein, einen offenbar stocktauben Wächter im Hause zu haben, nicht gerade zu meiner Beruhigung bei.

Als ich aber aus Marchs Zimmer kam, knarrte die Tür ein wenig, und der Posten fuhr plötzlich aus seinen Träumen auf.

»Heiliger Patrick steh mir bei!« murmelte er, indem er sich hastig bekreuzigte. Dann aber trat er beherzt näher, als er erkannte, daß er es nicht mit einem Höllengeist zu tun hatte.

»Was machen Sie hier?« fragte er barsch.

Ich hatte meine Fassung sofort wiedergefunden und strich zunächst einmal mein Haar glatt, von dem sich zwei seitwärts hängende Strähnen etwas aufwärts gekrümmt hatten. Vielleicht wirkten sie in der Entfernung auf den Schutzmann wie Hörner. Jedenfalls war dessen Erschrecken für mich alles andere als schmeichelhaft.

»Nach dem Mörder suche ich«, gab ich fast ebenso schroff zur Antwort. »Wenn es auf Sie allein ankäme, der Sie mit offenen Augen zum Fenster hinausträumen, dann könnte uns allen am hellen lichten Tage die Gurgel durchschnitten werden.«

Sichtlich beleidigt ließ ich ihn stehen und ging erhobenen Hauptes in mein Zimmer zurück. Er rief mir etwas nach, was keineswegs nach einer Entschuldigung klang, doch warf ich, ohne zu antworten, die Tür ins Schloß.

Ziemlich verärgert kroch ich wieder unter die Decken. Trotz meiner Mühen hatte ich nicht das geringste erreicht, dafür aber ein Paar neue Seidenstrümpfe verdorben. An mehreren Stellen hatten sie Löcher, und die Sohlen waren schwarz von Staub.

Noch im Einschlafen gingen mir der Speicher und das abgeschlossene Schlafzimmer nicht aus dem Sinn. Ach was, mochte sich das Gespenst oder was es auch sei, weiterhin darin aufhalten. Ich für mein Teil gedachte es fortan in Frieden zu lassen.

Aber die Höllenmelodie der ›Furiante‹ verfolgte mich bis in meine Träume, so daß ich unausgeruht und mit einem Gefühl der Angst erwachte.

Ein kühles Bad erfrischte mich indessen ein wenig. Es war fast sechs Uhr, also bald Zeit zum Abendessen.

›La Furiante‹ begrüßte mich beim Betreten der Halle, aber diesmal war es wirklich Eustace, der am Klavier saß. Auf dem Deckel standen ein Mixbecher und ein leeres Glas. Isobel, die noch den Hut aufhatte, saß in der Nähe und hielt ein zweites zwischen ihren langen, mit Edelsteinen verzierten Fingern. In einer entfernten Ecke hatte sich Deke Lonergan niedergelassen. Das Licht der Hängelampe ließ sein blondes Haar aufleuchten.

Bei ruhiger Überlegung hielt ich es für wahrscheinlich, daß sich Eustace aus irgendeinem Grunde frühzeitig von der Trauerversammlung getrennt hatte und nach Hause zurückgekehrt war, doch stellte ich durch eine entsprechende, an March gerichtete Frage fest, daß er der Feierlichkeit bis zuletzt beigewohnt hatte. Ich wollte, ich hätte nicht gefragt!

Das Abendessen wurde mir auch heute zur Qual. Mittie Frisling betupfte immer wieder ihre vom Weinen geschwollenen Augen. Wenn auch nur die Hälfte von dem zutraf, was ich argwöhnte, stellte ihre Trauer eine geradezu haarsträubende Heuchelei dar. Isobel aß mit offenbar gutem Appetit, während die übrigen nur ein bißchen herumstocherten und stumm dasaßen. Obwohl es mir keineswegs recht war, daß der Kaffee wieder im Turmzimmer genommen wurde, erhob ich doch keine Einwendungen, denn der Kranke konnte durch die Anwesenheit der Familienangehörigen nicht gestört werden. Auch während dieses Beisammenseins herrschte beklemmendes Schweigen. Es war, als wage niemand zu sprechen. So war ich froh, als sich Isobel ziemlich frühzeitig zum Aufbruch anschickte. Die andern folgten ihr bald. March blieb noch wenige Augenblicke, um mir in ihrer liebenswürdigen Art gute Nacht zu wünschen.

Es war mir während der letzten halben Stunde aufgefallen, daß ihr Blick verschiedentlich zu dem Kaminsims hinüberschweifte. Sobald wir nun allein waren, richtete sie mit gedämpfter Stimme eine Frage an mich. »Haben Sie vielleicht einen kleinen, grünen Elefanten gesehen? In der Regel steht er dort auf dem Kamin.«

Da ich nicht sofort antwortete, weil ich nicht recht wußte, was ich sagen sollte, fuhr sie langsam fort:

»Großvater hat immer gesagt, daß ich ihn im Falle seines Todes bekommen würde, wobei er besonders betonte, daß er mir und niemand sonst zugedacht sei. Nach seinem Hinscheiden soll ich ihn sofort an mich nehmen.« Sie selbst schien die Dringlichkeit des großväterlichen Wunsches etwas zu befremden. »Heute abend fiel mir auf, daß der Elefant fehlt. Haben Sie ihn nicht irgendwo gesehen, Miss Keate?«

»Doch«, antwortete ich. »Bis vor kurzem stand er noch an der von Ihnen bezeichneten Stelle. Ich weiß nicht, wo er geblieben ist.« Mit diesen Worten sprach ich wenigstens nicht die Unwahrheit.

»Kommst du jetzt, March?« rief Eustace von der Tür aus. »Ich leuchte dir durch den Korridor.«

Sie zögerte noch ein wenig und sah mich dabei mit einem Blick an, in dem eine unausgesprochene Frage lag. Dann verließ sie, an ihrem Vetter vorüberschreitend, das Zimmer. Bald verhallten die murmelnden Stimmen der beiden.

Gleich danach erschien Lance O'Leary. Er sah müde aus, weniger selbstbewußt, als es sonst seine Art war. Er ließ sich in einen Sessel fallen, strich sich mit der Hand über das Gesicht und streckte sie dann der Glut entgegen.

»Dieser Eiskeller von einem Haus«, schimpfte er halblaut. »Der Teufel hole den Kerl, der es erbaute. Bei der Hintertür befindet sich ein Fernsprechapparat, der reif fürs Museum ist. Wie mir Kema sagte, ließ ihn der alte Mr. Federie vor Jahren einbauen, damit die Köchin mit den Lieferanten telefonieren könne. Keine Zentralheizung, kein elektrisches Licht, nichts als Plüschvorhänge und scheußliche Polstermöbel.« Er schüttelte sich. »Diese Umgebung fängt an, mir etwas auf die Nerven zu fallen.«

»Ich dachte, ein Detektiv habe keine Nerven«, sagte ich ein wenig anzüglich.

»Wir sind überhaupt die reinsten Nervenbündel, Miss Keate besonders dann, wenn wir vor einem Hindernis stehen und nicht weiterkommen. Ich muß irgend etwas übersehen haben. Der Schlüssel zu dem Rätsel scheint in meinen Händen zu liegen – das fühle ich – und doch finde ich nicht die richtige Lösung. Und das ist nicht alles ...« Hier bekam sein Gesicht einen so düsteren Ausdruck, wie ich ihn noch nie bei ihm wahrgenommen hatte. »Ich empfinde etwas wie die Vorahnung einer Gefahr. Als ... als wenn sich noch mehr ereignen würde.«

Plötzlich, als schäme er sich seiner Worte, brach er ab, warf mir einen halb trotzigen, halb beschämten Blick zu, und dann war er wieder ganz der Lance O'Leary, den ich kannte und bewunderte.

»Ich habe Ihnen etwas zu erzählen«, begann ich. »Während heute nachmittag alle auf dem Friedhof waren, hörte ich ... das heißt, glaubte ich Eustace Klavier spielen zu hören. Es kann Eustace nicht gewesen sein, der war ja beim Begräbnis, aber es war das gräßliche Stück, das er immer spielt.«

Gespannt aufhorchend lehnte O'Leary den Oberkörper zurück.

»Drücken Sie sich deutlicher aus, Miss Keate.«

Ich versuchte seiner Aufforderung nachzukommen, vermochte ihm aber auf seine scharf umrissenen Fragen nur unvollkommene Antworten zu geben.

»Sie sind sicher, daß Sie es nicht geträumt haben?« fragte er. Da ich es nachdrücklich bekräftigte, starrte er für eine Weile nachdenklich in die Flammen.

»Es gibt nur eine einzige Möglichkeit«, sagte er langsam, als spreche er zu sich selbst. »Wenn sie zutrifft, so wäre das allerdings erstaunlich.«

Er stand auf und kehrte dem Kamin den Rücken zu.

»Der Wind nimmt zu«, bemerkte er mit ganz verändertem, rein sachlichem Tonfall. »Die Art, wie er ums Haus heult, gefällt mir gar nicht.«

»Ja, die alten Fensterläden klappern wie Totengerippe, die irgendein böser Geist schüttelt.« Wie ich dazu kam, gerade diese Worte zu sprechen, wußte ich selbst nicht. Der Detektiv lächelte.

»Das war eine Äußerung Ihres Unterbewußtseins, Miss Keate. Wünschen Sie, daß ich heute nacht hierbleibe?«

»Glauben Sie, daß sich etwas ereignen wird?«

»O nein, das nicht, aber ... nun ja, man kann niemals wissen. Auch wenn wir tausend Vorsichtsmaßregeln ergreifen, so ...« Statt den Satz zu beenden, zuckte er nur vielsagend die Achseln.

»Ich fürchte mich nicht«, sagte ich etwas zaudernd. »Die Schutzleute sind doch noch da?«

»Allerdings. Einer im oberen Stockwerk und einer drunten. Sie werden dauernd patrouillieren.«

»Und Grondal wird auch diese Nacht wieder auf der Couch zubringen?«

O'Leary nickte.

»Schließlich habe ich keinen Grund, ängstlicher zu sein als die andern ...«

»Von denen ich überzeugt bin, daß sie ihre Türen zusperren und verriegeln«, unterbrach mich der Detektiv. »Vermutlich würde ich das ebenfalls tun.«

»Das ist es ja gerade!« platzte ich heraus. »Eine verschließbare Tür gibt es hier nicht, und obendrein geschah es gerade da drüben bei der Turmtreppe. Immerhin verlief die letzte Nacht ganz friedlich«, schloß ich mit dem gewaltsamen Versuch, meiner Stimme einen zuversichtlichen Klang zu geben. »Falls mir irgend etwas verdächtig wird, rufe ich Sie an.«

»Sehr schön. War eigentlich der Mann, der die Fingerabdrücke abnimmt, heute nachmittag hier?«

»Ich weiß nicht.«

O'Leary war an den Geigenkasten getreten, den er eingehend betrachtete.

»Nicht, als ob ich erwarte, daß mir die Abdrücke sehr viel sagen werden. Du lieber Himmel! Ich wollte, ich wäre weniger sensibel, Miss Keate. Mir ist, als müsse ich mit der ganzen Kraft meiner Lungen ›Achtung‹ schreien.«

Ich holte meine Instrumententasche und zog eine Flasche hervor, der ich einige Natrontabletten entnahm.

»Vermutlich kommt das Gefühl aus dem Magen«, sagte ich ruhig, obgleich ich empfand wie er. »Nehmen Sie dies.«

»Ich habe allerdings eine Pastete zu Mittag gehabt«, gab er zu, betrachtete die Tabletten aber ziemlich mißtrauisch. »Wie nimmt man das Zeug? In Wasser, oder einfach so?«

Ohne darauf zu warten, daß ich ihm ein Glas Wasser brachte, schluckte er die Tabletten eine nach der andern hastig hinunter. Es schien ihm, da sie ziemlich groß waren, nicht ganz leichtzufallen, und als er mir gute Nacht sagte, erhielt ich einen undankbaren Blick.

Grondal mußte ihm im Korridor begegnet sein, denn der Diener erschien nur wenige Sekunden später. Er trug seine Decke unter dem Arm, und Genoveva folgte ihm auf dem Fuße. Die schwache Beruhigung durch seine Anwesenheit wurde gleich wieder von dem Bewußtsein beeinträchtigt, daß Grondal geradesogut der Mörder sein konnte wie alle andern.

Immerhin suchte ich mich mit dem Gedanken zu beruhigen, daß er in der vergangenen Nacht keinerlei gewalttätige

Absichten gezeigt hatte. Genoveva sprang sofort auf den Kaminsims und rollte sich zusammen, wie man es von einer braven Katze erwarten darf.

Sobald es jedoch im Zimmer völlig still geworden war, machten sich die übrigen Geräusche, das Ächzen der windgeschüttelten Bäume, das Klappern der hölzernen Läden und all die seltsamen Laute, die solch ein altes Haus von sich zu geben vermag, in verstärktem Maße bemerkbar. Wahrlich, es war alles andere als gemütlich! Ich konnte nicht umhin, etwas ängstlich zur Turmtreppe hinüberzuspähen, deren untere Stufen deutlich zwischen den schlanken Geländerstäben sichtbar waren. Jenseits der zweiten Wendung verloren sie sich in schwarzen Schatten.

Gegen halb elf Uhr ließ ich mich in meinen Sessel nieder, doch war ich um eins noch vollkommen wach und hörte jedes Knacken im Gebälk, jeden Seufzer des Windes.

Da das Wasser, das ich zur Behandlung des Kranken benötigte, fast kalt geworden war, mußte ich in die Küche hinuntersteigen. Der Weg war ebenso unangenehm und unbehaglich wie in der vorigen Nacht. Meine Kerze flackerte im Zugwind und warf kriechende Schatten über die Wände. Als ich die Küche erreicht hatte und den Docht der Lampe emporschraubte, die Kema für mich hatte brennen lassen, zitterten meine Knie, und meine Hände waren eiskalt.

Das Wasser kochte noch nicht ganz. Ich nahm einen der Herdringe weg, legte etwas Holz nach und stellte den Kessel unmittelbar über das Feuer. Während der paar Minuten meines Wartens vernahm ich draußen im Vorraum leichte Schritte, denen ein schnarrender Laut folgte. Dann sprach jemand mit gedämpfter Stimme. Nach einer kurzen Pause wiederholte sich das Murmeln.

Auf Zehenspitzen schlich ich zur Tür und legte mein Ohr an das Schlüsselloch. Nun hörte ich ganz deutlich:

»Bitte Hauptamt 2662.«

Offenbar telefonierte jemand, und das schnarrende Geräusch, das mir aufgefallen war, rührte vom Drehen der Kurbel her.

»Vater?« ließ sich die Stimme wieder vernehmen. »Ja, gewiß, ich bin noch hier. Man will mich nicht fortlassen ... Nein, bis jetzt konnte ich es nicht bekommen.«

Wieder trat eine längere Pause ein. Der Telefonierende horchte wohl auf die Antwort des Angerufenen. Unzweifelhaft handelte es sich um Deke Lonergan. Plötzlich hörte ich, wie der junge Mann leise aufstöhnte.

»Zu dumm ...« sagte er. »Aber ... na ja, bis morgen habe ich das Geld. Ich werde alles tun, es zu bekommen. Hörst du ...? Alles!«

Das letzte Wort wurde mit verzweifeltem Nachdruck hervorgestoßen. Der Hörer wurde angehängt, und nach kurzer Zeit entfernten sich die Schritte Lonergans zur Hintertreppe. Obwohl er sich merkliche Mühe gab, leise zu sein, hörte ich doch das Holz der alten Stiege knarren.

Inzwischen hatte das Wasser munter zu brodeln begonnen und mahnte mich an meine Pflichten. Durch die dunklen Zimmer eilte ich zu dem Kranken zurück, machte ihm die fällige Einspritzung, rückte mich dann wiederum in meinem Sessel zurecht und dachte über das jüngste Erlebnis nach. Um was für ein Geld handelte es sich bei dem Ferngespräch? Und auf welche Weise gedachte Lonergan es bis morgen herbeizuschaffen?

Längere Zeit grübelte ich über diese Fragen nach, aber ich gelangte zu keinem Ergebnis. Dieser Mißerfolg sollte mir übrigens später noch Kummer bereiten, da die Lösung in Wirklichkeit sehr nahelag. Nachträglich begriff ich überhaupt nicht, wieso ich nicht darauf gekommen war.

Das Feuer im Kamin war mittlerweile zu glimmender Asche verbrannt; das Winseln und Ächzen des Windes hörte so plötzlich auf, daß es fast unheimlich war, und die Lampen brannten ziemlich nieder. Die merkliche Verdunkelung des Zimmers kam mir bereits zum Bewußtsein, bevor ich den Grund erkannte. Infolge der vielen Aufregungen, die der Tag mit sich gebracht hatte, hatte Grondal wohl übersehen, die Lampen aufzufüllen. Mit dem jähen Schweigen des Windes hatten schlagartig auch die vielen Nebengeräusche aufgehört, und die Stille, die nun eintrat, hätte ich mit der Stille des Todes bezeichnen können.

Mich befiel eine tiefe Lähmung, von der ich mich nicht befreien konnte. Ich mußte aufstehen, das Feuer glimmte nur noch und mußte neu angefacht werden ... Ich wollte Grondal anweisen, die Lampen aufzufüllen.

Weshalb tat ich es nicht? Befand auch ich mich unter irgendeinem geheimnisvollen Bann, der mich dazu zwang, wie erstarrt in der angenommenen Haltung zu verharren? Meine Stirn, meine Hände waren kühlfeucht. Nun verfiel im Kamin die letzte Glut zur Asche, und gleichzeitig stieg aus einem der Lampenzylinder schwärzlicher Qualm zur Decke empor. Irgendwo da droben in der Höhe knarrte ein Brett.

Jetzt wieder; und dann ein drittes Mal.

In dem verschlossenen Zimmer des oberen Stockwerkes bewegte sich jemand!

Mein Herz pochte so laut, daß ich kaum richtig zu hören vermochte, doch strengte ich meine Ohren an. Da ...! Leichte Schritte ...! Das Geräusch äußerst behutsam aufgesetzter Füße!

Was regte sich dort oben?

Und dann erhob sich Genoveva zur ganzen Höhe ihres hageren Körpers, richtete die grünleuchtenden Augen auf die Treppe, ihr Schwanz zuckte hin und her.

Vielleicht war es gerade dies unheimliche Verhalten der Katze, was mich aus meiner Lähmung befreite. Jedenfalls stand ich vorsichtig auf und schlich zu Grondals Couch hinüber und berührte leise seine Schulter. Er erwachte sofort, sah meine Schweigen heischende Handbewegung und verhielt sich still. Ich vermute, daß er auch meine nach oben deutende Geste verstand. Wie um diese zu unterstreichen, wurden jetzt abermals die leisen Schritte hörbar.

Grondal glitt so lautlos von der Couch, daß keine der alten Sprungfedern krachte und wandte sich sofort der Turmtreppe zu.

Nie werde ich den Anblick vergessen. Pantherhaft, Schritt für Schritt stieg er hinauf ... es kam die erste Biegung ... die Stelle, wo Adolph Federie gefunden wurde ... die zweite Drehung ... Stückweise geriet er außer Sicht; erst der Kopf, dann die breiten Schultern und der Körper. Das letzte, was ich von ihm sah, war eine schlaff herunterhängende, gelbliche Hand ...

Und Grondal kehrte nicht zurück!

9

Lange Augenblicke stand ich da, wartend und horchend, als stünde mein Leben auf dem Spiel. Doch soweit ich das zu beurteilen vermochte, rührte sich jetzt nichts mehr im oberen Zimmer.

Niedriger noch brannten die Lampen; sie qualmten nun in geradezu unausstehlicher Weise. Es blieb mir nichts anderes übrig: Ich mußte neue besorgen oder Kerzen anzünden. Noch immer herrschte draußen die merkwürdige Windstille. Kein Laut ...! Sogar Genoveva schien zu einer Statue erstarrt zu sein, in deren grünen Glasaugen sich das Licht der ersterbenden Lampen spiegelte.

Nach und nach befiel mich eine panische Angst. Und gerade weil es nicht plötzlich geschah, war es um so grausiger.

Irgend etwas war dort oben geschehen. Weshalb kehrte

Grondal nicht zurück? War es deshalb, weil er . . . nicht konnte?

Jählings sprang die Katze zu Boden und schlich geduckt zum Türvorhang, hinter dem sie verschwand. Das gab auch mir den Rest!

Lance O'Leary hatte mich gebeten, ihn im Falle der Not anzurufen. Einen letzten Blick warf ich zum Turm hinüber, dann verließ auch ich fluchtartig das Zimmer. An der Ecke des dunklen Korridors stolperte ich und stürzte, raffte mich aber sofort wieder auf und rannte weiter. Durch die zugezogenen Vorhänge des Eßzimmers fielen Strahlen bleichen Mondlichts, die wie gespenstische Finger nach mir zu tasten schienen. Ihr Schimmer machte den Rest des Zimmers noch finsterer. Irgendwo befand sich die zum Anrichteraum führende Tür. Meine bebenden Hände griffen ins Leere und fanden schließlich eine Holzfläche. Sie gab nach, und die Tür aufstoßend, drang ich ein. Ich schlug sie hinter mir zu und suchte den Ausgang zur Küche zu finden. Im Eßzimmer hatte es noch so etwas wie einen schwachen Lichtschimmer gegeben, hier aber war es stockfinster, mit Ausnahme des kaum merkbaren helleren Streifens, der unter der Küchentür durchschien.

Gerade wollte ich darauf zugehen, als in der Dunkelheit ein leichtes Geräusch ertönte.

Es war kein Rascheln; es klang nur wie der Hauch eines Lautes. Wie erstarrt hielt ich inne. Ich war nicht allein im Anrichteraum!

Plötzlich berührte meine ausgestreckte Hand etwas Bewegliches.

Ein Stück Tuch schien es zu sein. Nun glitten meine Finger für den Bruchteil einer Sekunde über bloße Haut . . . Die Tür zum Eßzimmer drehte sich in ihren Angeln . . . Ein breiter Schatten schob sich zwischen mich und die schrägen Mondstrahlen . . . Dann war alles ausgelöscht, und ich blieb allein in der undurchdringlichen Finsternis. Ich wollte schreien und brachte doch keinen Laut aus der Kehle hervor ...

Hemmungslose Angst war es, die mich in die Küche taumeln ließ, wo das Feuer rot aus dem Aschekasten des Herdes glühte. Auf dem Tisch stand eine niedriggeschraubte Lampe.

Irgendwie gelang es mir, den Fernsprecher zu finden, der sich in der Nähe des hinteren Ausgangs befand. Dummerweise aber wollte mir O'Learys Nummer nicht einfallen. Als sich das Amt meldete, vermochte ich nur atemlos mehrmals hintereinander das Wort »Polizei« hervorzustoßen.

Meine Zähne klapperten derartig, daß ich die nach einer Ewigkeit sich meldende männliche Baßstimme kaum verstand, doch bestand ich wenigstens hartnäckig auf der Forderung, Lance O'Leary augenblicks zu melden, daß man seiner im Hause Federie bedürfe. Erst als ich den Hörer wieder abgehängt hatte, fiel mir die Anwesenheit der beiden Schutzleute ein. Mein Unterbewußtsein sagte mir jedoch, daß ich richtig gehandelt hatte.

Plötzlich leuchtete mir eine elektrische Taschenlampe ins Gesicht.

»Was tun Sie hier am Fernsprecher?« fragte eine Stimme hinter dem Lichtkegel. »Was wollen Sie von der Polizei und weshalb rufen Sie nicht mich?« Natürlich hatte ich es mit einem der Schutzleute der Wache zu tun.

Meine Antwort bestand in einem heiseren Flüstern. »Es ist ... es ist etwas geschehen ... im Turmzimmer ...«

»Hallo, Miss, nur nicht in Ohnmacht fallen.«

»Ich werde nicht ohnmächtig, Sir ...! Im Turmzimmer. Es war jemand oben. Grondal ging hinauf und ... und er kehrte nicht wieder!« Die letzten Worte endeten wohl in einem trockenen Schluchzen. »Schnell!«

Das Licht der kleinen Taschenlampe ließ im Vorübereilen die Umrisse der Regale im Anrichteraum und später der Stühle sowie des großen Tisches im Eßzimmer mit seltsamer

Klarheit hervortreten. Wir sprachen nicht; wir liefen, so schnell wir es bei der Dunkelheit vermochten. In dem engen Korridor blieb ich etwas zurück.

Als der Schutzmann den grünen Plüschvorhang wegzog, hob ich mich auf die Zehenspitzen und lugte ihm über die Schulter.

Der Raum war nur schwach erhellt, denn die Lampen qualmten abscheulich und erfüllten den Raum mit dem ekelhaften Geruch verkohlender Dochte ... Auf der grünen Couch aber, unweit der Turmtreppe lag eine zusammengekrümmte Gestalt.

»Da ist er ja«, sagte der Schutzmann, der gleichzeitig beiseite trat, um mich vorüberzulassen. »Sie haben sich grundlos aufgeregt.«

Ich aber starrte im Schein der qualmenden Lampen auf den Daliegenden. Freilich war es Grondal, aber ... Langsam, schrittweise ging ich auf ihn zu.

Die Gestalt rührte sich nicht.

Ich warf dem mir folgenden Beamten einen fragenden Blick zu. Sein Atem ging stoßweise, und die Augen waren weit aufgerissen.

Dann beugte ich mich vor, um besser sehen zu können. »Es ist Grondal«, hörte ich mich sagen, und meine Stimme klang fremd im eigenen Ohr. »Er ist tot ... Man hat ihn erdrosselt ... mit einer Geigensaite.«

Plötzlich ergriff mich ein Schwindel. Alles drehte sich um mich, und bewußtlos brach ich zusammen.

Das nächste, dessen ich mich entsinne, war ein Stimmengewirr. Als ich mich bemühte, die bleischweren Augenlider zu heben, blendete mich ein starker Lichtschein.

Mit hoher Fistelstimme sagte jemand immer und immer wieder: »Wer tat es ...? Wer tat es?« Die Worte riefen mich in die Gegenwart zurück.

Ich war ganz wach. Offenbar hatte mich jemand auf den

Sessel niedergesetzt, gegen dessen Seitenlehne ich gesunken war. Es brannten zahlreiche Lampen und Kerzen. Die erregten Stimmen tönten aus einer Gruppe sich zusammendrängender Kimonos, blauer Uniformröcke und Bademäntel herüber. Niemand achtete auf mich, als ich aufstand. Ich trat an den Krankentisch und trank einen Schluck Wasser, wonach ich mich wesentlich leichter fühlte. Inzwischen schien wenigstens einer der Schutzleute zu einem Entschluß gelangt sein, denn er sprach im Befehlston einige Worte zu den Versammelten und verließ eilends das Zimmer.

»Warum sucht man nicht droben nach?« rief ich. »Dort war der Mörder! Im oberen Zimmer!«

Und dann, da mich nur alles entgeistert anstarrte, setzte ich hinzu: »Ich will hinauf . . .! Mr. Dimuck, wollen Sie mich begleiten?«

Der Vorschlag schien dem rundlichen Mann wenig zu gefallen, doch willigte er, seine eigene Furcht überwindend, sofort ein.

»Natürlich komme ich mit, Schwester. Sind Sie der Meinung, daß sich da oben jemand versteckt?«

»Zum mindesten war jemand droben«, gab ich zur Antwort, »wenn ich auch nicht glaube, daß er jetzt noch da sein wird.«

Nun erbot sich auch Deke Lonergan, an der Erkundung teilzunehmen, aber davon wollte ich nichts wissen.

»Wir wollen uns doch darüber klar sein«, fuhr ich langsam und mit Betonung fort, »daß einer von den hier Anwesenden Grondal getötet hat. Und da wir zur Zeit alle hier sind, kann der Täter nicht droben im oberen Zimmer sein. So ist mein Vorhaben ganz ungefährlich.«

March, die sich über ihren Großvater gebeugt hatte, richtete sich auf.

»Miss Keate«, kam es gepreßt von ihren Lippen, »wissen Sie auch, was Sie sagen?«

Mit wenigen Schritten trat Eustace an mich heran. Sein heller, gestreifter Schlafanzug paßte wenig in diese düstere Umgebung und wirkte neben der regungslosen, auf der Couch zusammengekrümmten Gestalt wie ein Farce.

»Sie haben wohl den Verstand verloren?« herrschte er mich mit vor Wut bebender, aber mühsam beherrschter Stimme an, doch ließ ich mich keineswegs einschüchtern.

»Unsinn! Bilden Sie sich nur nicht ein, mir imponieren zu können, junger Mann. Obendrein ist es wahrhaftig keine Neuigkeit, daß der Täter unter uns sein muß. Das wissen Sie ganz genau – Sie und alle andern!«

»Sie können sich als entlassen betrachten, Miss Keate!« sagte Eustace.

»Dummes Zeug!« erwiderte ich heftig. »Da muß schon ein anderer kommen, um mich ...«

»Eustace!« Messerscharf schnitt Marchs Stimme mir das Wort ab. »Du vergißt dich! Ist dies vielleicht dein Haus?«

Der Gescholtene wurde feuerrot im Gesicht, doch wich er unwillkürlich zurück, als habe ihn jemand mit der Peitsche bedroht.

»Jedenfalls dürfte es meine Pflicht sein, euch gegen die Anschuldigungen dieser Wahnsinnigen in Schutz zu nehmen«, knurrte er.

»Wenn ich deines Schutzes bedarf, werde ich das schon sagen«, entschied March. »Selbstverständlich bleibt Miss Keate hier. Und wenn Sie«, wandte sie sich an mich, »mit Mr. Dimuck zusammen in das obere Turmzimmer gehen wollen, dann steht Ihnen das frei. Ich selbst«, ihr zorniger Blick streifte die Versammelten, »ich selbst werde dafür sorgen, daß in Ihrer Abwesenheit niemand dieses Zimmer verläßt.«

Als Eustace beiseite trat, um mir den Weg freizugeben, mußte ich an einen geprügelten Hund denken, der noch immer die Zähne zeigt. Ich glaube, es war das erstemal, daß ich diesen verschlagenen Menschen ohne Maske sah.

Für einen Detektiv hätte das Zimmer, das wir durchsuchten, vermutlich manche Anhaltspunkte geboten, aber obwohl ich davon überzeugt war, daß noch vor kurzem Grondals Mörder darin gewesen war, bemerkte ich nichts, was auf seine Anwesenheit hätte schließen lassen. Langsam trat ich an den in der Mitte stehenden Marmortisch, stützte mich mit den Händen darauf und überlegte, wo wir noch suchen sollten.

Dimuck stellte die Lampe vor mich hin und ging zu der Tür, die auf den Korridor führte.

»Wollen mal sehen, ob sie noch verschlossen ist«, meinte er.

Während er noch sprach, machte ich ein paar Schritte um den Tisch herum, da mich die Lampe blendete, wobei meine Hand über die Tischplatte glitt und etwas Scharfes berührte – ein Glassplitter!

Hastig zog ich die Hand zurück, an der ich einen über zwei Zentimeter langen Riß bemerkte. So sah ich zunächst nicht, daß Dimuck mit seinen feisten Händen an der Türklinke rüttelte.

»Noch immer versperrt . . .«

»Lassen Sie das!« rief ich erschrocken. »Nehmen Sie Ihre Hände da weg!«

Er gehorchte, sah mich dabei aber verständnislos an.

»Nanu! Was habe ich denn Schlimmes getan?«

»Was Sie getan haben . . .? Die Fingerabdrücke auf dem Türgriff haben Sie verdorben. Sofern welche da waren«, setzte ich mehr für mich selbst hinzu und führte meine Hand zum Munde, die kleine Verletzung auszusaugen.

»Haben Sie sich weh getan, Miss Keate?«

»Oh, es ist nur ein kleiner Kratzer. Aber jetzt haben Sie wenigstens ein paar wundervolle Muster Ihrer eigenen Finger auf dem Griff gelassen. Die Polizei wird sich freuen.«

»Allmächtiger Himmel!«

Ich muß gestehen, daß mich sein Entsetzen freute, doch

wurden meine Gedanken fast augenblicklich von etwas anderem in Anspruch genommen. Lance O'Leary erschien.

»Ich dachte gleich, daß ich Sie hier finden würde, Miss Keate«, sagte er. »Was ist denn da mit Ihrer Hand los?«

»Ich habe sie hier am Tisch verletzt.« Etwas ärgerlich besah ich mir den Marmor, indessen Elihu Dimuck sich in tausend Entschuldigungen wegen seines Versehens erging.

O'Leary unterbrach ihn sehr bald.

»Ich verstehe. Bitte haben Sie die Liebenswürdigkeit, O'Brien zu holen, Mr. Dimuck. Nein, Sie bleiben hier, Miss Keate. Mit Ihnen habe ich zu sprechen.«

Sobald der gelbe Bademantel des erregten Herrn im Gehäuse der Wendeltreppe verschwunden war, begann O'Leary: »Erzählen Sie mir alles, Miss Keate, aber fassen Sie sich möglichst kurz.«

Ich richtete mich nach seinem Wunsch. Schweigend hörte der Detektiv zu. Nur selten stellte er eine Zwischenfrage. Seine grauen Augen hatten geradezu etwas Hypnotisierendes.

»Besten Dank«, sagte er zum Schluß. »Nun legen Sie aber ein Pflaster auf Ihre Wunde. Wo war die Stelle, an der Sie sich den Riß zuzogen . . .? Ah, ich sehe schon.«

Ich war sehr froh darüber, entlassen zu sein, und eilte sofort die Treppe hinunter, auf der ich dem Schutzmann O'Brien begegnete.

Die nun folgende Stunde war eine der widerwärtigsten, die ich jemals erlebte. Sämtliche Hausbewohner blieben im Zimmer. Schutzleute kamen und gingen. Weißgekleidete Sanitäter brachten den Toten auf einer Tragbahre fort. Zwei Menschen waren in diesem Raum bereits eines gewaltsamen Todes gestorben. Würde ihnen noch ein dritter folgen?

Kema brach die gräßliche Stille, die uns alle in ihren Bann schlug, indem sie ankündigte, Kaffee kochen zu wollen.

»Sehr gut, Kema«, lobte March. »Übrigens . . .«

»Ja, Miss?«

»Ach . . . nichts«, gab die Gefragte müde zur Antwort, doch glaubte ich zu bemerken, daß sie Kema bedeutungsvoll ansah. Die Köchin nickte kaum merkbar mit dem Kopf, ehe sie verschwand.

Etwa eine Viertelstunde später kehrte sie mit dem dampfenden Getränk zurück. Ich stand neben March, als die alte Köchin die Tassen herumreichte. Kema beugte sich dicht zu dem Mädchen und flüsterte etwas, was wie »Alles in Ordnung« klang.

Später stellte O'Leary ein eingehendes Verhör mit uns an, ohne daß sich dabei brauchbare Anhaltspunkte ergaben. Immerhin machten mich zwei Dinge stutzig: einmal das nächtliche Ferngespräch, das der junge Lonergan geführt hatte, und dann die Aussage Mittie Frislings. Mittie wurde als letzte befragt.

»Ich schlief. Das Trillern der Polizeipfeife weckte mich. Es mußte also etwas Schlimmes geschehen sein. Ich sprang daher aus dem Bett und eilte auf den Korridor hinaus. Aus der Tür der Kofferkammer kam mir Eustace entgegen, er war nicht in seinem Zimmer gewesen.«

Eustace rührte sich bei diesen Worten, warf ihr einen giftigen Blick zu und wandte sich lebhaft an den Detektiv.

»Das ist richtig« erklärte er. »Ich verschwieg Ihnen den Nebenumstand, weil . . . je nun, mir ist meine eigene Haut so lieb wie jedem andern. Die Sache klingt alles andere als günstig für mich. Aber natürlich, du konntest dir doch solch eine Gelegenheit nicht entgehen lassen, Mittie.« Er brach ab, um zunächst seine Gedanken zu sammeln. »Also, es war so: Ich erwachte, ungefähr zehn Minuten bevor der Mord entdeckt wurde, das heißt, ehe wir die Trillerpfeife hörten. Ich glaubte Stimmen in dem Schlafzimmer zu vernehmen, das über diesem Zimmer liegt, schlüpfte aus dem Bett und ging zur Tür, von der man annahm, daß sie verschlossen sei.«

»Weiter«, drängte O'Leary.

»Nun, ich hörte in der Tat Stimmen. Sie waren sehr leise, so daß man eigentlich nur von einem Murmeln sprechen kann. Jedenfalls schienen sich zwei in dem Zimmer zu streiten. Das einzige, was ich zu verstehen glaubte, lautete ungefähr: ›Ich werde das Geld kriegen‹. Allerdings vermag ich nicht mit Bestimmtheit zu sagen, ob diese Worte gesprochen wurden. Jedenfalls aber handelte es sich um nur zwei Stimmen. Es schien zu einem Kampf zu kommen, es folgte ein dumpfer Schlag, der in einem Stöhnen endete.«

»Und Sie unternahmen keinen Versuch, in das Zimmer einzudringen?« fragte O'Leary trocken.

»Doch! Natürlich hatte ich ein paar Sekunden gewartet, denn erst wollte ich doch wissen, was da eigentlich los war. Sie werden es mir nicht glauben, was ich jetzt sage, aber als ich die Hand an den Türgriff legte, da stellte ich fest, daß die Tür nicht versperrt war. Gerade wollte ich eintreten, als ich aus irgendeinem Grunde einen Blick über die Schulter warf, und da sah ich . . .« hier räusperte sich Eustace offenbar sehr beunruhigt ». . . auch dies werden Sie mir nicht glauben . . . da sah ich, daß sich in der Nähe der Haupttreppe so etwas wie ein Schatten bewegte, der überraschend schnell in der Kofferkammer verschwand. Ich zögerte keinen Augenblick und rannte der Erscheinung nach. Drinnen in der Kammer war es nicht nur stockdunkel, sondern auch vollkommen still. Ich wartete jedoch, weil ich hoffte, es werde sich etwas rühren. Nach einer Weile, deren Dauer mir sehr lang vorkam, hörte ich die Pfiffe des Schutzmanns und eilte auf den Korridor hinaus.« Abermals traf Mittie ein feindseliger Blick.

»Wer befand sich auf dem Korridor, als Sie aus der Tür jener Kofferkammer traten?«

»Zunächst einmal Mittie Frisling. Während wir zur Treppe liefen, gesellten sich nach und nach auch die andern Bewohner des Stockwerkes zu uns: Dimuck und Lonergan, später Isobel und March.«

»Wenn also jemand in der Kammer war, so konnten Sie nicht wissen, ob er Ihnen später mit den andern folgte?«

»Nein. Den andern aber hätte er auffallen müssen.«

O'Leary fragte die Beteiligten, aber niemand hatte etwas bemerkt. Ob er der Aussage Eustaces Glauben schenkte, vermochte ich nicht zu beurteilen.

»Wie lange ungefähr blieben Sie in der Kammer?«

»Schätzungsweise zehn Minuten. Ich weiß es nicht. Natürlich läßt sich das nicht leicht bestimmen. Ich hatte keine Ahnung, wem ich in den Raum folgte, auch konnte ich mir nicht denken, was er dort wollte.«

»Er ...?« fragte O'Leary leise.

»Ach, Sie meinen, ob es ein Mann oder eine Frau war?« Eustace machte mit seinen schlanken Fingern eine hilflose Gebärde. »Ich vermag das wirklich nicht zu beurteilen. Es war ... je nun, ein gleitender Schatten. Sie wissen ja selbst, daß es im oberen Korridor sehr dunkel ist. Höchstens zwei Kerzen brennen da. Der alte Herr ...« – sein Blick streifte ziemlich unehrerbietig den Schwerkranken – »ich wollte sagen, Großvater duldete keinerlei moderne Einrichtungen. Er scheint ihnen zu mißtrauen. Es wird auch Ihnen schon aufgefallen sein, daß wir keinen elektrischen Strom im Hause verwenden.«

»Allerdings«, nickte O'Leary. »Sie sind sich dessen sicher, daß Sie zehn Minuten lang in der Kofferkammer blieben?«

»Durchaus nicht. Es können auch bloß drei oder vier gewesen sein. Ich ... nun ja ... ich fürchtete mich.«

»Konnten Sie die Stimmen in dem Zimmer erkennen?«

»Nein«, lautete die sehr bestimmte Antwort.

»Können Sie mir wenigstens sagen, ob es sich um männliche oder weibliche Stimmen handelte?«

Wieder räusperte sich Eustace umständlich. »Meines Erachtens waren es zwei Männer. Doch ist es immerhin möglich, daß einer der beiden eine Frau war, eine erregte oder auch geängstigte Frau. Erregt und ängstlich klangen jedenfalls die Worte: ›Ich werde das Geld kriegen‹. Überdies nehme ich an, daß der andere ... Grondal war.«

Es folgte eine seltsame Stille. Ich sah mich um. Wenn Eustace die Wahrheit sprach, dann barg eins dieser maskenhaft bleichen Gesichter ein furchtbares Geheimnis. Doch so sehr ich auch forschte, in keinem konnte ich etwas entdecken, was auf außergewöhnliche Teilnahme schließen ließ. Sie alle sahen furchtbar blaß, aber völlig undurchdringlich aus.

»Sie weckten Mr. Lonergan nicht, als Sie aufstanden?« erkundigte sich O'Leary weiter.

»Nein. Deke schlief nämlich in dem schräg gegenüberliegenden Zimmer, in das er gestern abend übersiedelte. Ein unbenutztes, aber bezogenes Bett steht darin.«

»Eustace schnarcht«, sagte Deke schnell, ohne den Blick vom Teppich zu heben.

Eustace schien sich über die Bemerkung zu ärgern, aber ich empfand leider eine leichte Schadenfreude, und Isobel lächelte sogar flüchtig.

»Sie können aber mit Bestimmtheit angeben, daß zur fraglichen Zeit das Schlafzimmer hier über uns unverschlossen war?«

»Mit aller Bestimmtheit!«

»Und während Sie in der Kofferkammer waren, hätte jedermann aus dem Schlafzimmer auf den Korridor treten, die Tür hinter sich zuschließen und entkommen können, ohne daß Sie etwas davon bemerkten?«

»Das nehme ich an.«

»Wie lange waren Sie abwesend, Miss Keate?«

»Vielleicht zehn Minuten.«

»Also lang genug für den Kampf, von dem uns Mr. Federie berichtet. Für den Kampf und seine unmittelbaren Folgen.«

»Vermutlich.«

»Sie selbst haben nichts gehört, ehe Sie zum Fernsprecher

liefen? Kein Geräusch, das auf einen Kampf hätte schließen lassen?«

»Nein; nicht das geringste.«

»Dann spielten sich die entscheidenden Ereignisse also in der Zeit ab, während der Sie nicht in diesem Zimmer waren, Miss Keate. Der Mörder, wer immer es gewesen sein mag, hat jedenfalls in dieser Hinsicht Glück gehabt.« O'Leary schwieg, und sein Blick schien in weite Ferne zu schweifen, als sähe er etwas, was unseren Augen verborgen blieb. »In dieser Hinsicht«, wiederholte er langsam, aber in seiner Stimme klang ein Unterton, dessen Eiseskälte mich erschauern ließ.

Für ein Weilchen herrschte Schweigen. Dann erhob sich der Detektiv, warf einen Blick auf seine Uhr und sprach in sachlicher Weise weiter.

»Das wäre alles; zunächst. Sie werden alle Verlangen nach Frühstück und Ausruhen haben. Um acht Uhr findet die Verhandlung vor dem Staatsanwalt statt. Sie haben also noch zwei Stunden Zeit. Selbstverständlich darf niemand ohne meine Genehmigung das Haus verlassen.«

Die Entlassung war zwar deutlich ausgesprochen worden, bot aber wirklich keinen Anlaß zu dem fluchtartigen Davoneilen der Anwesenden. Gewiß, das Zimmer war mehr als ungemütlich, doch hatte ich die Empfindung, daß es diesen Menschen mehr darauf ankam, aus der Nähe des Detektivs zu kommen.

»Ich habe noch etwas zu sagen«, rief March, die übrigen durch eine herrische Handbewegung zurückhaltend. »Ich habe beschlossen, keinen neuen Diener einzustellen, ehe nicht . . . ehe die Lage nicht endgültig geklärt ist. Ein Fremder würde meines Erachtens die Dinge nur erschweren.« Sie warf einen fragenden Blick zu O'Leary hinüber, und der Detektiv nickte zustimmend.

»Aber das ist ja Unsinn, March!« entrüstete sich Eustace.

»Ich werde gleich ein Stellenvermittlungsbüro benachrichtigen. Es ist nötig, daß wir nicht nur einen neuen Diener, sondern auch ein zweites Mädchen in Dienst nehmen. Laß mich nur dafür sorgen.«

»Ich glaube mich deutlich genug ausgedrückt zu haben, als ich sagte, daß ich beschlossen habe, davon abzusehen«, erwiderte March mit einer Betonung, die keinen Zweifel an ihrem Entschluß aufkommen ließ. »Inzwischen werdet ihr euch in Grondals Arbeit teilen.«

Es gab eine kleine Pause, dann fragte Isobel sauersüß: »Und welchen Teil davon wirst du selbst übernehmen, March?«

»Ich werde das Ganze beaufsichtigen«, lautete die sehr bestimmte Antwort. Die drohende kleine Meuterei meisterte sie in einer Weise, die jedem alten Seeräuberkapitän Ehre gemacht hätte.

Ich mußte lächeln, als die lieben Familienmitglieder schließlich abzogen. Doch das Lächeln schwand sehr schnell wieder von meinen Lippen. Nur noch schwach leuchteten die Lampen im grauen Licht des heraufdämmernden Tages. Zwei davon, eben die, deren Qualm mich so sehr belästigt hatte, waren erloschen. Der eklige Geruch verbrannter Dochte erfüllte das Zimmer. Und Grondal, der die Wartung der Lampen und das Lüften des Zimmers zu besorgen hatte, weilte nicht mehr unter den Lebenden.

Noch heute sehe ich zuweilen im Geist die zusammengekrümmte Gestalt des Mannes auf der Couch liegen.

10

Lance O'Leary stand in der Nähe des Diwans und sah gedankenvoll auf das verblichene grüne Plüschpolster nieder.

»Mr. O'Leary«, begann ich ohne Umschweife. »Ich brauche eine gute und große elektrische Stablampe. Außerdem bitte ich, in der kommenden Nacht zwei Schutzleute hier im Zimmer zu postieren. Wird dieser Wunsch nicht erfüllt, dann werde ich die Überführung des Patienten ins Krankenhaus veranlassen. Dies geht schließlich doch zu weit.«

Er stimmte augenblicklich zu. »Sie sollen sie haben, Miss Keate. Auch einen Revolver will ich Ihnen geben.«

Erschrocken wich ich vor dem Ding zurück, das er mir bereits entgegenhielt. »Nein, nein, danke! Vor einem Revolver fürchte ich mich mehr, als ... als ... geben Sie mir lieber einen derben Schürhaken. Und natürlich bleibe ich hier. Ich habe bisher noch niemals eine mir erteilte Aufgabe unvollendet gelassen.«

Er lächelte, sagte aber zunächst nichts, sondern wog die verschmähte Waffe in der Hand.

»Haben Sie etwas gefunden?« stieß ich erregt hervor. »Wissen Sie, wer es tat?«

»Hm ... einige Fortschritte habe ich immerhin erzielt.« Er sprach zu mir, als seien wir alte Freunde, was ja auch den Tatsachen entsprach. »Es ist und bleibt aber doch ein höchst seltsamer Fall, Miss Keate. Ich muß annehmen, daß Adolph Federie und Grondal aus einem und demselben Grunde ermordet wurden; also vermutlich auch durch die gleichen Täter. Grondal wurde sogar zweimal getötet!«

»Zweimal ...? Wieso? Was meinen Sie damit?«

»Was das Wort bedeutet. Zunächst traf ihn ein schwerer Schlag, unmittelbar in die Herzgrube, der nach dem Urteil des medizinischen Sachverständigen vollauf genügte, ihn auf der Stelle zu töten. Und dann wurde er offenbar binnen der vielgenannten zehn Minuten mit einer Geigensaite erwürgt. Somit drängt sich die Frage auf, ob es gar zwei Persönlichkeiten auf seinen Tod abgesehen hatten. Oder folgte der Mann, der den ersten Schlag geführt hatte, dem sterbenden Grondal ins Turmzimmer hinunter, wo er ihm, um seiner Sache ganz sicher zu sein, die Saite um den Hals schlang?«

»Sie sagen: der Mann, der den ersten Schlag führte?«

»Ja, und zwar obwohl Eustace es für möglich hält, daß es sich um eine Frau handelt. Übrigens war der Hieb ungemein schwer. Fast könnte man meinen, er sei mit einem Bügeleisen oder dergleichen geführt worden. Natürlich handelt es sich nur um den ersten, etwas oberflächlichen Befund des Sachverständigen. Eine nochmalige Untersuchung bringt vielleicht mehr Licht in die Angelegenheit. Dabei fällt mir ein: Wer im Hause spielt Geige?«

»Eustace. Jedenfalls habe ich niemand anders gehört.«

O'Leary schritt zum Tisch hinüber und betrachtete sinnend das alte Instrument.

»Eine Saite fehlt.«

Ich dachte an den Abend, an dem Eustace die Violine gestimmt hatte, und sagte: »Als Eustace darauf spielte, waren vier Saiten vorhanden. Das war an dem Abend, als wir die Schritte im oberen Korridor vernommen hatten. Ich entsinne mich deutlich, daß Eustace sie stimmte. Es dauerte ziemlich lange.«

»Demnach wäre es denkbar, daß die Saite hier abgenommen wurde. Wenn Sie mir bloß sagen könnten, wer das tat, aber ... das ist natürlich nicht möglich.«

»Haben Sie denn wirklich keinen Verdacht, Mr. O'Leary?« fragte ich ganz verzweifelt.

»Einen Anhaltspunkt zum mindesten, den ich Ihnen verdanke.« Er lächelte verschmitzt. »Wohin ich von ihm aus gelangen werde, kann ich vorläufig nur ahnen. Finden Sie mir den Besitzer des Schlüssels vom Oberzimmer, Miss Keate. Und finden Sie mir ...« Er brach ab, als sei ihm plötzlich ein neuer Gedanke gekommen, worauf er wieder ruhiger fortfuhr: »Es ist eine üble Sache. Irgendwie müssen wir ihr auf den Grund kommen. Einen Grund gibt es immer, eine treibende Kraft ... Sie erinnern sich natürlich daran, daß Mittie Frisling Grondals Vernehmung belauschte, als er gerade sagte, daß er ihr in der Nacht, da Adolph Federie ermordet wurde, auf der Treppe begegnet sei. Ich kann jedoch nicht annehmen, daß sie ihn deswegen erdrosselte.«

»Er war aber sehr unangenehm berührt, als wir ihre Horcherei entdeckten«, gab ich zu bedenken. »Zudem behauptet Eustace, daß sich möglicherweise eine Frau im Oberzimmer befunden habe.«

»Und Eustace behauptet ferner, er habe jemand zu Grondal sagen hören: ›Ich werde das Geld kriegen‹. Fällt es Ihnen nicht auf, daß sich die Worte fast genau mit denen decken, die Deke Lonergan am Telefon sprach?«

»Ja . . . allerdings.« Aber war da wirklich ein Zusammenhang? Es konnte doch auch Zufall sein. Der junge Lonergan – ein Mörder? Das konnte ich einfach nicht glauben.

»Zum mindesten dürfte es sich lohnen, darüber nachzudenken«, meinte der Detektiv. »Machen Sie sich keine Sorgen wegen der Feststellung der Todesursache. Das wird eine rein formelle Angelegenheit werden.« Mit einem freundlichen Kopfnicken entfernte er sich. Mir fiel auf, daß sein Gang ein anderer geworden war. Im Gegensatz zu seiner sonstigen selbstbewußten Haltung lag etwas eigensinnig Verbissenes darin, als stemme er sich gegen die Schwierigkeiten, die sich immer höher vor ihm auftürmten.

Der Vormittag verging ziemlich schnell.

Autos kamen, voll besetzt mit Polizisten, Reportern und allerlei Neugierigen, die aber nicht zugelassen wurden. Auf der Umfassungsmauer hockte ein halbes Dutzend Straßenjungen, die neugierig herüberglotzten, bis ein Schutzmann sie mit barschen Worten davonjagte. Einmal schrie Eustace eine Gruppe von Berichterstattern an, die ins Haus eingedrungen waren und nun beschleunigt den Rückzug antraten. Um seinen ohnehin höchst abfälligen Worten mehr Nachdruck zu verleihen, hatte Eustace den Hund Konrad losgelassen. Gegen die Maßnahme erhob March Einspruch.

Die Untersuchung durch den Staatsanwalt war, wie es O'Leary vorausgesagt hatte, lediglich eine Formsache. Immerhin war ich froh, als die Verhandlung mit der Erklärung, daß Grondal von der Hand einer unbekannten Persönlichkeit den Tod gefunden habe, ihr Ende gefunden hatte.

Als ich von der Sitzung zurückkehrte, wartete der Arzt auf mich im Turmzimmer. Er platzte fast vor Neugier. Seiner Ansicht nach ging es dem alten Mr. Federie wesentlich besser, doch argwöhnte ich, daß er ein wenig übertrieb, um eine Übersiedlung des Kranken ins Hospital überflüssig erscheinen zu lassen. Ich war froh, als ihn ein telefonischer Anruf zum Aufbruch veranlaßte. Das für mich wichtigste Ereignis des Tages bestand im übrigen in meinem Ausflug zu den Speicherräumen und den Folgen, die sich daraus ergaben.

War es denkbar, daß sich jemand in dem geräumigen alten Hause versteckte? Jemand, dem es gelungen war, sich unseren und den polizeilichen Nachforschungen zu entziehen?

Da waren zunächst einmal jene geheimnisvollen Schritte. Keinen Augenblick zweifelte ich daran, daß Kema den Detektiv anlog, als sie behauptete, auf der Hintertreppe gewesen zu sein. Weiter war da die teuflische Musik, die während der Beerdigung Adolphs, als mit Ausnahme von Kema sämtliche Hausbewohner abwesend waren, aus der Bibliothek ertönte. Schließlich mußte sich doch auch für das Verschwinden des kleinen Jade-Elefanten eine natürliche Erklärung finden. Wenn es wirklich einen geheimnisvollen Eindringling gab, so lautete die nächste Frage: Stand er in Verbindung mit irgendeinem Familienmitglied? Zuvor aber: Wer konnte der Eindringling überhaupt sein?

Vorderhand hatte es keinen Zweck, nach einer Antwort zu suchen, obwohl für mich immerhin so viel feststand, daß niemand ohne Mitwissen mindestens eines der Hausbewohner sich einschleichen konnte. Dafür wurde das Haus viel zu stark bewacht. Wie ich so nachdachte, fielen mir noch verschiedene Nebenumstände ein. So zum Beispiel das wütende Hundegebell, das wir beim ersten Abendessen gehört hatten und March sehr zu erschrecken schien. Am zweiten Abend hatte sich der Vorgang noch einmal wiederholt. Zum unbemerkten Betreten oder Verlassen des Hauses war dieser Zeitpunkt unzweifelhaft auch sehr günstig gewählt. Marchs nächtlicher Ausflug während der Sturmnacht, in der Adolph Federie den Tod fand, konnte damit erklärt werden, daß sie jemanden an dem bissigen Hunde vorbei zu einem Versteck hatte führen wollen, denn daß alsbald eine Haussuchung stattfinden würde, lag damals bereits auf der Hand. Und Kema . . .? Aber natürlich! Kema war ebenfalls eingeweiht. Hatte sie Marchs Flucht nicht dadurch gedeckt, daß sie die Schutzleute anlog? Und hatte sie nicht zuerst mir gegenüber ihre Anwesenheit im oberen Korridor bestritten? Warum widerrief sie ihre Aussage später O'Leary gegenüber? Dann – Kema konnte so lautlos auftreten wie eine Wildkatze!

Aber angesichts der Tatsache, daß das Haus seit Tagen unter polizeilicher Aufsicht stand, hatte die Annahme, ein Mensch könnte unbemerkt ins Haus gelangen, etwas Phantastisches an sich. Ich hatte jedoch bereits öfters im Leben die Erfahrung gemacht, daß gerade das Unwahrscheinlichste zutreffen kann. Als daher March gegen zwei Uhr im Turmzimmer erschien, um mich abzulösen, konnte ich es kaum abwarten, diesem Rätsel nachzuspüren.

Als ich eilig aus dem Zimmer lief, stieß ich heftig gegen einen Schutzmann, der unmittelbar hinter dem Türvorhang gestanden haben mußte. Ich hatte ihm wohl gehörig auf die Hühneraugen getreten, denn er murmelte etwas sehr Unfreundliches und verzog schmerzhaft das Gesicht. March war durch die kleine Auseinandersetzung herbeigelockt worden. Das veranlaßte den Schutzmann, mir widerwillig zu folgen. Als ich mich aber bei der Tür des zweiten Zimmers umdrehte, da sah ich gerade noch, wie er auf Zehenspitzen wieder zum Eingang des Turmzimmers zurückschlich.

In der großen Vorhalle traf ich Mittie Frisling, die über mein Erscheinen wenig erfreut sein mußte, denn sie kniete auf allen vieren und blickte angestrengt unter den großen Nußbaumschrank. Ihre Pantoffeln waren dabei verrutscht und offenbarten mir den schadhaften Zustand ihrer Strümpfe. Übrigens hörte sie mich erst, als ich dicht bei ihr war. Hastig richtete sie sich auf und nieste mehrmals.

»Ich suchte nach etwas«,erklärte sie, indem sie sich mit sehr verstaubten Händen das Haar aus der Stirn strich.

Ohne mich mit einer Antwort aufzuhalten, ging ich weiter. Als ich beim Hinaufsteigen über das Treppengeländer blickte, sah ich, daß sich die grünen Vorhänge einer Tür bewegten. Zwischen den Falten erschien gleich einer starren Maske Isobels Gesicht. Sie beobachtete Mittie Frisling, und ihr Gesicht sah unsagbar boshaft aus. Mich bemerkte sie offenbar nicht.

An diesem und dem folgenden Tage verstärkte sich mein Eindruck, daß jedermann im Hause etwas suchte. Niemals zuvor sah ich ein solch hastendes Hin und Her. Doch davon später.

Ich hielt mich nicht mit dem Gedanken auf, daß mein Unternehmen alles andere als ungefährlich war. Vorübergehend erwog ich allerdings, mit der Ausführung zu warten, bis ich O'Learys Rat eingeholt hatte. Nun ja, ich handelte etwas unüberlegt, aber das liegt halt einmal so in meiner Art.

Ohne noch länger zu zögern, näherte ich mich der Kofferkammer.

Daß ich gerade mit ihr begann, lag daran, daß man von dort zu den Bodenräumen gelangte und daß ich sie am Tage von Adolph Federies Beerdigung unbeachtet gelassen hatte. Wenn das Haus einen Keller besessen hätte, würde ich dort begonnen haben.

Überdies gab Eustace an, es sei jemand im Laufe der letzten Nacht darin verschwunden, und wenn ich den Worten des jungen Mannes auch grundsätzlich nicht viel Glauben schenkte, so sprach doch manches dafür, daß er wenigstens in diesem Fall bei der Wahrheit geblieben war.

Halb unbewußt blickte ich auf die Uhr, als ich vor der Tür stand und mir nochmals Mut zusprach. Es war genau 14 Uhr 10. Erst rund vier Stunden später sollte ich den Raum wieder verlassen.

Noch heute schaudert's mich, wenn ich daran denke, wie und wo ich die Zwischenzeit verbrachte.

Daß ich mich so erfolgreich bemühte, beim Betreten der Kammer nicht gesehen zu werden, sollte ich später bereuen. Nachdem ich die Tür hinter mir zugezogen hatte, knipste ich die Stablampe an und ließ den Lichtkegel durch den Raum wandern.

Ich befand mich in einem großen, hohen Raum, dessen Wände nur noch Reste einer Tapezierung aufwiesen, doch der Name »Kofferkammer« traf dem Sinne nach wenig zu, denn soweit ich es zu beurteilen vermochte, befand sich kein einziger Koffer darin. Statt dessen war er teilweise vollgestopft mit allerlei Gerümpel, wie es sich in alten Häusern fast von selbst zusammenzulesen scheint. Ecken und Winkel, in denen sich jemand verstecken konnte, gab es die Hülle und Fülle, doch beschloß ich, zunächst einen Blick in den eigentlichen Bodenraum zu werfen, bevor mich mein Mut, der ohnehin stark im Schwinden war, vollends verließ.

Die Leitertreppe endete oben in einer schwarzgähnenden Öffnung, aber ich nahm mich zusammen und begann hinaufzusteigen, wobei ich mich mit der einen Hand an der Leiter festhielt, während die andere die Stablampe umklammerte. Diese Kletterei schien mir entsetzlich lange zu dauern. Endlich war ich so weit, daß mein Kopf gerade über den Speicherboden ragte.

Glücklicherweise oder vielmehr, wie sich herausstellen sollte, unglücklicherweise war die Falltür aufgeklappt. Sie hing an einem Strick, der um einen im Gebälk befindlichen Haken geschlungen war. Meine Lampe enthüllte einen wenig anziehenden Anblick, doch setzte ich entschlossen meinen Weg fort und kroch mit Mühe durch die enge Öffnung.

Das Haus war unschön, aber der Speicher war noch schlimmer. Viel schlimmer!

Er besaß eine ungeheuere Ausdehnung, erstreckte sich in dreifacher Richtung, und seine Tiefen verloren sich in finsteren Schatten. Ein Bodenbelag war nur teilweise vorhanden. Hier und da führten lose Planken zu klobigen Schornsteinen und winzigen, grauen Dachfenstern. Lange Spinnenfäden, beladen mit dem Staub vieler Jahre, hingen von den Balken hernieder und verliehen dem Ganzen ein gespenstisches Aussehen. Der moderige Geruch deutete auf Verwahrlosung und Verfall.

Für ein Weilchen rührte ich mich nicht von der Stelle, wobei ich das Licht bald hierhin, bald dorthin scheinen ließ und wilden Blickes in die mich umgebende Finsternis starrte. Urplötzlich schoß aus einer der vielen Ecken ein kleines schwarzes Etwas hervor und begann hastig in kleinen Kreisen mein Haupt zu umschweben. Ich fühlte, wie mir die Knie zitterten, wie mir der kalte Schweiß auf die Stirn trat. Mir war, als müsse man das furchtbare Klopfen meines Herzens bis in die fernsten Winkel hören.

Dicht vor mir gewahrte ich einen Klapptisch, dessen Beine zerbrochen waren, Stühle mit hervorquellenden Sprungfedern, alte, mit Spinnweben und Staub überzogene Lampen und sonstige Dinge, wie man sie nur in der Rumpelkammer eines alten Gebäudes finden kann. Auch ein gepolsterter Klavierstuhl stand in meiner Nähe. Halb wider Willen ließ ich mich darauf nieder, denn die Glieder versagten mir den Dienst. Wenn wenigstens diese verwünschte Fledermaus nicht gewesen wäre, die immer noch nicht zur Ruhe kommen wollte. Jeden Augenblick fürchtete ich, sie werde sich in meinen Haaren verfangen.

Durch tiefes, regelmäßiges Atmen suchte ich meine Nerven zu beruhigen, aber mein Herz klopfte so laut wie zuvor, und der Gedanke schoß mir durch den Kopf, daß der Mörder hinter einem der düster ragenden Schornsteine plötzlich hervortreten könnte. Im gleichen Augenblick krabbelte etwas auf meinem Handrücken – eine große, behaarte Spinne! Ich sprang auf und schleuderte das Insekt weit von mir. Dabei zerschlug ich das Glas meiner Armbanduhr, und mein Finger rutschte vom Druckknopf der Stablampe ab, so daß ich in undurchdringlicher Finsternis zurückblieb. Ich stolperte und ergriff im Fallen den Sitz des Klavierstuhls.

Und ich fand den grünen Elefanten!

Wahrhaftig!

Er steckte unter dem zerschlissenen Plüschüberzug, und als meine Finger seine glatte, kalte Oberfläche berührten, wußte ich sofort, um was es sich handelte. Jetzt entsann ich mich auch, daß mir der Sitz außergewöhnlich uneben vorgekommen war, als ich mich darauf niederließ.

Mit der Erkenntnis der Wichtigkeit des Fundes, auf den ich fast buchstäblich mit der Nase gestoßen wäre, kam mir auch die Gefährlichkeit meiner Lage zum Bewußtsein. Ich wagte nicht, das Licht wieder aufflammen zu lassen, um meinen Standpunkt nicht zu verraten, und hatte überhaupt nur noch den einen Wunsch, so schnell wie möglich hier herauszukommen. Da sich die Falltür unmittelbar hinter mir befand, war es weiter nicht schwer, den Abstieg zu finden.

Nun war es für mich aber von jeher schwierig gewesen, eine Leiter hinabzusteigen, vor allem, auf der obersten Sprosse Fuß zu fassen. Die Dunkelheit und meine Furcht brachten mich nun vollends durcheinander. Auch rechnete ich jeden Augenblick damit, es werde sich entweder von oben oder von unten eine Hand nach mir ausstrecken, mich zu erwürgen. So ist es eigentlich kein Wunder, daß folgendes geschah, als ich mit der Stablampe in der einen Hand und dem Elefanten in der andern Hand den Abstieg begann.

Ganz plötzlich klappte nämlich die Falltür zu. Nur dem Umstand, daß ich mich tief niedergebeugt hatte, um wenigstens den Versuch zu machen, etwas von dem, was sich unter mir befand, zu erkennen, nur diesem Umstand verdanke ich es, daß mir die Klappe nicht auf den Kopf schlug und ich ohne eine schwere Gehirnerschütterung davonkam. Das Zufallen der Tür verursachte einen dumpfen Krach und wirbelte eine solche Unmenge von Staub auf, daß ich kaum atmen konnte. Das eigentlich Verhängnisvolle aber war, daß mein Kleid eingeklemmt wurde. Ich kam nicht los!

Den Elefanten mit dem linken Arm gegen mich pressend, zerrte ich vergebens an dem Rock. Ebensowenig gelang es mir, die Falltür auch nur um einen Zentimeter anzuheben. Der noch ganz neue, kräftige Leinenstoff hätte noch ein schwereres Gewicht als mich tragen können.

Die Lage war einfach schauderhaft. Wenn ich nun das Gleichgewicht verlor und zwischen Himmel und Erde hängenblieb . . .! Wenn jemand in der unter mir gähnenden Finsternis auf mich lauerte . . .? Und wenn mich niemand vermißte . . .? Stundenlang konnte ich hier festhängen! – Schließlich gab ich die wütenden Befreiungsversuche auf und stand wie gelähmt auf der Leiter. Totenstill war es um mich. Mit allen Nervenfasern lauschte ich auf irgendeine Bewegung im Haus. –

Und richtig, aus der dunklen Tiefe kam ein leises Geräusch – fast wie ein Lufthauch.

Wenn ich sage, daß mir das Blut in den Adern gerann, so ist das nur ein schwacher Vergleich mit dem, was ich in Wirklichkeit empfand. Vermutlich entspricht ein solches Gefühl dem zeitweiligen Aussetzen des Herzschlages.

Da . . . nochmals! Ein seltsames Rascheln, das aus einer Ecke unmittelbar unter mir kommen mußte.

Sinnlos vor Grauen umklammerte ich die Stablampe und schleuderte sie mit aller Gewalt in jene Richtung, in der ich die Ursache des Geräusches vermutete.

Noch während meine Hand das Wurfgeschoß losließ, wußte ich bereits, daß ich eine Dummheit begangen hatte. Es gab einen dumpfen Aufschlag und dann . . . lautlose Stille.

Was war da? Wer war es? Wartete er, bis ich mich sicher genug fühlte, ganz hinunterzuklettern? Wußte er, daß ich in Wirklichkeit eine Gefangene war . . .? War es jemand von der Familie Federie . . .? War es der geheimnisvolle Eindringling, den ich hatte aufstöbern wollen? Weshalb blieb er jetzt still . . .? Ob ich ihn gar mit der Stablampe getroffen hatte?

Das Wichtigste aber: Was um alles in der Welt konnte ich tun?

Nach einer endlos langen Zeitspanne, während der sich drunten in der Tiefe nichts mehr regte, kam ich auf den sehr naheliegenden Gedanken, aus meiner Tracht zu schlüpfen. Das war allerdings schwerer getan als gesagt, gelang aber zu guter Letzt. Die Falltür hielt mich nicht länger.

Was aber nun? Sollte ich einfach zum Ausgang laufen? Wenn sich das Wesen da unten in einer entfernten Ecke befunden hätte, würde ich das gewagt haben. So aber mußte ich annehmen, daß es mir in jedem Fall zuvorkam. Auf die äußerst schwache Möglichkeit, es durch die schwere Stablampe betäubt zu haben, wollte ich mich doch nicht verlassen. Endlich hielt ich das Stehen nicht länger aus. Ich drehte mich sehr behutsam herum und nahm auf einer der schmalen Sprossen Platz, soweit man dabei von Platznehmen reden kann. Und, man mag es mir glauben oder nicht, drei geschlagene Stunden habe ich in dieser Lage verbleiben müssen. Ich wußte nicht, was mir größere Unbequemlichkeit verursachte, die Kälte oder die krampfartigen Schmerzen in meinen

Gliedern. Es war furchtbar! Erstaunlich aber ist es, was der menschliche Körper auszuhalten vermag. Aber dennoch befand ich mich am Ende meiner Widerstandskraft, als ganz unvermittelt drunten die Tür geöffnet wurde. Vor dem hellen Hintergrund des Korridors erschien eine breite, untersetzte Gestalt.

»Kema!« schrie ich mit unnatürlich heiserer Stimme. »Kema!«

Die Köchin prallte zurück und wollte die Flucht ergreifen, aber ich schrie abermals und hoffte dabei inbrünstig, das Ding dort unten im Dunkeln möchte über keinen Revolver verfügen. »Kema, so warten Sie doch ...! Ich bin's ... Miss Keate ...! Rufen Sie die Polizei!«

Sie stieß einen Schreckensruf aus, den ich aber nicht beachtete, während ich hastig die Leiter hinunterkletterte. Irgendwie gelang es mir auch, auf meinen fast abgestorbenen Füßen auf den Korridor hinauszustolpern.

Vom anderen Ende eilte Elihu Dimuck herbei.

»Die Polizei!« stammelte ich. »Es ist jemand da drinnen in der Kammer ...! Rufen Sie die Polizei!«

»Um Gottes willen, was ist denn?« Elihu Dimuck konnte sich offenbar den Auftritt überhaupt nicht erklären.

Dann erschien Isobel – mit einem blöden, hämischen Grinsen.

»Aber Miss Keate, haben Sie vergessen, sich Ihr Kleid anzuziehen?«

»Rufen Sie die Polizei«, stieß ich immer wieder hervor. Und dann wurde es plötzlich sehr still um mich. Alle drei – Elihu Dimuck, Kema und Isobel – starrten den grünen Elefanten an, den ich in der Hand hielt!

Binnen zehn Minuten hatten die beiden Schutzleute die Kofferkammer durchsucht, worauf sie zum Speicher emporstiegen. Sie fanden nichts. Ich glaube sogar, daß sie alles für eine Ausgeburt meiner Phantasie hielten und nur oberflächlich nachsahen. So sehr vermag ich ihnen das nicht einmal zu verübeln, denn wenn eine Frau jemals einen gänzlich irrsinnigen Eindruck gemacht hat, dann war ich das in jenem Augenblick.

11

Vor dem Hinuntergehen wickelte ich den grünen Elefanten sorgfältig in eine Handarbeit, die ich gerade angefangen hatte, fügte auch die gelbrote Wolle hinzu und nahm das Ganze unter den Arm. Auch bei Tisch behielt ich es auf meinem Schoß.

Hungrig und müde richtete ich diesmal mein Augenmerk fast ausschließlich auf die Mahlzeit, ohne mich um die nun schon gewohnte Ungemütlichkeit zu kümmern. Isobel bediente, gab ihrer Unzufriedenheit aber dadurch Ausdruck, daß sie alles möglichst lieblos herumschob. Vermutlich wollte sie March damit ärgern. Noch vor dem Nachtisch hörte sie mit dem Bedienen ganz auf.

»Es gibt wieder gedünstete Pflaumen«, erklärte sie gelangweilt. Dann stand sie auf und verließ das Zimmer, wobei sie noch hinzusetzte: »Wenn wirklich jemand von euch etwas von dem Kompott haben will, kann er sich's selbst holen.«

Anscheinend verspürte Mittie Verlangen danach, denn sie besorgte sich welches und verursachte einen kleinen Zwischenfall, weil sie sich an einem Kern verschluckte. Ich klopfte ihr hilfreich auf den Rücken und tat das vielleicht etwas heftig. Kurzum, der Kern kam mit einiger Wucht wieder zum Vorschein und landete auf Eustaces Teller. Der junge Mann bekam einen roten Kopf. Zornig warf er die Serviette hin, schob seinen Stuhl so heftig zurück, daß er umfiel, stieß ein paar Worte hervor, die ich hier lieber nicht wiederholen will, und stürmte voller Wut aus dem Zimmer.

Marchs Augen sprühten Blitze, Elihu Dimuck machte eine verzweifelte Geste mit seinen feisten Händen, und Deke Lonergan lachte. Es klang so ungezwungen heiter, daß ich darüber aufrichtig staunte, denn nie hätte ich dem meist so mürrischen jungen Mann dieses herzliche Lachen zugetraut. March sah ihn fragend und immer noch verstimmt an. Da beugte er seinen blonden Kopf zu ihr und sagte etwas, was ich nicht verstand, aber ihre graublauen Augen bekamen einen gütigen Ausdruck.

Da ich mir selbst nichts aus Pflaumenkompott mache, verließ auch ich das Eßzimmer und begab mich auf meinen Posten. Gerade ging ich ziemlich langsam an der verhangenen Tür des großen Wohnzimmers vorüber, als der grüne Vorhang mir ganz plötzlich über den Kopf fiel und mich eine kräftige Hand festhielt. Ich setzte mich mit allen Kräften zur Wehr, konnte es jedoch nicht verhindern, daß mir die Handarbeitsrolle entrissen wurde, während ich unter dem verstaubten Stoff zappelte und zu schreien suchte. Das alles spielte sich binnen weniger Sekunden ab, doch als ich endlich wieder frei war, merkte ich gleich, daß allem Anschein nach niemand etwas von meinem Kampf und den erstickten Hilferufen gemerkt hatte. Da der Korridor dunkel war, lief ich zum Turmzimmer und kehrte mit brennender Lampe zurück. Niemand war da, aber mitten auf dem grünen Läufer lag meine Handarbeit, von der aus ein langer apfelsinengelber Wollfaden zur gegenüberliegenden Tür und dann mit einer Kehrtwendung wieder zum Knäuel führte. Von dem grünen Elefanten jedoch konnte ich keine Spur mehr entdecken.

Zweimal hatte ich den Elefanten wiedergefunden, und zweimal war er mir von neuem entwendet worden. Beim erstenmal war ich in der Tat etwas unvorsichtig gewesen, weil ich den Wert der Steinschnitzerei nicht kannte, aber diesmal war ich doch sehr behutsam zu Werke gegangen.

Es hatte keinen Wert, Alarm zu schlagen, denn jeder dieser

liebenswerten Hausgenossen konnte der Räuber sein. Ich zog mich deshalb schweigend in das Turmzimmer zurück, wo ich mich durch eingehende Beschäftigung mit meiner Stickerei einigermaßen beruhigte.

Dort suchte mich ungefähr eine halbe Stunde später Lance O'Leary auf. Er grüßte höflich, nahm Platz, streckte die Füße gegen das Kaminfeuer und begann in ziemlich strengem Tone zu sprechen.

»Was soll das alles, was mir der Schutzmann eben erzählt hat, Miss Keate?«

Ich gab ihm einen eingehenden Bericht. Als ich geendet hatte, saß er bolzengerade da und sah mich fast furchtsam an.

»Sie sind weiß Gott eine gefährliche Frau!« sagte er. »Vor allem aber muß ich Sie doch beglückwünschen, daß Sie so verhältnismäßig glimpflich davongekommen sind.«

»Demnach glauben Sie, daß der in der Kofferkammer versteckte Mensch der Mörder gewesen sein kann?«

»Zum mindesten war da jemand, der größten Wert darauf legte, nicht gesehen zu werden, wenn er vielleicht auch genau solche Angst verspürte wie Sie. Sie halten es für wahrscheinlich, daß es sich um einen Fremden, also nicht um einen Hausbewohner handelte?«

»Ja nun . . . ich nehme allerdings an, daß es ein Eindringling war, womit noch nicht gesagt sein soll, daß ich damit einen berufsmäßigen Dieb meine. Kema, Isobel und Dimuck kommen ganz bestimmt nicht in Frage. Übrigens glaube ich, daß die Schutzleute ihre Nachforschungen etwas gründlicher hätten betreiben können. Wahrscheinlich hielten sie meine Erklärungen für Hirngespinste. Daß sie unglaubwürdig klingen, gebe ich offen zu.«

»Nicht für den, der Sie kennt, Miss Keate. Kema, Isobel und Dimuck wußten also, daß Sie den Elefanten gefunden hatten?« O'Leary erhob sich und ging zur Tür. »Ich bin gleich wieder hier, Miss Keate.«

In der Tat kehrte er bereits binnen einer Viertelstunde zurück. Sein Gesicht zeigte einen rätselhaften Ausdruck.

»Zum erstenmal besitzt jeder ein einwandfreies Alibi. Die Leute scheinen eine besondere Vorliebe für das Turmzimmer zu haben. In der Zeit zwischen vier und fünf Uhr nachmittags tranken sie hier gemeinsam Tee; das heißt also, während Sie auf der Leiter hockten. Ebenso heute abend, als man Ihnen den grünen Elefanten abnahm, befanden sich sämtliche Hausbewohner mit Ausnahme von Kema, Isobel und Eustace im Eßzimmer. Könnte einer von den dreien den Überfall ausgeführt haben? Oder der Geist der Kofferkammer? Ich will Ihnen gewiß keinen Vorwurf machen, Miss Keate, aber für jemanden, der wußte, daß Sie sich im Besitz des grünen Elefanten befanden, trugen Sie den Gegenstand etwas sehr offensichtlich herum.«

»Wenigstens hatte ich ihn zuvor . . . gefunden!« gab ich spitz zur Antwort, was O'Leary mit einem Lächeln quittierte.

»Das taten Sie allerdings.«

»Sie glauben also an die Existenz eines Außenseiters. Welche Beweggründe kann der Mensch haben?«

»Wenn mir die Beweggründe dieser Verbrechen bekannt wären, dann hätte ich auch den Täter«, erwiderte O'Leary. »Verbirgt sich hier jemand im Hause, so geschieht es mit March Federies Wissen. Das ist der Grund, weshalb ich sie so scharf beobachten ließ. Sie wundern sich vielleicht, daß ich nicht zwanzig Schutzleute aufmarschieren lasse. Um alles genau zu durchsuchen, braucht man etwa diese Anzahl, doch werden Sie bereits gemerkt haben, daß ich zu denen gehöre, die lieber ohne brutale Gewalt arbeiten.«

»Hm . . . in diesem Fall würde ich persönlich lieber alle Mittel aufwenden, den Menschen baldmöglichst dingfest zu machen.«

»Mit welcher Begründung wollten Sie ihn verhaften, Miss

Keate? Sie wissen doch wohl, daß unsere Gesetzgebung gegenüber den meisten andern Ländern in vielem unendlich schwerfällig ist. Außerdem bestehen über das Vorhandensein der geheimnisvollen Person nach wie vor Zweifel. Sind Sie dessen ganz sicher, daß sich jemand unterhalb der Leiter befand, als Sie in der Kofferkammer steckten?«

»Unbedingt!«

O'Leary hatte wieder Platz genommen.

»Es gibt Dinge in dieser Angelegenheit, die ich einfach nicht zu packen kriege. Am Vorabend von Grondals Ermordung hatte ich die Ahnung einer bevorstehenden Gefahr, konnte sie aber doch nicht näher bezeichnen. Der Blitz schlägt bekanntlich selten zweimal an der gleichen Stelle ein, und es lag kein offensichtlicher Grund vor, den Chef der Polizei um ein größeres Polizeiaufgebot zu ersuchen. Er würde mich für einen nervösen Hanswurst gehalten haben. In der Regel liegen bei Kriminalfällen die Beweggründe mehr oder weniger klar zutage; hier aber tappen wir vollkommen im dunkeln. Es könnte allerdings sein, daß ich heute nachmittag einen Fingerzeig erhielt.« Mit müder Bewegung strich sich der Detektiv über die Augen.

»Was verstehen Sie unter dem mutmaßlichen Fingerzeig?«

»Zunächst einmal stellte ich fest, daß die Lieferanten dieses Hauses stets bar und niemals mit Schecks bezahlt werden. Einmal im Monat ging Grondal mit einer wohlgespickten Börse von einem zum andern und zahlte aus, wobei er sich die gezahlten Beträge quittieren ließ. In dieser Richtung forschte ich weiter und fand, daß es in der ganzen Gegend kein Bankkonto der Familie gibt. Die einzigen notariellen Urkunden aber sind meines Wissens die aus dem Jahre 1880 stammende Verbriefung des ganzen Besitzes an Debora Federie, die Gattin des alten Herrn, sowie die Übertragung des Besitzes auf March Federie, die bei Deboras Tode gerade sechs Jahre alt geworden war. Über die Familie und ihre Herkunft erfuhr ich nichts, bis ich mich mit der alten Miss van Guilder in Verbindung setzte.«

Fragend und erwartungsvoll sah er mich an. Ich kannte Miss van Guilder, so wie sie jedermann kannte, als eine exzentrische alte Dame, die über ein außergewöhnlich gutes Gedächtnis verfügte. Ihr Vater war ein bekannter Jurist gewesen.

»Aber selbst sie«, fuhr O'Leary fort, »wußte von den Federies nichts zu erzählen, was uns nicht schon bekannt war. Dann aber brachte sie ein paar uralte Zeitungen zum Vorschein. Darin entdeckte ich einen ganz eigenartigen Hinweis auf die Leute. Ich wagte die Stelle nicht auszuschneiden, weil die alte Dame haarscharf aufpaßte, doch schrieb ich sie ab. Die taktlos scherzende Art entspricht dem Geschmack der damaligen lokalen Presse. Hören Sie: ›Das prachtvolle neue Herrenhaus Federie nähert sich seiner Vollendung. Wie wir hören, werden Masken und Pistolen während der Mahlzeiten abgelegt werden. Reichtum ist der Sünde Sold. Reisenden sei geraten, die Aufengartner Landstraße zu meiden.‹ Die Zeitungsnummer stammte vom 9. Februar 1880.«

»Was heißt denn das? Zeigen Sie doch mal her!« Mit eigenen Augen las ich nochmals die in O'Learys sauberer Handschrift niedergeschriebenen Zeilen. »Hm ... das hört sich ja ganz so an, als wären die Federies ... Verbrecher gewesen!«

O'Leary nickte. Ein Lächeln schien um seine Mundwinkel zu zucken.

»Straßenräuber, Banditen, wie Sie sie nennen wollen. Die Redakteure waren dazumal ein wenig frei mit ihren Ausdrükken. Aber ich neige zu der Ansicht, daß der Schreiber recht hatte. Daß er innerhalb Monatsfrist nach Veröffentlichung dieser Notiz starb, wird wohl ein Zufall gewesen sein.« Nachdenklich musterte er den Kranken, der längst nicht mehr so erschlafft aussah, wie es noch wenige Tage zuvor der Fall gewesen war. »Können Sie sich ihn als schwarz maskierten Räuber vorstellen, Miss Keate?«

Um der Wahrheit die Ehre zu geben: Ich vermochte das sehr gut. O'Leary fuhr fort: »Aber selbst wenn wir dies als wahr unterstellen und die Vermutung aussprechen, daß sich irgendwo im Hause verborgene Gelder befinden, so kommen wir damit doch noch nicht viel weiter. Es könnte sein, daß sich jemand in den Besitz jener Werte setzen will, und um sein Ziel zu erreichen, bisher zwei Menschen ermordete, doch ist diese Lösung nicht sehr wahrscheinlich. Adolph steckte selbst in Geldverlegenheiten, und Grondal besaß sicherlich nichts. Bleibt noch dieser dumme Elefant. Ich habe im Lauf der letzten Tage mehr über diese Kunstart gelernt, als ich jemals zuvor wußte, fand aber keinen Hinweis dafür, daß es sich um ein besonders wertvolles Stück handelt. Seines Kunstwertes wegen einen Mord zu begehen, kommt gar nicht in Frage. Nein, er muß eine ganz andere Bedeutung haben.«

»March erzählte, daß er nach ihres Großvaters Tod ihr zufallen solle«, warf ich sinnend ein. »Sie erkundigte sich bereits nach dem Verbleib. Und drunten in der Halle überraschte ich Mittie Frisling dabei, wie sie, auf den Knien liegend, unter dem großen Nußbaumschrank herumstöberte. Damit ist natürlich noch nicht gesagt, daß sie nach dem Elefanten suchte. Aber, sagen Sie mir bloß, Mr. O'Leary, was hat es mit dem Menschen auf sich, der sich hier im Hause versteckt? Werden Sie ihn nicht verhaften? Ich meine doch, daß wir alle zusammen in Lebensgefahr schweben, solange er sich auf freiem Fuße befindet.«

»Also bleiben Sie hartnäckig bei der Annahme, daß eine solche Person vorhanden ist, Miss Keate? Nein, nein . . . nicht gleich böse werden. Geben Sie mir noch einen Tag zu, vielleicht auch zwei. Ich habe Dinge zu tun, deren Ausführung Zeit beansprucht. Und noch etwas will ich Ihnen sagen: Ihnen allein verdanke ich die wirklich brauchbaren Angaben in diesem verzwickten Fall.«

Ich überhörte seine kleine Schmeichelei.

»Mit der Annahme, daß beide Morde von ein und derselben Person begangen wurden«, sagte der Detektiv, »denke ich mich nicht zu täuschen. Auch glaube ich, daß sich die Lösung hier innerhalb des Hauses finden wird. Nicht, als ob ich an verborgene Treppen, geheime Gänge und derlei Dinge glaube. Im Verlauf der letzten vierundzwanzig Stunden habe ich sämtliche Hausbewohner einzeln befragt, und meiner Überzeugung nach befindet sich keiner darunter, der mich nicht angelogen hätte. Ja, selbst Ihre Miss March – tun Sie nicht, als interessieren Sie sich nicht für das Mädel –, sogar Ihre Miss March verbirgt etwas, obwohl sie es ausgezeichnet versteht, eine glatte Unwahrheit zu umgehen. Dies Verhalten der beteiligten Personen ist bis zum gewissen Grade ganz spaßig, aber nun wird es Zeit, daß ich die Wahrheit aus ihnen herausbringe. Mittie Frisling wird die erste sein, die ich mir vornehme. Ich werde sie schon dazu bringen, den Mund aufzutun.«

Vielleicht nickte ich allzu bekräftigend, denn O'Leary schmunzelte, als er das Zimmer verließ.

Ich beschäftigte mich mit meinem Patienten. Immerhin ließ mir seine Krankheit verhältnismäßig viel Zeit, mich den Dingen zu widmen, die eigentlich O'Learys Sache waren. Wie anders wäre das gewesen, wenn es sich um Lungenentzündung, Herzerkrankung oder sonstige Leiden gehandelt hätte, bei denen ich kaum für Minuten von der Seite des Kranken hätte weichen können.

Sein Zustand besserte sich sichtlich. Ich entsinne mich, daß mir, als ich wieder einmal den Puls fühlte, seine ziemlich feingliedrige Hand auffiel. Sie war wohlgeformt und ließ auf einen Mann schließen, der weiß, was er will. Wie oft mochte sie sich einer ungesetzlichen Tat schuldig gemacht haben? Die Hand eines Federie schließt sich leicht um den Griff eines Revolvers ... Wenn unsere neuesten Vermutungen zutrafen, dann hatte Eustace die Worte mit vollem Recht gesprochen. Überhaupt paßte das alles recht gut zueinander: das stattliche

Haus; die betonte Ehrenhaftigkeit, die der alte Federie zur Schau trug, nachdem er sich einmal dazu entschlossen hatte, als friedlicher Bürger zu leben; die offenbar ziemlich strenge Erziehung der Söhne; seine Weigerung, ihre Verfehlungen zu decken; seine autoritäre Beherrschung der gesamten Familie; das Festhalten an Formen, die ihm zur Bekundung eines ehrbaren Lebenswandels unerläßlich zu sein schienen, und manches andere.

Ich wechselte gerade den Eisbeutel, als Mittie in Begleitung des Detektivs eintrat. Sie warf mir einen sehr unfreundlichen Blick zu, dann nahm sie auf dem Stuhl Platz, den O'Leary ihr anbot.

»Also, nun sagen Sie mir bitte endlich die Wahrheit, Miss Frisling«, begann er ohne Umschweife. »Sehen Sie mich an. In der Nacht, als Adolph Federie erschossen wurde, standen Sie hinter dem grünen Vorhang da drüben. Sie sahen ihn also fallen. Sie rannten sofort davon und über die Hintertreppe nach oben. Durch den Seitenflügel gelangten Sie auf den Hauptkorridor, und da Sie fürchten mußten, nicht mehr ungesehen Ihr eigenes Zimmer zu erreichen, huschten sie kurzerhand in eines der leeren Schlafzimmer. In dem haben Sie den Revolver liegenlassen. Sie haben nämlich Adolph Federie erschossen!«

Schon bei seinen ersten Worten war Mittie leichenblaß geworden, und je länger er sprach, desto angstvoller wurde der Ausdruck ihrer hellen Augen.

»Nein!« stieß sie heiser hervor. »Ich habe es nicht getan!«

»Doch! Sie standen hinter dem Vorhang. Sie hoben den Revolver und ...«

Mittie begann zu kreischen.

»Ich tat es nicht ...! Ich tat es nicht! Grondal hat diese Lüge gegen mich aufgebracht! Das habe ich selbst gehört!« Sie hatte sich halb aufgerichtet und schob mit funkelnden Augen ihr Gesicht vor. Dann aber sank sie wieder zurück. »Freilich stand ich dort hinter dem Vorhang, aber deswegen habe ich Adolph noch lange nicht erschossen. Es war jemand oben auf der Treppe, auf der Turmtreppe, meine ich. Ich sah Adolph Federie stürzen. Er griff in die leere Luft und suchte nach einem Halt. Der grüne Elefant rollte die Stufen hinunter ... und Adolph brach zusammen und ... und das ist die volle Wahrheit.« Mittie bebte am ganzen Körper, aber Lance O'Leary schien davon nicht sonderlich beeindruckt zu sein, sondern sah sie nach wie vor ruhig und forschend an.

»Weshalb standen Sie denn dort beim Vorhang?« fragte er, nachdem sie sich ein wenig beruhigt hatte.

»Weil ... weil ich herausbekommen wollte, ob Mr. Federie wirklich so krank ist, daß er nicht sprechen kann. Er ... er hatte mir etwas in Aussicht gestellt. Und dann hieß es plötzlich, er sei krank. Ich beobachtete die Schwester. Ich hoffte, daß sie bald einschlafen würde; dann wollte ich eintreten und zu Mr. Federie sprechen. Ich sah dann Adolph die Turmtreppe herunterkommen. Sehr behutsam tat er das, Schritt für Schritt. Die Schwester hörte ihn nicht. Ihr Gesicht blieb übrigens im Schatten, so daß ich es kaum erkennen konnte. Adolph schlich zum Kaminsims, wo er vorsichtig umhertastete und dann den kleinen Elefanten an sich nahm. Für eine kurze Weile besah er sich den Gegenstand, den er in die Nähe der Lampe hielt, und dann tat er etwas damit, was ich nicht erkennen konnte. Mir schien es fast, als schraube er etwas los. Gleich darauf hielt er ein Stückchen Papier in Händen. Er beugte sich tiefer und las.«

»Zeigen Sie mir mal genau, wo er stand.«

»Dort, unmittelbar neben dem Tisch.«

»Er konnte also vom obersten Ende der Treppe aus gesehen werden«, murmelte O'Leary wie im Selbstgespräch. »Weiter, Miss Frisling.«

Bei der Erwähnung des grünen Elefanten spitzte ich die Ohren, während ich dem Detektiv einen verstohlenen Blick zuwarf. Er beugte sich vor, und seine Augen bekamen jenen eigentümlichen Glanz, den ich schon des öfteren bei ihm beobachtet hatte. Seine ganze Aufmerksamkeit galt den Worten, die hastig und stoßweise über Mitties bleiche Lippen kamen.

»Plötzlich zuckte er zusammen und spähte zur Turmtreppe hinüber. Und soviel ich zu sehen vermochte, schob er das zusammengefaltete Blatt Papier wieder in den grünen Elefanten und schraubte ihn zu. Das konnte ich im einzelnen nicht so genau erkennen, weil er sich halb umgewandt hatte und nun der Lampe den Rücken zukehrte. Gleich darauf stieg er lautlos die Treppe hinauf. Gerade als er die erste Drehung erreichte, da . . . da geschah es . . .! Ich kann es nicht nochmals beschreiben! Ich kann's nicht . . .! Ich kann's nicht . . .! Im Wachen und im Träumen verfolgt mich der Anblick . . .! Immer wieder . . . Isobel war es . . . Ich weiß, daß es Isobel war!«

Abermals wartete O'Leary, bis sich Mittie beruhigt hatte. Mit schlaffen Händen zog sie ein Taschentuch hervor und betupfte sich damit die Augen.

»Wie lange kennen Sie Isobel Federie bereits?«

»Seit sie Adolphs Familiennamen trägt. Er war zu gut für sie, viel zu gut.«

»Seit wann kennen Sie die Federies?«

Sie ließ das Taschentuch sinken, und ihre Augen blickten starr vor Angst.

»Seit . . . langem.«

»Die Wahrheit will ich wissen, Miss Frisling.«

»Seit seit meiner Kindheit.«

»Welcher Art waren die Beziehungen Ihres Vaters zum alten Federie? Welchen Anspruch haben Sie an ihn?«

»Einen . . . Anspruch? Die beiden waren nur . . . nur befreundet.«

»Wie alt war Ihr Vater, als er starb?«

»Er war in den Siebzigern.«

»Unzweifelhaft haben Sie ihn Geschichten aus seiner Jugendzeit erzählen hören, die er in dieser Gegend verlebte. Auch er gehörte doch zu . . .«

Mittie sprang auf. Vermutlich ahnte sie, was kommen sollte.

»Genauso wie Mr. Federie!« rief sie aufgeregt. »Und die Federies rissen fast das ganze Geld an sich, als die Bande sich auflöste. Sie haben es heute noch. Mein Vater gehörte dazu, aber deswegen können Sie doch mir nichts tun! Ich besitze gar nichts. Als Mr. Federie sie entließ, da nahm er alles. Er behauptete, er sei der Führer und ihm käme es von Rechts wegen zu. Allerdings hat er meinen Vater immer unterstützt, ebenso auch mich.«

»Nach Ihres Vaters Tod kamen Sie also hierher, um Ihren Anteil herauszuholen, und sei es durch Erpressung!«

»Ich wollte nur mein Eigentum haben.«

»Dachten Sie nicht selbst daran, daß Ihre Drohungen wirkungslos waren? Daß es nach Ablauf von fünfzig Jahren unmöglich sein würde, die nötigen Zeugen aufzubringen?«

»Ich wollte nur das haben, was mir zustand«, wiederholte Mittie. Dann fuhr sie gehässig fort: »Die Federies sind sich schon immer so großartig vorgekommen. Vor allem diese March! Dabei sind sie wahrhaftig nicht besser als wir andern. Lauter Räuber! Und March ist die Enkelin eines . . . Diebes!«

»Sagen wir lieber . . . Straßenräuber, Miss Frisling. Immerhin, seither ist ein halbes Jahrhundert vergangen. Sagen Sie mal, gibt es noch andere Überlebende der Bande?«

»Nur den alten Mr. Federie, das heißt, seit Grondal starb.«

»Ist der jetzigen Generation der Federies die Familiengeschichte bekannt?«

»Meinen Sie damit March und Eustace? Ich glaube, daß Eustace einiges von seinem Onkel Adolph erfuhr. March aber weiß bestimmt nichts, noch nicht.« Die letzten Worte klangen schadenfroh und enthielten zugleich eine Drohung.

»Sie kannten Adolph Federie recht gut?«

Ihre Augen bekamen einen weicheren Ausdruck.

»Allerdings«, sagte sie langsam, während ihre Finger zerstreut an einigen Falten ihres Kleides herumzupften. »Ja, ich kannte ihn . . . recht gut.«

»Seit wann?«

»Seit vielen Jahren. Er kam öfters, um meinen Vater zu besuchen . . . ihn und . . . mich. Und dann heiratete er ganz plötzlich diese Isobel. Wir wurden nicht einmal zur Hochzeit eingeladen.« Die Art, wie sie die Worte ›diese Isobel‹ aussprach, verriet, daß die Eifersucht noch nicht erloschen war.

»Niemals sind wir eingeladen worden, dies Haus zu besuchen. March Federie habe ich erst vor wenigen Tagen kennengelernt. Ich kam nach Vaters Tod hierher. Auch Adolph und Isobel kamen. Adolph erkannte mich nicht . . .« Sie brach plötzlich ab. Die ganze Hoffnungslosigkeit ihres verpfuschten Daseins lag in den wenigen Worten ›Adolph erkannte mich nicht.‹

Und sie hatte ihn sterben sehen, hatte gesehen, wie er, nach Halt suchend, in die Luft griff.

In seiner verkrampften Hand hatte man dann die rote Rosette gefunden.

12

»Grondal war natürlich restlos im Bilde?« forschte O'Leary.

»Ja«, erwiderte Mittie, die wie geistesabwesend ins Feuer starrte.

»Und was suchten Sie heute früh unter dem Schrank in der Halle?«

Sie rührte sich nicht, als sie antwortete.

»Den kleinen grünen Elefanten natürlich. Adolph hielt ihn in seiner Hand, als er getötet wurde. Mir scheint« – hier legte sie ihre Stirn in nachdenkliche Falten –, »mir scheint, daß hier kaum jemand ist, der nicht nach ihm sucht. Leider vermochte ich ihn aber nicht zu finden.«

»Woraus schließen Sie, daß alle danach suchen?«

Ein müdes Achselzucken.

»Sie suchen zum mindesten irgend etwas.«

»Als der Schuß fiel, haben Sie da jemanden weiter droben auf der Treppe gesehen? Denken Sie gut nach, Miss Frisling. Eine Hand vielleicht, den Revolver, irgend etwas von der Kleidung . . .«

»Ich sah nur Adolph. Isobel muß so weit über ihm gestanden haben, daß sie im Dunkeln blieb. Das alles ereignete sich ja völlig unerwartet, daß ich gar nicht zur Besinnung kam. Noch sah ich Adolph die Stufen hinaufsteigen, und schon im nächsten Augenblick . . .« Schaudernd verbarg sie das Gesicht in den Händen.

Der grüne Vorhang bewegte sich. Eustace trat ein. Er warf einen hastigen Blick auf die Anwesenden.

»Guten Abend«, sagte er. »Nun, Miss Keate, wie geht es meinem Großvater?«

»Anscheinend etwas besser.«

Es dauerte etliche Sekunden, bevor er wieder fragte.

»Besteht eine Aussicht, daß er bald die Sprache wiedergewinnen wird?«

»O ja. Den Zeitpunkt kann man natürlich noch nicht angeben, wie ja die Genesung überhaupt noch keineswegs sicher ist.«

»Bitte vergessen Sie nicht, mich sofort zu benachrichtigen, Miss Keate, wenn eine deutliche Wendung zum Besseren eintritt. Es ist äußerst wichtig. Dabei fällt mir ein, Schwester: Als Sie kamen, da stand ein kleiner grüner Elefant auf dem Kaminsims. Seit etwa drei Tagen wird er vermißt. Großen künstlerischen Wert besitzt er zwar nicht, aber Großvater liebte das Stück. Es wäre sehr erwünscht, daß man es wiederfindet, ehe er zu sich kommt. Es war aus Jade geschnitten. Wissen Sie etwas über seinen Verbleib?«

»Nein«, sagte ich und wußte, daß ich damit im Sinne O'Learys handelte. Dabei hielt ich es durchaus für möglich, daß Eustace persönlich mir den Elefanten wieder entriß. Ihm hätte es ähnlich gesehen, seine Spur zu verwischen, indem er so tat, als vermisse er ihn.

»Sollten Sie ihn zufällig finden, dann geben Sie ihn mir bitte gleich.« Er sprach mit einer etwas hochmütigen Höflichkeit, wie man vielleicht mit einem Diener spricht. Dann setzte er sich ziemlich ungezwungen zu O'Leary, den er nach dem Stand der Untersuchung befragte. Und abermals zeigte es sich, daß die Bewohner von Haus Federie eine seltsame Vorliebe für das Turmzimmer besaßen, denn nach und nach erschienen Isobel, Elihu Dimuck, March und Deke Lonergan. Mittie verließ uns, kehrte jedoch nach kurzer Zeit zurück. Sie trug ihre Blechdose mit Glasperlen bei sich und begann einen Strang von schwarzen Perlen aufzureihen. Es dauerte eine Weile, ehe ihre Hände aufhörten zu zittern.

Lonergan verhielt sich wie gewöhnlich recht schweigsam, bis die Katze Genoveva hereinstolziert kam und dem jungen Mann in einer Anwandlung wenig angebrachter Zuneigung auf den Schoß sprang. Mit einem ärgerlichen Knurren schleuderte er das Tier gleich wieder hinunter.

Das Erscheinen eines Schutzmannes unterbrach die stokkende Unterhaltung. Er näherte sich O'Leary.

»Nichts Neues, Sir«, meldete er. »Nur dies hier.« Damit zog er etwas Weißes unter dem Arm hervor, das sich als mein weißleinenes Schwesternkleid entpuppte. Mir selbst warf er einen mißtrauischen und leicht vorwurfsvollen Blick zu.

»Auch dies habe ich gefunden, Sir«, setzte er hinzu, O'Leary die Stablampe vorweisend. »Beide Dinge in jenem Raum.«

»Ich spreche gleich noch mit Ihnen darüber, O'Brien«, fiel ihm der Detektiv ins Wort. Er sah mich ein wenig belustigt an, während er dem Schutzmann auf den Korridor hinaus folgte. In der Ferne verhallten ihre murmelnden Stimmen.

Langsam verstrich der ungemütliche Abend. Die Spannung, die über dem ganzen Haus lag, machte sich in endlosen Gesprächspausen bemerkbar. Man hatte das Gefühl, als könne ein jähes Wort die lange aufgespeicherten Haßgefühle zu einer Explosion bringen und eine höchst unliebsame Szene heraufbeschwören.

Ich strickte eifrig. Das leichte Klirren von Mitties Perlen stellte gewissermaßen eine Begleitung zum Klappern meiner Stahlnadeln dar. Gegen zehn Uhr ging mir die Wolle aus, und ich ging in mein Zimmer, um neue zu holen. Zum soundsovielten Male wanderte ich beim Kerzenschimmer durch die ungastlichen, verödeten Räume. Und dann blieb ich wie angewurzelt auf der Schwelle meines Schlafzimmers stehen. Meine sonst stets sorgfältig geordneten Habseligkeiten bildeten ein wildes Durcheinander.

Es sah abscheulich aus. Alles war rücksichtslos über den Boden verstreut worden. Auf dem kleinen Schreibtisch hatte jemand eine Flasche mit Lavendelwasser umgeworfen, deren Inhalt sich über das polierte Holz ergoß. Ich war so gelähmt vor Schrecken, daß es mir nicht einmal in den Sinn kam, das Fläschchen aufzurichten. Daß mir heißes Wachs auf die Hand tropfte, merkte ich erst andern Tages an einer geröteten Stelle der Haut. Ich kehrte um und stieg wieder die Treppe hinunter. An die Wolle dachte ich erst, als ich bereits das Turmzimmer erreichte. Dort saßen alle noch so, als hätten sie sich während meiner Abwesenheit überhaupt nicht gerührt. O'Leary war nicht mehr anwesend. Natürlich erwähnte ich nichts von meinem Erlebnis. Mir war es klar, daß jemand nach dem grünen Elefanten gesucht hatte. Vermutlich war das schon vor dem Überfall im Korridor geschehen. Hinterher wäre es doch zwecklos gewesen. Meine Gedanken glitten von einem der schweigsamen Anwesenden zum andern. Sie alle lauerten darauf, daß der Kranke zu sprechen beginnen werde. Ich darf aber hier bereits erwähnen, daß meine tollsten Vorstellungen sich nicht einmal entfernt der Wahrheit näherten!

Kurz vor elf ging die Versammlung wie auf stillschweigende Verabredung auseinander. O'Leary erschien während des Aufbruchs.

»Ich brauche den Anwesenden wohl nicht erst ausdrücklich zu empfehlen, über Nacht die Türen verschlossen zu halten?« meinte er mit dem lässigen Tonfall, mit dem er ihnen gleichzeitig angenehme Ruhe wünschte.

Es gab eine kleine Pause, dann sagte Isobel rauh: »Nein, wahrhaftig nicht!«

O'Leary trat zur Seite, um die einzelnen vorbeizulassen.

»Ich bleibe heute nacht hier im Turmzimmer, Miss Keate«, erklärte er, als wir allein waren.

Offen gesagt, mir fiel ein Stein vom Herzen. Voller Grauen hatte ich bisher den vor mir liegenden Stunden einer langen Winternacht entgegengesehen.

Es dauerte eine ganze Weile, ehe er scheinbar ganz unbekümmert hinzufügte: »Besser, ich sag's Ihnen; ich glaube nämlich, daß Sie sich in einer ernstlichen Gefahr befinden.«

»Ich . . .?«

»Ja.«

»Aber ich habe doch keine Ahnung von der ganzen Geschichte.«

»Sie besaßen den grünen Elefanten.«

»Jetzt nicht mehr. Übrigens hat man mein Zimmer durchwühlt. Es muß zwischen sechs und sieben Uhr abends geschehen sein.«

Ich war gespannt, was er zu dieser neuen Enthüllung sagen würde.

»So bald hatte ich das nicht erwartet«, sprach O'Leary ruhig weiter. »Außer Kema, Dimuck und Isobel wußte nur noch der – na, wie sollen wir ihn nennen? – der Mann in der

Kofferkammer darum. Eustace wird sich allerdings möglicherweise seine Gedanken gemacht haben. Hm ... das beweist, daß es wenigstens zwei Personen sehr ernsthaft auf den Besitz des Stückes abgesehen haben.«

»Wieso? Ich verstehe nicht. Ich war der Ansicht, daß die Durchsuchung meines Zimmers zeitlich vor dem Überfall im Korridor geschah.«

O'Leary machte eine Bewegung der Ungeduld.

»Sie verließen Ihr Zimmer etwa um 6.45 und gingen sofort zu Tisch. Von 6.30 bis zum Beginn der Mahlzeit waren Miss March, Isobel, Eustace, Dimuck und Lonergan zusammen in der Bibliothek, und Kema hatte in der Küche mit der Zubereitung des Essens zu tun. Unmittelbar nach Aufheben der Tafel wurde Ihnen der Jade-Elefant gewaltsam entwendet. Somit hatte niemand von den zum Haushalt gehörenden Personen Gelegenheit, Ihr Zimmer in dieser Zeit zu durchsuchen. Dennoch ist es geschehen.«

»Hm.«

Er setzte sich nieder.

»Machen Sie sich aber nicht allzu große Sorgen, Miss Keate; behalten Sie nur hübsch die Augen offen. Wie ich bereits sagte, werde ich die Nacht hier im Zimmer verbringen. Wir wissen nun, daß das Geheimnis des grünen Elefanten wichtig genug war, Adolph Federie deswegen zu erschießen. Vermutlich ist Adolph den kleinen Fetzen Papier nur rein zufällig auf die Spur gekommen. Das Interesse, das der Alte für den Gegenstand bekundete, wird ihn aufmerksam gemacht haben.«

»Glauben Sie, daß Isobel ihn ermordete?« Bei dem Gedanken überlief mich eine Gänsehaut. Wenn Adolph Federie des Elefanten wegen erschossen worden war, so hätte mir also sehr wohl das gleiche Schicksal zuteil werden können. Freilich, ich war nicht schlau genug gewesen, das Geheimnis zu entdecken, aber das konnte der Mörder schließlich nicht wissen.

O'Leary zuckte die Achseln.

»Die Zeit wird's lehren, Zeit und ein wenig Plackerei. Wollte Gott, meine Tätigkeit wäre so zauberhaft einfach, wie sie meistens dargestellt wird. Wissen Sie, Miss Keate, es ist ein Unterschied zwischen der Entdeckung des Schuldigen und seiner Überführung. Ich bedarf unbedingt eines ausreichenden Beweismaterials, mit dem sich arbeiten läßt.« Er dämpfte die Stimme so weit, daß sie kaum noch zu verstehen war.

»Wenn ich wollte, könnte ich jetzt schon eine Verhaftung vornehmen, doch würde es auf Grund von Vermutungen geschehen. Beweise muß ich haben, endgültige Beweise!« Er schwieg gedankenverloren und wiederholte dann nochmals: »Endgültige Beweise.«

Natürlich hätte ich gerne gewußt, wen er meinte, aber ich konnte kaum eine Antwort erwarten, so schwieg ich lieber.

»Warum aber hat der Mensch, der Adolph Federie erschoß, nicht auch den grünen Elefanten an sich genommen?« fragte ich, nachdem ich ein Weilchen nachgedacht hatte. »Vielleicht war es trotz allem Isobel. Vielleicht hat der grüne Elefant nichts mit der Angelegenheit zu tun.«

»Nehmen Sie lieber einmal umgekehrt an, daß er gerade deswegen getötet wurde, weil er ihn besaß und den Zettel gelesen hatte. Mittie sagt, daß der grüne Elefant die Stufen herunterrollte. Weil der Mörder wußte, daß der Schuß Sie wecken würde, wagte er es nicht, ins Zimmer zu kommen und ihn zu holen. Bisher mochte er sich eingebildet haben, daß er sich gerade während der Krankheit des Hausherrn auf dem Kaminsims in Sicherheit befand und daß nur wenige Personen – vielleicht sogar überhaupt keine – um sein Geheimnis wußten. Hätte das gestimmt, so wäre es wohl ein leichtes gewesen, bei Gelegenheit hereinzuschlüpfen und den Elefanten zu entwenden.«

»Wenn nur Mr. Federie reden könnte«, seufzte ich. »Er weiß natürlich, worum es sich handelt.«

Der Detektiv nickte.

»Zweifellos. Aber selbst dann stünde es nicht mit Sicherheit fest, daß wir das erforderliche Beweismaterial erhielten.«

»Wer hätte auch jemals daran gedacht, daß das Ding hohl ist«, ärgerte ich mich ein wenig. »Der Verschluß wird natürlich ganz versteckt angebracht worden sein. Vielleicht befindet er sich in den tiefen Nackenfalten oder unter den großen, fächerförmigen Ohren.«

»Das werden wir sehen, wenn wir ihn wiederhaben, Miss Keate. Finden Sie den grünen Elefanten, und finden Sie Adolphs Brillantring. Und schließlich: Finden Sie den Schlüssel zum oberen Schlafzimmer.«

Natürlich war es reiner Zufall, daß gerade, während er diese Worte sprach, die Lampe zu blaken begann. Hastig eilte ich herzu, den Docht herunterzuschrauben, und dabei stieß ich gegen Mitties Perlendose, die auf dem Tisch zurückgeblieben war.

Hunderte glitzernde kleine Perlen fielen samt der Schachtel zu Boden. Ich beeilte mich sie aufzuheben, und da, mitten auf dem Häuflein Perlen lag ein Schlüssel. »Hier ist er«, sagte ich und wunderte mich selbst über die ruhige Sicherheit meiner Worte, die, wie sich herausstellte, erstaunlicherweise zutrafen. O'Leary eilte sofort die Turmtreppe hinauf, machte die Probe aufs Exempel und kam triumphierend zurück, noch ehe ich damit fertig war, die Perlen wieder zusammenzuklauben. Übrigens störte mich dabei Genovevas naseweises Geschnupper.

»Nun, was habe ich erst vor kurzem von Ihnen gesagt, Miss Keate?«

»Daß ich eine gefährliche Frau sei«, gab ich trocken zur Antwort.

»Ich nehme alles zurück und behaupte das Gegenteil«, lachte er. »Eine prachtvolle Frau sind Sie. Wirklich, Sie haben eine Art, derlei . . .«

»Habe ich meine Perlendose hier stehenlassen?« wurden wir von Mitties fragender Stimme unterbrochen. Mit langsamen Schritten betrat sie das Zimmer. Ihr farbloses Haar war aufgewickelt, und sie trug einen zerschlissenen Kimono aus Crêpe. Ich darf hier einfügen, daß eine meiner lebendigsten Erinnerungen an Haus Federie die verschiedenen Negligés der Bewohner sind.

»Hier ist sie«, sagte ich, während O'Leary den Schlüssel verschwinden ließ. »Ich habe sie aus Versehen umgestoßen. Es waren ungeheuer viel Perlen darin, und ich weiß nicht, ob ich sie alle wieder habe finden können.«

Sie schien beunruhigt zu sein und stocherte mit dem Finger im Inhalt der Dose herum.

»Miss Frisling«, sagte O'Leary streng. »In dieser Schachtel lag der Schlüssel zum oberen Zimmer. Wie kam er da hinein? Wie lange haben Sie ihn bereits in Ihrem Besitz? Haben Sie selbst die Tür zugeschlossen?«

Glücklicherweise hatte ich die Blechdose noch nicht ganz losgelassen, sonst hätte das Zusammensuchen des Inhalts von neuem beginnen können, denn Mittie ließ schlaff die Hände sinken, als ihr Blick auf den Schlüssel fiel, den ihr der Detektiv zeigte. Mehrmals fuhr sie sich mit der Zungenspitze über die trocken gewordenen Lippen.

»In ... in meiner Perlendose?«

»Ja.«

»Sie haben ihn dort gefunden?«

»Freilich. Nun erklären Sie uns das mal, Miss Frisling.«

Langsam schüttelte sie den Kopf.

»Ich wußte nicht, daß er sich dort befand, weiß also auch nicht, wie lange er bereits darin liegt. Die Schachtel habe ich überall herumstehen lassen; auf dem Tisch der Bibliothek und sonstwo, überall wo ich mit meiner Handarbeit beschäftigt war. Ich weiß nichts von dem Schlüssel, Mr. O'Leary, ganz bestimmt nicht.«

Vergebens versuchte der Detektiv, mehr aus ihr herauszubekommen. Sie hatte nur stets die Antwort, daß sie nichts wisse, und so mußte er sie schließlich wohl oder übel entlassen. Ob er dabei von ihrer Unschuld überzeugt war, vermag ich nicht zu sagen.

»Nun, auf alle Fälle besitzen wir den Schlüssel«, sagte er, nachdem sich Mittie entfernt hatte. »Das ist immerhin auch etwas wert.«

Meine Gedanken glitten zu den Ereignissen der verflossenen Nacht zurück.

»Der arme Grondal! Hat man die Todesursache einwandfrei feststellen können?«

»Allerdings. Der Schlag in die Herzgrube tötete ihn, und vom Standpunkt des Gegners aus kann man da wohl von einem glücklichen Zufall sprechen, denn trotz seiner Jahre war Grondal ein kräftiger Kerl. Unser medizinischer Sachverständiger nimmt an, daß Grondal die Turmtreppe herabtaumelte und auf der Couch endgültig zusammenbrach. Der Mörder schlich ihm nach und schlang dem bereits Bewußtlosen die Darmsaite um den Hals, wobei ihn außer dem Wunsch, die Sache zu beendigen, auch die Absicht leiten mochte, eine Verwicklung des Falles zu erzielen. Offensichtlich kam es dem Mörder in solchem Maß darauf an, den Diener endgültig zum Schweigen zu bringen, daß er vor nichts zurückschreckte. Jeden Augenblick hätten Sie zum Turmzimmer zurückkehren können.«

»Derweil eilte ich zur Küche und zum Fernsprecher. Wirklich, der Kerl hat schnelle Arbeit geleistet.«

»Das kann man wohl sagen. Alles spielte sich binnen weniger Minuten ab.«

»Wenn ich im Zimmer geblieben wäre, hätte ich Grondal möglicherweise retten können. Ich ...«

»Halt, Miss Keate! Sie haben vollkommen richtig gehandelt. Sie hätten ihn nicht vor seinem Schicksal bewahren können. Kommen Sie erst einmal etwas dichter zum Feuer; Sie frösteln ja. Heute, nacht müssen Sie so lange wie möglich schlafen. Kann sein, daß ich morgen in verstärktem Maße Ihrer Hilfe bedarf.«

»Meiner Hilfe? Was meinen Sie damit?«

Doch obwohl ich ihn mit meiner Frage bestürmte, wollte er mir keinen Aufschluß geben. Wir erörterten dann die Lage nochmals eingehend von den verschiedensten Gesichtspunkten aus, doch fand ich, jedenfalls für meine Person, daß sie verwickelter war als je zuvor. Gewiß, Hinweise gab es die Hülle und Fülle, aber sie strebten nach allen Seiten auseinander, und ich konnte mir nicht denken, daß sich mehrere Hausbewohner zu Adolphs Ermordung verschworen hatten, wenn er auch noch so unbeliebt gewesen war. Noch weniger schien mir das bei dem alten Grondal zuzutreffen.

Beruhigt durch die Anwesenheit des Detektivs, nickte ich alsbald ein, nachdem ich mich vorher davon überzeugt hatte, daß es mit dem Kranken stetig aufwärtsging. Einmal, als ich kurz aufwachte, saß O'Leary auf der Tischplatte und besah gedankenvoll ein Stück Papier. Dann wurde ich ganz munter, als er leise die Turmtreppe herabkam und sich weit über das Geländer beugte, um sich die Couch von oben genau anzusehen. Dieser Anblick flößte mir solchen Schrecken ein, daß ich sofort den Kamin voll Holz packte und erst zufrieden war, als das Feuer hell aufloderte. Dabei hätte ich mir fast die Hände versengt.

»Was ich sagen wollte«, redete mich O'Leary an. »Ihre Schwesternschürze befindet sich in Ihrem Zimmer, und hier haben Sie auch die Stablampe wieder. Ich muß Sie aber darauf aufmerksam machen, daß O'Brien Sie mit finsterstem Mißtrauen betrachtet. Er scheint nicht viel von weiblichen Personen zu halten, die ihre Kleider von der Decke baumeln lassen.«

Er schmunzelte ein wenig boshaft, indessen er seine schlanken Hände dem Feuer entgegenstreckte. Und im selben Augenblick zerriß ein gellender Schrei die Stille des alten Hauses, wie ihn nur ein von furchtbarer Angst gepackter Mensch auszustoßen vermag.

Es war eine hohe Stimme, die nicht aufhörte zu schreien.

O'Leary rannte die Turmtreppe hinauf, und ich folgte ihm auf den Fersen. Wir durcheilten das bisher verschlossene Zimmer und gelangten auf den Korridor.

Zwei Kerzen gaben ein gespenstisch flackerndes Licht. Türen wurden geöffnet, Zündhölzer flammten auf, und überall ertönten erregte Stimmen. In der Mitte des Korridors aber und in der Nähe der Haupttreppe gewahrte ich eine rundliche Gestalt, auf die wir sofort zuliefen. Es war Mittie Frisling. Sie schrie noch immer, ihre Haarwickel warfen groteske Schatten, während sie ganz außer sich die Hände rang. Isobel hatte sich uns unterwegs angeschlossen; ich glaube dort, wo der Seitengang abzweigte. Jedenfalls war sie dicht an meiner Seite, als wir Mittie erreichten. Von unten kamen etliche Schutzleute herauf; kurzum, es gab wieder mal einen lärmenden Auftritt. Mittie kniff die Augen krampfhaft zusammen, als fürchte sie, sie zu öffnen. Schließlich gelang es March, ihr ein Glas Wasser an die Lippen zu führen. Nachdem die Frisling ein paar Schluck hinuntergewürgt hatte, beruhigte sie sich einigermaßen, doch die ersten Worte, die sie herauspreßte, setzten selbst mich in Erstaunen, die ich doch bereits auf die tollsten Dinge gefaßt war.

»Ich sah Adolph Federie!«

Ich muß gestehen, daß ich den Eindruck hatte, als stünden mir die Haare zu Berge, und daß ich erschrocken den düsteren Korridor entlangspähte. Es war, als drängten wir uns unwillkürlich dichter zusammen.

»Das stimmt nicht!« stieß ich hervor. »Sie können ihn gar nicht gesehen haben!«

»Doch. Hier ganz in der Nähe stand er.« Sie deutete dorthin, wo sich Elihu Dimuck befand, der aber wie entsetzt zur Seite wich.

»Dort drüben. Ich sah ihn genauso deutlich, wie ich euch jetzt vor mir sehe.«

»Aber nun besinnen Sie sich mal, Miss Frisling; Sie sind übermüdet«, meinte O'Leary begütigend. Seine Stimme klang sehr ruhig, doch spürte ich, daß er sich gewaltsam beherrschte.

Mittie aber ließ sich davon nicht beeindrucken. »Ich habe ihn gesehen. Es war Adolph Federie. Ich kam aus meinem Zimmer. Ich wollte drüben im Badezimmer ein Glas Wasser trinken. Sehen Sie, da liegt das Glas noch.« Wirklich lagen unweit von ihr die Scherben am Boden. »Und gerade wie ich vor dem Baderaum stand, da erschien er. Unmittelbar am oberen Ende der Treppe. Da schloß ich die Augen und rief um Hilfe. Aber ich habe doch Adolph Federie tatsächlich leibhaftig vor mir gesehen.«

Eine unheimliche Überzeugung sprach aus ihrer Stimme. Zufällig streifte mein Blick den mir ungefähr gegenüberstehenden O'Brien. Er hatte den Unterkiefer sinken lassen, und seine Augen traten aus den Höhlen. Und als hätte es nicht schon Nervenproben genug gegeben, fing Konrad in diesem Augenblick wütend an zu bellen. Wir vernahmen sein Kläffen durch die dicken Wände hindurch.

Der neue Lärm hatte erstaunliche Folgen. O'Leary rief den Polizisten ein paar scharfe Befehlsworte zu, worauf diese im Laufschritt den Korridor hinuntereilten, March aber wurde kreidebleich, schien den beiden Männern folgen zu wollen, schwankte sekundenlang und sank lautlos zu Boden.

Sofort war Deke an ihrer Seite. Er hob sie, von Eustace unterstützt, auf seine Arme und stand nun ebenfalls ganz bleich da, wobei er nur immer wieder angstvoll ihren Namen flüsterte. Eustace hatte sich einen Schritt weit zurückgezogen und verzog in eigentümlicher Weise das Gesicht, und ich selbst mußte immer wieder die zierlichen, weißen Mädchenfüße ansehen, die jetzt wie leblos herabhingen. Schließlich ging es mir durch den Sinn, daß es höchst leichtsinnig von March gewesen war, barfuß auf den Korridor zu laufen.

Eben wollte ich Deke auffordern, die Ohnmächtige in ihr Zimmer zu tragen, da schlug sie die Augen auf. Als sich die Blicke der beiden jungen Leute trafen, beugte ich Deke plötzlich vor und preßte seine Lippen auf die des Mädchens.

Nun, es sah ganz wie ein Kuß aus.

Er dauerte sogar so lange, daß ich kribbelig davon wurde. Mittie reckte den Hals und sah ganz gierig zu, während Isobel von dem Anblick unliebsam berührt zu sein schien. Elihu Dimuck begann mit einemmal glucksend zu lachen, und dies alberne, an eine gackernde Henne erinnernde Geräusch riß den jungen Eustace aus seiner Erstarrung.

»Laß das, Lonergan!« stieß er scharf hervor und wandte sich dann an seine Kusine. »Kannst du gehen, March? Ich führe dich in dein Zimmer.«

Da hob Lonergan den zerzausten Blondkopf. Eine seltsame Veränderung schien mit seinem Gesicht vorgegangen zu sein. Es leuchtete triumphierend, und die hellblauen Augen lachten. Fester noch packte er seine Bürde.

»Ich bringe sie hin«, sagte er ruhig, obwohl ich merkte, daß sein Herz aufgeregt klopfte.

March aber traf ihre eigene Entscheidung. Im Handumdrehen hatte sie ihre hoheitsvolle Art zurückgewonnen, und wenngleich Deke Lonergan sie so behutsam auf die Füße stellte, als habe er es mit einem ganz kleinen Kinde zu tun, sah sie uns doch aus ihren Blauaugen sehr gebieterisch an. Im übrigen aber erweckte sie den Eindruck, als habe sie den Kuß durchaus nicht als unpassend empfunden.

Mittie wurde aufgefordert, sich zurückzuziehen, und uns wurde der Rat erteilt, dasselbe zu tun. O'Leary war bereits verschwunden.

Unbehelligt gelangte ich wieder ins Turmzimmer, stellte

fest, daß alles in Ordnung war, und setzte mich erst einmal, um die Lage zu überdenken.

Liebe und Gespensterspuk!

Das heißt, in Wirklichkeit hatte es sich natürlich nicht um ein Gespenst gehandelt: Mittie mußte geträumt haben. Und dennoch ... die tiefe Überzeugung, die aus ihren Worten klang, ihr verzweifeltes Schreien machten mich stutzig. Als O'Leary wieder bei mir erschien, saß ich frierend da und starrte unentwegt zu dem dunklen Schacht der Wendeltreppe hinüber.

Der Detektiv verhielt sich meinen drängenden Fragen gegenüber sehr einsilbig und schien restlos mit seinen Gedanken beschäftigt zu sein.

Der Rest der Nacht verlief ohne Zwischenfälle. In den ersten Morgenstunden stellte ich fest, daß die Genesung meines Patienten weitere Fortschritte gemacht hatte, während ich selbst mich kaum noch auf den Beinen halten konnte. O'Leary schien die Ruhe selbst zu sein. Ich gebe offen zu, daß ich bereits das Alter erreicht habe, wo Erregungen und körperliche Überanstrengungen nicht mehr so ganz spurlos an einem vorübergehen.

Lance O'Leary aber sah ganz so aus, als sei er eben erst erfrischt aus dem Bett gestiegen; seine ausgesprochen muntere Art ließ vermuten, daß seine nächtlichen Erkundungen bereits Früchte getragen hatten. Ich entsann mich, daß er mich, ehe er mich verließ, nochmals nach allen Einzelheiten von Adolph Federies Tod gefragt hatte. Nichts durfte ich auslassen.

Zum Schluß gab er mir einen Revolver.

»Bitte nehmen Sie ihn, Miss Keate. Sie müssen etwas für mich tun. Sie wissen doch, wie man ihn abfeuert, nicht wahr?«

»Vermutlich«, nickte ich, hielt das kalte Ding dabei aber unwillkürlich von mir weg. »Drückt man hierauf?«

»Gewiß, aber bitte tun Sie's jetzt nicht!« Er wich zur Seite und drehte gleichzeitig mein Handgelenk so, daß die Nase, oder wie man den Teil des Dinges nennt, nach unten deutete. »Miss Keate, versprechen Sie mir, die Waffe nur auf meinen ausdrücklichen Wunsch abzufeuern, und dann schießen Sie unbedingt vor sich auf den Fußboden.«

»Gern«, sagte ich bereitwillig, denn ich hatte nicht das geringste Verlangen, mit dem Revolver in eine andere Richtung zu zielen.

»Mr. O'Leary«, machte sich O'Brien von der Tür her bemerkbar.

»Kommen Sie nur herein.«

»Shafer und ich, wir waren uns über Ihre Befehle nicht ganz einig. Ich sagte, daß Sie wünschten, wir sollten tagsüber die rückwärtige Haustür unversperrt und unbeaufsichtigt lassen, den Rest des Hauses aber bewachen, als wenn unsere Seligkeit davon abhinge. Aber Verhaftungen sollten wir keine vornehmen. Ist das richtig?«

»Durchaus.«

»Jawohl, Sir . . . jawohl. Das habe ich auch immer gesagt, aber Shafer behauptet, das wäre unvernünftig. Sie hätten gesagt . . .« Sein Blick schweifte zu mir herüber, er erschrak sichtlich und streckte die Arme langsam zur Decke. »Mein Gott, Sir! Sehen Sie, was die Frau da erwischt hat?«

O'Leary drehte sich um, bemerkte den Revolver, den ich offenbar nicht ganz richtig hielt und sprang auf mich zu.

»Habe ich Ihnen nicht gesagt, Sie sollen die Mündung auf den Boden richten?« rief er einigermaßen grob. »Schon gut, O'Brien; ich selbst habe ihn ihr gegeben.«

Der Schutzmann ließ die erhobenen Arme wieder sinken und warf mir einen höchst unliebenswürdigen Blick zu.

»Jawohl, Sir«, murmelte er gehorsam, trat aber in auffälliger Hast den Rückzug an. Dann erschien sein Rundkopf nochmals zwischen den Falten des Türvorhangs.

»Ich kann nur sagen, Sir«, stieß er in einer Weise hervor, als kämen ihm die Worte ohne eigenen Willen über die Lippen, »ich kann nur sagen, daß Sie ja wissen müssen, was Sie tun.« Ein zweiter Zornesblick traf mich, und dann war er verschwunden.

»Wann gibt es eigentlich Frühstück, Miss Keate?« erkundigte sich O'Leary ganz harmlos, aber in seinen Augen sprühte ein vergnügtes Lächeln.

»In der Regel um acht.«

Er sah auf die Uhr.

»Schön. Ich bitte Sie demnach, pünktlich um sieben Minuten nach acht den Revolver auf den Fußboden zu richten und abzudrücken.«

»Einverstanden. Vielleicht ist es empfehlenswert, zuvor die Uhren zu vergleichen. Ich habe gestern, während ich auf dem Boden war, das Glas zerbrochen, als ich eine Spinne abschüttelte. Möglicherweise geht sie nicht richtig.«

»Während sie gestern auf dem Boden war und eine Spinne abschüttelte«, wiederholte O'Leary, als spräche er mit sich selbst. »Sagen Sie mal, Miss Keate, haben Sie jemals Poker gespielt?«

»Ja«, gab ich zerstreut zu, während ich die Uhr aufzog. »Zur Unterhaltung eines Patienten, den ich einstmals pflegte. Er hatte aber sehr bald genug und behauptete, er besitze keine Petroleumgruben. Also um 8.07 Uhr sagten Sie?«

Er antwortete nicht sofort, sondern sah mich noch immer ganz merkwürdig an, so daß ich meine Frage wiederholen mußte.

»Ach so . . . ja«, sagte er, worauf er sich räusperte. »Wieviel haben Sie ihm abgenommen?« fügte er neugierig hinzu.

Jemand, der vom Korridor gelaufen kam, riß den Vorhang zur Seite und stürzte ins Zimmer. Es war Deke Lonergan. Er trug den Mantel über dem Arm und den Hut in der Linken.

»Hören Sie, Mr. O'Leary . . . ich muß fort! Ich kann hier nicht länger bleiben!«

»Weswegen müssen Sie fort?« fragte der Detektiv, dessen Gesicht sofort sehr ernst wurde.

»Ich muß weg von hier!« wiederholte der junge Mann ganz außer sich. »Ich kann einfach nicht bleiben. Sie müssen dem Schutzmann sagen, daß er mich durchläßt.«

»Warum?«

»Das geht Sie einen Dreck an!« schrie Lonergan wütend.

»So, da haben wir Sie ja!« Es war O'Brien, der sich an Deke Lonergans Seite drängte. Er ergriff sogar seinen Arm. »Dieser Jüngling wollte mir nichts, dir nichts zur Vordertür hinausspazieren, Sir. Was soll ich mit ihm anfangen?«

»Loslassen!« erboste sich Deke Lonergan, riß seinen Arm fort, und im nächsten Augenblick war die schönste Katzbalgerei im Gange, die erst durch das Dazwischentreten von O'Leary beendet wurde. O'Brien betastete prüfend eine feuerrote Stelle seines Gesichts, und Lonergan rückte den Schlips zurecht. Seine Augen loderten, aber das eine bekam plötzlich eine bläuliche Einfassung und begann sichtlich anzuschwellen.

»Wenn Sie mir den Grund Ihres Wunsches nicht anzugeben vermögen, muß ich Sie hierbehalten«, sagte der Detektiv.

»Pest!« fluchte Deke. »Ich habe genug. Ich will heraus aus dieser Umgebung, und Sie können mich nicht daran hindern!«

»Hast du 'ne Ahnung, mein Junge!« knurrte O'Brien ingrimmig.

»Ich weiß ganz genau, was ich sage!« lautete die ebenso bissige Antwort.

»Genug, O'Brien«, unterbrach O'Leary das Geplänkel. »Und was Sie anbetrifft, Mr. Lonergan, so bleiben Sie natürlich hier. Kein Mensch verläßt das Haus. Ihre Gründe mögen sehr dringlich sein, aber etwas Dringlicheres als die Aufklärung eines Mordes kann ich mir kaum denken.«

Mit einem unartikulierten Grunzen hob Lonergan seine

Sachen wieder auf, die im Laufe des Gefechts zu Boden gefallen waren, und verzog bitter lächelnd das Gesicht, denn irgendeiner war mitten auf den schönen Hut getreten. Fluchtartig verließ er das Zimmer, und der Schutzmann O'Brien folgte ihm.

»Also um sieben Minuten nach acht, Miss Keate«, sagte O'Leary nochmals. »Vergessen Sie nicht, die Waffe gegen den Fußboden zu halten. Auf ein paar Kugellöcher mehr oder weniger kommt es bei dieser alten Baracke nicht mehr an.« Er ging hinaus.

Allein geblieben, fand ich allerlei zu tun. Unmittelbar nach der Ausführung des mir von O'Leary erteilten Auftrages wollte ich ins Eßzimmer hinuntergehen, aber dann wurde mir ein Strich durch die Rechnung gemacht, denn genau um acht Uhr und fünf Minuten trat March ins Zimmer, um mir das Frühstück zu bringen. Da ich so beschäftigt sei, fürchte sie, daß mein Frühstückskaffee kalt werde, bis ich herunterkäme.

Leider blieb sie noch ein wenig im Zimmer, so daß mir nichts übrigblieb, als in ihrer Gegenwart die Waffe zu ergreifen, vorsichtig auf den Boden zu zielen und den Finger an den Drücker zu legen, wobei mir alles andere als behaglich zumute war. March wollte zu sprechen anfangen, zögerte aber, während ich starr auf die Uhr blickte und genau zur vereinbarten Zeit abdrückte.

Der Schuß verursachte einen wahren Höllenlärm und erschreckte mich derart, daß ich vergaß, den Finger zu strecken. Irgendwie knallten sechs Schüsse hintereinander los. Dann war Schluß, und ganz benommen legte ich den Revolver auf den Tisch. March nahm die Hände von den Ohren und sah mich ganz merkwürdig an, indessen die übrigen Hausbewohner herzueilten. Wildes Durcheinander von Stimmen erfüllte den Raum.

»Ich schoß aus Versehen«, antwortete ich auf Eustaces

scharfe Frage, wagte dabei jedoch nicht, den Blick von der Waffe zu wenden, aus Furcht, sie könnte nochmals losgehen.

»Versehen!« sagte March mit eigentümlicher Betonung, schwieg dann aber wieder.

Im gleichen Augenblick betrat O'Leary das Zimmer, sah sich mit einem leichten Anflug von Befriedigung um, nahm den Revolver vom Tisch, steckte ihn zu sich und meinte leichthin:

»Versehen und Unglücksfälle pflegen vorzukommen. Es ist aber, wie Sie sehen, kein Schaden angerichtet worden, und daher bitte ich Sie, sich wieder zu Ihrem Frühstück zu begeben.«

Nachdem sich die andern entfernt hatten, sagte er zu mir nur noch: »Danke bestens, Miss Keate«, worauf er sich gleichfalls entfernte und gar keinen Sinn dafür zu haben schien, daß ich vor Neugier beinahe umkam.

13

Fünf Minuten später schob Lance O'Leary abermals den Kopf zur Tür herein.

»Übrigens, was ich noch sagen wollte, Miss Keate«, meinte er mit leiser Stimme, »da es Ihrem Patienten wesentlich besser geht, dürfte es nicht schaden, wenn man der Familie Hoffnung auf baldige Wiederherstellung macht und sie sogar darauf hinweist, daß mit einem Wiedererlangen der Sprache binnen vierundzwanzig Stunden zu rechnen ist.«

Die Zahl vierundzwanzig sprach er auffallend betont aus, und wenn ich auch nicht begriff, was er damit bezweckte, so glaubte ich dennoch, ohne weiteres zustimmen zu können. Als daher wenige Minuten später Eustace und Isobel das Turmzimmer betraten, um sich nach dem Befinden des alten Federie zu erkundigen, erteilte ich ihnen die entsprechende Auskunft.

»Vermutlich wird es während der Nacht geschehen«, ergänzte ich.

Das gleiche sagte ich Elihu Dimuck, der sich geradezu an mich klammerte mit seinen ewigen Klagen, daß er seiner Geschäfte wegen nicht mehr lange warten könne, und ebenso Kema, die mit heißem Wasser und einer Zeitung bei mir erschien. Mit ihrer üblichen Teilnahmslosigkeit nahm sie die Mitteilung entgegen, erzählte mir dann aber doch noch im Fortgehen, daß mir Mr. O'Leary eine Zeitung schickte, die sie auf den Tisch gelegt habe. Ich entfaltete das Blatt und stellte zum erstenmal nach dem Tode Adolphs fest, daß der Fall Federie nicht wie bisher die vorderste Seite für sich in Anspruch nahm, denn in großen Schlagzeilen las ich dort: ›Konkurs der bekannten Firma Dekesmith & Lonergan.‹ Das war natürlich das Geschäft, in dem der Vater des jungen Deke Mitinhaber war. Gespannt überflog ich die Zeilen, vermochte aber keine Einzelheiten zu finden, die einiges Licht auf den Zusammenhang der Dinge geworfen hätten. Dies also war der Grund für Dekes dringendes Verlangen gewesen, das Haus zu verlassen. Auch das nächtliche Telefongespräch fand damit seine Erklärung. Wie aber hatte er erwartet, die Summe aufzutreiben, die sein Vater so dringend benötigte? War er der Meinung gewesen, Geld von dem Kranken zu bekommen? Oder konnte er überhaupt Ansprüche an das Vermögen der Federies geltend machen? Nun, O'Leary hatte sich sicherlich einen Vers darauf gemacht, denn sonst würde er mir die Zeitung gar nicht erst geschickt haben. Ich faltete sie zusammen, als der Arzt früher als gewöhnlich erschien. Er bestätigte, daß sich der Zustand des alten Mr. Federie noch weiter gebessert habe, und begann alsbald allerlei Fragen zu stellen, die gänzlich außerhalb seiner ärztlichen Pflichten lagen. Er verließ mich mit der etwas spitzen Bemerkung, daß die Verschwiegenheit der Krankenschwester eine sehr schöne Eigenschaft sei, die jedoch übertrieben werden könne, zumal dann, wenn es sich um Dinge handele, die die Öffentlichkeit wissen sollte.

Der fortschreitenden Besserung meines Kranken entsprechend, widmete ich mich ihm mehr als zuvor und ließ mir auch das zweite Frühstück aufs Zimmer bringen. Meine Freizeit fiel aus. Elihu Dimuck leistete mir fast die ganze Zeit Gesellschaft. Sein Stammplatz war ein in der Nähe des Kamins stehender Sessel, der bei jeder Bewegung des rundlichen Mannes knarrte. Immer wieder fing er davon an, daß die Dringlichkeit seiner Geschäfte ein längeres Verweilen ausschließe. Die übrigen Hausbewohner schienen übrigens kaum weniger gespannt zu sein, denn in fast regelmäßigen Zwischenräumen erschien einer nach dem andern, um sich nach dem neuesten Befund zu erkundigen. Selbst Lance O'Leary hielt sich auffallend häufig in nächster Nähe des Turmzimmers auf. Nachträglich darf ich zugeben, daß ich froh bin, die Ursache dieser wachsenden Nervosität nicht gekannt zu haben.

Bis zum Spätnachmittag hatten sich jedoch alle zurückgezogen. Wiederum krochen dunkle Schatten aus den Ecken hervor. Ich will nicht sagen, daß ich direkt Angst verspürte, aber daß ich mich innerhalb dieser vier Wände behaglich fühlte, konnte ich beim besten Willen nicht behaupten. Endlich, als meine Hände bereits derartig zitterten, daß ich kaum noch die Stricknadeln führen konnte, und meine Augen immer wieder von neuem zur Turmtreppe blickten, gelangte ich zu der Überzeugung, daß ich mit meiner Unruhe noch am ersten fertig werden könnte, wenn es mir gelang, etwas zum Lesen aufzutreiben. Ich rief daher Kema herbei, um mich für wenige Augenblicke in der Beaufsichtigung des Kranken abzulösen. Daraufhin ging ich zur Bibliothek. Das Haus machte einen völlig verlassenen Eindruck, obwohl, als ich die Halle durchschritt, eine Gestalt schnell im hinteren Wohnzimmer verschwand. Ich glaubte, daß es Isobel war, doch war ich meiner Sache nicht ganz sicher. Bei dem Gedanken, was sie da wohl zu suchen habe, fielen mir auch die übrigen Mitbewohner ein. Was mochten sie gegenwärtig tun?

In der langgestreckten Bibliothek fand ich niemand. Prüfend ließ ich den Blick über die Regale schweifen. Es gab die verschiedensten Bücher. Die meisten waren allerdings in einem ziemlich verwahrlosten Zustand. Hier und da bemerkte ich leere Stellen, als habe jemand die Bücher hin und her geschoben, um den Raum dahinter abzusuchen. In der Turmnische waren die herausgenommenen Stücke nachlässig aufgestapelt worden. Mit dem Durchstöbern dieser am Boden liegenden Bände war ich gerade beschäftigt, als ich merkte, daß jemand den Hauptraum der Bibliothek betrat. Hier in der Nische herrschte wegen der verriegelten Fensterläden ein dämmeriges Dunkel. Die Nische war durch einen der vielen grünen Vorhänge gegen den eigentlichen Bibliotheksraum abgeschlossen. Vorsichtig spähte ich hinüber.

March und der junge Lonergan standen in der Mitte des Raumes und gingen dann zusammen zu einem Diwan, auf dem sie sich niederließen. Nunmehr wandten sie mir den Rücken zu.

»Ich liebe dich, March«, stieß Deke mit einigermaßen heiserer Stimme hervor. »Ich liebe dich mit der ganzen Kraft meines Herzens, und dabei bin ich mittellos. Die Firma ist in Konkurs geraten . . . durch meine Schuld.«

Er hatte, während er sprach, dem jungen Mädchen das Gesicht zugewendet, und ich sah, daß ein Auge, wie es beim Boxer heißt: ›geschlossen‹ war. Geschwollen und feuerrot verlieh es seinem Gesicht ein Aussehen, das nicht sonderlich gut zu einer Liebeserklärung paßte.

»Sag, Deke, schuldet dir Eustace Geld?« fragte March mit sachlicher Betonung, als könnten die Liebesangelegenheiten noch ein Weilchen warten.

»Hm . . . allerdings.«

»Wieviel?« Man hätte meinen können, daß die Kleine eine kaufmännische Verhandlung leitete. Dabei hielt Lonergan aber ihre beiden Hände in den seinigen, und der Blick seines unverletzten Auges war sehr zärtlich.

»Eine . . . größere Summe«, klang es ausweichend.

»Wie kamst du aber auch dazu, ihm etwas zu borgen?«

Deke zuckte die Achseln.

»Du kennst doch Eustaces Art, wenn er etwas haben will. Natürlich war ich ein Narr. Ich habe teures Lehrgeld bezahlen müssen. Nun aber ist es zu spät.«

»Niemals ist es zu spät«, sagte March. Ihre Stimme klang ein wenig sanfter. »Was hat er überhaupt damit angestellt?«

»Spekuliert und . . . verloren«, murmelte Deke, um dann in der Art verliebter Jünglinge plötzlich abzuschweifen. »March, du hast so wundervolle Augen. Besonders, wenn du mich so ansiehst.«

Worauf March, wie ich annehme, diese Augen schloß, denn er beugte sich vor und küßte erst die Augen und dann ihren Mund. Es waren sehr ausgiebige Küsse. Ihre Wärme mußte auch Marchs beherrschte Ruhe einigermaßen erschüttert haben. Plötzlich machte sie sich frei und sah ihren Freund verzweifelt an.

»Deke, hör zu – ich habe etwas Schreckliches getan. Es lag gewiß nicht in meiner Absicht. Ich wußte nicht einmal, was es bedeutete.«

»Was meinst du? Sage es mir nur Liebste.«

»Ach, diese Mordtaten!« Sie schlug die Hände vors Gesicht. »Es ist meine Schuld, daß sie geschahen!«

»March, du weißt nicht, was du sagst! Hör doch auf.« In offenbarem Entsetzen legte er ihr beide Hände auf die Schultern.

»Wenn ich dir wenigstens beichten könnte, Deke. Aber das kann ich nicht. Ich habe es versprochen.«

Er würgte sichtlich an seinen Worten. »Ich . . . ich habe

dich gesehen, March. Du kamst durch das Schlafzimmer da oben, das ich gemeinsam mit Eustace bewohnte. Ich schlief nicht. Du trugst eine kleine Kerze in der Hand und gingst die Turmtreppe hinunter. Ich ... ganz deutlich konnte ich dich erkennen, March.«

Sie nickte. »Ich dachte, du schliefest.«

»Aber sag mir, March, warum dauerte es so lange, bis du zurückkehrtest?«

»Wieso, Deke ...? Ich war nicht länger als drei Minuten drunten.« Sie stutzte, fuhr dann aber mit klarer Stimme fort: »Ich machte mir wegen einer ganz bestimmten Angelegenheit Sorgen. Ich ging nur so weit hinunter, daß ich das Zimmer übersehen konnte. Dann kehrte ich ganz leise wieder um.«

Der junge Mann schüttelte den Kopf.

»Sag mir die Wahrheit. Ich habe dich lieb, March.«

»Ich sage die Wahrheit. Du wirst nur nicht gemerkt haben, daß ich zurückkam, denn schon auf der Treppe hatte ich die Kerze ausgeblasen, damit die Krankenschwester nichts merkte. Ich mußte also im Dunkeln durch euer Zimmer schleichen. Natürlich wollte ich nicht, daß du mich hörtest.«

Eigensinnig blieb Lonergan bei seiner Meinung. »Und doch habe ich dich gehört. Es muß aber ungefähr eine Stunde später gewesen sein. Ich war eingeschlafen, nachdem ich zu der Ansicht gekommen war, du seiest über die Haupttreppe wieder in dein Zimmer zurückgekehrt. Dann weckte mich der Schuß, und ich hörte dich durch mein Zimmer zurückkommen, nachdem der Schuß gefallen war!«

Ausgerechnet in diesem Augenblick mußte ich niesen. Ich fühlte es kommen und packte den staubigen Vorhang, um das Geräusch zu ersticken, aber es half alles nichts. Es war ein prachtvolles Trompetensolo, was ich hören ließ, und die beiden Liebenden schnellten wie von der Tarantel gestochen empor. Noch heute sehe ich ihre entgeisterten Gesichter vor mir.

So unbefangen wie möglich hob ich eins der Bücher auf und schritt auf die Tür zu. Ich sah die jungen Leute nicht einmal an, glaube aber – und das war ein gelinder Trost –, daß sie sich genauso unbehaglich fühlten wie ich selbst.

Die Halle war öde und düster, aber im Wohnzimmer stand Isobel vor einer Vitrine. Die Glastür stand offen. Isobel interessierte sich anscheinend sehr für den aus allerlei Muscheln, Briefbeschwerern und Porzellanfiguren bestehenden Inhalt. Bei meinem Eintreten stieß sie einen leisen Schreckensruf aus, erkannte mich dann aber sofort und ergriff meinen Arm. Durch den Stoff hindurch fühlte ich ihre heißen Hände. Die langen Fingernägel glitzerten.

»Hören Sie, Schwester . . . wird der alte Mann genesen?«

»Es besteht alle Hoffnung darauf«, antwortete ich, während ich versuchte, mich loszureißen.

Sie aber verstärkte nur ihren Griff.

»Bald?« Ihre starken Backenknochen und die gebogene Nase leuchteten weißlich im Halbdunkel, das in diesem Zimmer herrschte. »Er will mich noch in seinem Testament bedenken, bevor er stirbt. Wird er imstande sein, bald zu sprechen?«

»Wahrscheinlich.« Es war mir endlich gelungen, mich frei zu machen. Diese Person war mir mit einemmal furchtbar zuwider: ihr aufdringliches Parfüm, in das sich der Geruch von Zigarettenrauch mischte, ihre rotgeschminkten Lippen, die überreichliche Bepuderung und die Spitzenwäsche. Wie sah es wohl unter dieser bemalten und bestäubten Hülle aus?

Kema stand auf, als ich das Turmzimmer betrat. Trotz ihres exotischen Aussehens besaß sie für mich etwas Anziehendes; zumal sie eine erfrischend sachliche Art hatte.

»Er wird bald sprechen. Vermutlich noch vor morgen früh.«

Es war keine Frage, sondern eine nüchterne Feststellung, der ich ohne weiteres zustimmte. Nachdem Kema zwei Lampen angezündet und die Fensterläden geschlossen hatte, entfernte sie sich. Abermals befand ich mich allein in dem unheimlichen Zimmer. Ich stocherte das Kaminfeuer zu heller Glut an und schlug das Buch auf. An das, was ich in der Bibliothek belauscht hatte, wollte ich bis zum Erscheinen O'Learys nicht mehr denken. Die ersten Worte, die ich zu lesen bekam, lauteten: Der rote Tod. Entsetzt packte ich den Band und schob ihn kurzerhand tief in die Holzkiste. Vielleicht liegt er dort heute noch. Nur die Rücksichtnahme auf fremdes Eigentum hinderte mich daran, ihn ins Feuer zu werfen.

Dieser kleine Zwischenfall hatte mich richtig nervös gemacht. Als Eustace, dem die Katze Genoveva folgte, mit seinem leisen Schritt eintrat, fuhr ich zusammen, weil ich wieder einmal zur Turmtreppe geblickt hatte und den jungen Mann erst bemerkte, als er dicht neben mir stand.

»Wie geht es Großvater?« fragte er ohne weiteres.

»Wenn Sie nur nicht immer so schleichen wollten«, gab ich gereizt zur Antwort, setzte dann aber hinzu: »Es geht ihm besser.«

Eustace trat zum Bett und blickte lange ins reglose Gesicht des Kranken.

»Wird er bald sprechen können?« Mit einer bei ihm ungewohnten zärtlichen Geste strich er die Bettdecke glatt, auf der er die Hand für wenige Augenblicke ruhen ließ.

»Vermutlich noch vor Tagesanbruch«, erwiderte ich. War das die Hand, die Grondal mit einer Geigensaite erdrosselt hatte?

»Heute nacht also ...«, murmelte Eustace versonnen. »Den Jadegegenstand, von dem ich sprach, haben Sie noch nicht gefunden?«

Ich schüttelte verneinend den Kopf.

»Großvater hat ihn mir vermacht. Bitte rufen Sie mich, wenn er erwacht.«

Er ging, und während ich ihm mit den Blicken folgte, kam mir wieder der Gedanke, daß ich ihm alles zutrauen würde. Wohl lag, soweit ich das zu übersehen vermochte, keinerlei Beweismaterial gegen Eustace vor, aber dennoch hatte ich das Gefühl, daß er die eigentliche treibende Kraft hinter den Geschehnissen war. Mit eigenen Ohren hatte ich zum Beispiel gehört, daß er von March etwas verlangte, was sie nur äußerst widerwillig versprach.

Vielleicht hatte ich einen Fehler begangen, als ich O'Leary meine Kenntnis von jenem Gespräch verschwieg. Ganz bestimmt sogar war das ein Fehler gewesen.

Wie als Antwort auf meine mir selbst gestellte Frage, bewegte sich der grüne Vorhang, und O'Leary in seinem eleganten, grauen Anzug erschien auf der Schwelle. Er ließ March vor sich ins Zimmer treten.

»Miss Keate genießt mein Vertrauen«, sagte er, als setzte er ein bereits begonnenes Gespräch fort. »Ich denke auch, daß uns hier niemand stören wird. Bitte nehmen Sie Platz, Miss March.« Er zog einen Stuhl herbei. Die Lampe beschien das blasse, sichtlich abgespannte Gesicht des jungen Mädchens. Von der sanften Röte bei ihrem Zusammensein mit dem jungen Lonergan war nichts mehr zu sehen.

»Ich bitte Sie, Miss March, Zutrauen zu mir zu fassen. Also wer ist der Mann, der sich hier im Hause verbirgt?«

Vermutlich hatte sie diese Frage nicht erwartet, denn sie erschrak so heftig, daß man es fast als Eingeständnis auffassen konnte.

»Was ... wie meinen Sie das?« Tapfer versuchte sie, ihrer Stimme einen festen Klang zu verleihen.

»Ihr Vater, Eustaces Vater und Adolph Federie – alle liegen sie in der Familiengruft«, sagte O'Leary langsam, »Charles Federie aber ... Sagen Sie mal, hat man seit damals – es mag fünfzehn Jahre her sein, daß Charles angeblich den Spielertod fand – hat man seither irgend etwas von ihm gehört?«

Bei Nennung des Namens zuckte das Mädchen abermals zusammen, sagte aber nichts.

»Sie können mir ruhig die Wahrheit sagen«, fuhr der Detektiv fort. »Ich bin ganz gewiß, daß es sich um Charles handelt. Grondal behauptete, er sei tot, doch habe ich keinerlei Urkunden darüber finden können. Er sieht Adolph sehr ähnlich, nicht wahr?«

Und da March immer noch beharrlich schwieg und ihr Gegenüber nur sprachlos anstarrte, wiederholte er etwas schärfer:

»Sieht er Adolph sehr ähnlich?«

»Ja . . .« kam es jetzt zögernd über Marchs Lippen.

»Den Eindruck gewann ich bereits vorige Woche, obwohl es ja weiter nichts Auffallendes ist, daß Brüder einander ähneln«, begann O'Leary wieder in jenem leichten Plauderton, der einem das Antworten so verhängnisvoll leicht macht. »Statt Adolphs Geist begegnete Mittie Frisling dem lebendigen Charles. Wo hat er sich verborgen gehalten?«

»Auf dem Speicher und in der Kofferkammer. Eine der großen Kisten war mit Decken ausgestopft worden, und Kema brachte ihm hin und wieder etwas zu essen.«

»Und wie entging er den Polizeibeamten?«

»Er versteckte sich auf dem Heuboden des Stalles. Er kennt jeden Winkel der Gebäude und meinte, es sei sehr einfach gewesen . . . Aber woher wissen Sie das?« schrie March plötzlich auf. »Haben Sie ihn verhaftet?«

O'Leary schien die Frage zu überhören.

»Es wäre wirklich besser, Miss March, wenn Sie mir reinen Wein einschenken wollten. Wie lange ist er schon hier?«

»Seit dem Abend, an dem die Krankenschwester kam. Ich versprach auch, seine Anwesenheit geheimzuhalten. Er legte den allergrößten Wert darauf, Großvater zu sprechen. Natürlich mußte ich Kema ins Vertrauen ziehen. Ich . . . ich hielt es für meine Pflicht, ihn kommen zu lassen.«

»Und als Adolph erschossen wurde, da ließen Sie Ihrem andern Onkel sofort eine Warnung zukommen?«

»Er mußte aus dem Hause gebracht werden. Er hatte gesagt, es sei dringend erforderlich, daß niemand von seiner Anwesenheit wüßte; jedenfalls dürfe es niemand erfahren, bevor er mit Großvater gesprochen habe.«

»Und Sie fürchteten, daß er den eigenen Bruder ermordete?«

March bedeckte das Gesicht mit den Händen.

»Ich wußte es nicht«, klang es flüsternd. »Charles war so lange fort gewesen. Wie sollte ich es wissen? Aber er ist ein Federie, und ich vertrat meinen kranken Großvater.«

»Sie wollten ihn dem Zugriff des Gerichts entziehen?« fragte der Detektiv streng.

»Ich weiß selbst nicht, was ich wollte. Ohne Großvaters Wissen hätte ich ihn überhaupt nicht eingelassen, wenn Charles nicht so eigensinnig gewesen wäre. Er gab an, im Hause sein zu müssen, falls Großvater vor seinem Tode nochmals erwachen würde. Ich hasse sie alle!« brach es plötzlich aus dem jungen Mädel hervor. »Sie alle wollen ja nur sein Geld haben, und um es zu bekommen, scheuen sie vor nichts zurück. Sie versuchen sogar, mir den grünen Jade-Elefanten wegzunehmen.«

»Warum?«

»Wahrscheinlich, weil Großvater das Stück ausdrücklich mir vermachte. Sie bilden sich ein, daß es eine besondere Bewandtnis damit hat. Näheres weiß ich nicht.«

»Wissen Sie nicht, was für ein Papier er enthält?«

»Papier?« Befremdet sah sie O'Leary an. »Ich wußte nicht, daß sich ein Papier darin befindet. Vielleicht handelt es sich um eine testamentarische Bestimmung.«

Es folgte eine kurze Pause.

»Haben Sie sich durch die Anwesenheit von Charles Federie beunruhigt gefühlt?« setzte der Detektiv das Verhör fort und spielte wieder mit dem Bleistiftstummel.

March tat einen tiefen Atemzug.

»Keine friedliche Minute habe ich mehr gehabt. Selbst bevor Adolph ermordet wurde, vermochte ich nicht zu schlafen. Ich ging im Hause umher und suchte Charles davon abzuhalten, den Großvater zu belästigen. Ich wußte ja nicht, was er beabsichtigte.« Die Worte erstarben in einem angstvollen Flüstern.

Meine Gedanken überstürzten sich. Durch die Bestätigung meiner Vermutung, wonach sich ein Unbekannter im Bereich des alten Herrensitzes aufhielt, und die Erkenntnis, daß dieser bisher Unbekannte kein andrer als Charles Federie war, bekam der ganze Fall ein anderes Gesicht. Wie ließ sich dieser neue Stein in das aufgelegte Geduldspiel einfügen? Ich glaube, daß es O'Leary so ähnlich erging wie mir, denn nachdenklich sagte er: »Der Hund kannte Charles natürlich nicht, und deshalb bellte er, sooft er ihn zu sehen bekam. In der Nacht, da Adolph den Tod fand, hielten Sie selbst den Hund fest, damit Charles fliehen konnte, nicht wahr Miss March?«

Sie nickte müde.

»Ich vermute, daß Ihr Großvater irgendwo im Hause einen größeren Barbetrag aufbewahrt. Stimmt das?«

»Wahrscheinlich. Das entspricht seiner Gewohnheit.«

»Sie wissen nicht, wo sich das Versteck befindet?«

»Nein.«

»Auch ist es Ihnen unbekannt, weshalb er das Geld nicht auf der Bank hat?«

»Ja. Er liebte es nicht, über solche Dinge befragt zu werden.«

»Ich danke Ihnen, Miss March. Fürs erste genügt das.«

Das junge Mädchen erhob sich und trat zu mir.

»Ist er wirklich auf dem Wege der Besserung?« fragte sie mit einer Wendung zu ihrem Großvater.

»Ja.«

»Meinen Sie, daß er binnen einiger Stunden imstande sein wird, zu sprechen?«

»Ich rechne fest damit.«

Als March das Zimmer verließ, fiel mir ihre straffe Körperhaltung auf. Fühlte sie sich erleichtert, weil sie hoffen durfte, bald einen Teil der Last abzuwerfen, die sie seit einer ganzen Reihe von Tagen auf ihren schmalen Schultern tragen mußte?

»Nun, Miss Keate«, hörte ich O'Leary sagen, und ich wunderte mich darüber, daß seine Stimme durchaus nicht so sieghaft klang wie ich es erwartet hatte, »noch ist der Fall nicht erledigt.«

»Also war es wirklich Charles Federie, der uns so zum Narren hielt?«

»Wer denn sonst sollte es gewesen sein?« O'Leary schien sich über meine Begriffsstutzigkeit zu wundern. In diesem Augenblick fiel mir das Gespräch zwischen March und ihrem Vetter ein, das ich belauscht hatte, ehe ich das Haus Federie betrat. Ich räusperte mich und begann zu erzählen, doch als ich mit meinem Bericht fertig war, sagte O'Leary zunächst gar nichts. Da faßte ich mir ein Herz und sprach auch von dem, was ich unlängst in der Bibliothek vernommen hatte. Immer langsamer kamen mir die Worte von den Lippen, denn mir war, als helfe ich damit das Netz zuzuziehen, das sich immer dichter um March schloß. Dabei glaubte ich einfach nicht an ihre Schuld.

»Natürlich handelt es sich um das Geld, das der junge Lonergan zu erlangen sucht«, meinte der Detektiv schließlich. »Ich möchte nur wissen, auf welche Weise er ...«

»Ist Mr. O'Leary hier?« fragte Mittie Frisling plötzlich dazwischen. Leicht geblendet vom Schein der Lampe, blinzelte sie mit den Augen. Nach Verschwörerart sah sie sich erst überall um, ehe sie näher herzutrat. O'Leary war aufgestanden, und nun hob sie ihr dickes Gesicht zu ihm.

»Adolphs Brillantring habe ich«, rief sie aufgeregt. Sie öffnete ihre rundliche Hand und blickte mit mühsam verhaltener Rachsucht zwischen dem Ring in ihrer Hand und dem Gesicht O'Learys hin und her.

Zweifellos, da lag der etwas unreine, große Diamant, den ich zuletzt an Adolphs Ringfinger hatte glitzern sehen.

»Ihm hat er gehört«, sagte Mittie bissig. »Und wissen Sie, wo ich ihn fand?«

Noch näher trat sie an den Detektiv heran, der unwillkürlich ein wenig zurückwich.

»Isobel hatte ihn die ganze Zeit versteckt. Ich fand ihn in ihrer Puderdose. Sehen Sie, hier können Sie noch Reste des Puders bemerken ... Isobel hat Adolph Federie ermordet.«

14

»Schon wieder diese Haßgesänge, Mittie?« fragte von der Tür her eine gleichgültig tönende Stimme. Isobel stand dort. Sie hatte eine Hand in die Hüfte gestemmt und schien vom Anblick der Szene belustigt zu sein. Dann trat sie mit wiegenden Schritten näher.

»Worum handelt es sich denn dieses Mal?« fragte sie den Detektiv.

Ich glaube, daß er Isobel nicht mochte oder daß er ... nun, dem sei, wie ihm wolle, jedenfalls kehrte er ihr gegenüber mehr den Beamten hervor, als das sonst seine Art war.

»Um den Diamanten«, sagte er ausdruckslos. »Gehörte er Ihrem Gatten?«

Wie ein Schleier legte es sich über ihre ohnehin immer etwas schläfrig aussehenden Augen, doch antwortete sie bereitwillig.

»Allerdings. Wo hast du den aufgestöbert, Mittie?«

»In deiner Puderdose! Da hattest du ihn versteckt!« Mitties

rundlich schlaffe Gestalt schien fast zu bersten vor Schadenfreude.

Aber nun wurde auch Isobel erregt. Ihre Augen begannen zu funkeln. »Was hast du in meinem Zimmer herumzuspionieren?« fauchte sie. »Laß dich nur nicht von mir erwischen, Mittie, sonst drehe ich dir dein feistes Genick um. Sieh her, so!« Sie machte mit ihren großen Händen eine entsprechende Bewegung, worauf Mittie ganz grün im Gesicht wurde.

»Halt mal, meine Damen«, unterbrach O'Leary den Streit, der in Tätlichkeiten auszuarten drohte. »Also handelt es sich um Adolphs Ring. Als man den Toten fand, trug er ihn nicht am Finger. Wollen Sie mir bitte eben erklären, wieso Sie ihn jetzt im Besitz haben?«

»Finden Sie das so außergewöhnlich, da ich doch schließlich seine Witwe bin?« wich Isobel aus.

O'Leary sagte nichts, sondern sah der Frau etliche Sekunden lang fest in die Augen, worauf sie etwas zögernd fortfuhr: »Er ließ ihn in meinem Zimmer liegen; etwa eine Stunde vor seinem Tode. Er ... hm ... ich besitze ein wenig Geld; kaum genug, darüber viele Worte zu machen, aber ich will es doch für mich behalten. Er brauchte sehr notwendig einen Betrag, um eine Spielschuld zu decken. Sein Vater verbirgt irgendwo im Haus Geld, aber er konnte ja damals schon nicht sprechen. Nach langem Hin und Her willigte ich ein, ihm mein Geld, das auf der Bank liegt, am andern Tag zu geben. Und da es sich nur um ein Darlehen handeln sollte, gab er mir als Sicherheit diesen Ring.«

Sie nahm ihn in die Hand, betrachtete ihn genau, und wenn sie dabei lächelte, so tat sie es jedenfalls nur mit den Lippen.

»Der Stein entspricht seinem ehemaligen Besitzer; er glitzert, aber er ist wertlos.« Mit einer geringschätzigen Bewegung öffnete sie die Finger und ließ den Ring zu Boden fallen. Dann drehte sie sich um und verließ das Zimmer. Mittie bückte sich sofort, suchte eifrig auf dem Teppich umher, und als sie den verschmähten Schmuck gefunden hatte, hob sie ihn hastig auf, worauf sie mit trippelnden Schritten ihrer Feindin nacheilte. Ich möchte wissen, was sie damit anfangen wollte. Es war alles, was sie von Adolph bekommen hatte, und obendrein eine Fälschung.

Eustace und Mr. Dimuck mußten ihr noch im Korridor begegnet sein, denn unmittelbar danach betraten sie das Zimmer.

»Hören Sie mal, O'Leary«, begann der junge Federie in seiner bekannten überheblichen Art. »Dimuck und ich, wir sind der Meinung, daß Sie reichlich Zeit hatten, den Fall aufzuklären. Wie weit sind Sie nun gediehen?«

»Wollen wir nicht Platz nehmen, um die Angelegenheit in aller Ruhe durchsprechen zu können?« schlug der Detektiv vor, den Eustaces Anmaßung durchaus nicht zu berühren schien. Es fiel mir auf, daß O'Learys Augen wieder jenen Glanz annahmen, der in mir stets das Gefühl erweckte, als könnte er mir bis auf den Grund der Seele blicken.

»Sie können mir vermutlich einige Auskünfte geben, Mr. Federie, durch die wir zum mindesten weiterkämen.«

Eustace zwinkerte etwas unbehaglich, setzte sich aber nieder.

»Gewiß, gewiß.«

»Weshalb blieben Sie bei Ihrer Behauptung, Ihrer Kusine nach der Erschießung Mr. Adolph Federies auf dem oberen Teil der Haupttreppe begegnet zu sein, während sie in Wirklichkeit drunten in der Halle war?«

Eustace spreizte in herausfordernder Weise die Finger. »Zu solcher Zeit hätte sie nicht dort sein sollen«, bemerkte er leichthin. »Adel verpflichtet. Sie ist eine Federie. Es war mir nicht lieb, sie gerade damals im Hause herumspazieren zu sehen. Der Verdacht hätte sich auf sie richten können, daß sie ihren Onkel ermordet hätte.«

»Aber Sie versuchten sie zu einer solchen Tat zu bestimmen – am Spätnachmittag des vorhergehenden Tages! Sie trafen mit ihr an der kleinen Brücke des Wiesenweges südlich des Hauses zusammen.«

Sekundenlang starrte Eustace den Fragenden aus zusammengekniffenen dunklen Augen an.

»Ich weiß nicht, was Sie damit meinen«, erklärte er endlich. »Ich denke nicht daran, so etwas zuzugeben!«

O'Leary zuckte die Achseln.

»Eine der Wahrheit entsprechende Aussage wäre besser.«

»Ich habe nichts anderes zu sagen!« Eustace wurde sichtlich erbost. »Das sind ja lauter Lügen. Hat sie sich wirklich mit jemandem da unten unterhalten? Wer befand sich bei ihr?«

»Dann eine andere Frage: Was haben Sie in Wirklichkeit noch so spät in der Mordnacht in der Bibliothek zu tun gehabt? Das Buch, das aufgeklappt auf dem Stuhl lag, und das Sie als das Ihrige bezeichneten, trug den Titel ›Arbeiten aus Glasperlen‹. Sie sind sicherlich nicht bis drei Uhr morgens aufgeblieben, um ein Buch über Handarbeiten zu studieren.«

Der Gefragte zögerte. Er zog eine Zigarettenschachtel hervor, bot erst O'Leary und dann Mr. Dimuck an und zündete sich dann selbst umständlich eine Zigarette an. Erst nachdem er etliche Züge getan hatte, ließ er sich herbei zu antworten.

»Nun gut, Sie sollen hören, was Sie vermutlich ohnehin schon wissen. Mein Großvater hegte von jeher eine Abneigung gegen die Banken, weshalb er immer größere Barbeträge hier im Hause aufbewahrte. Großvater ist reich, war aber in geldlichen Angelegenheiten stets sehr zugeknöpft, und ich weiß daher nicht, wo er die Gelder versteckte. Allen andern, mit Ausnahme vielleicht von March, geht es genauso. Als der alte Herr erkrankte, mußten wir mit seinem baldigen Ableben rechnen. Wir wären dadurch in eine böse Klemme geraten! In jener Nacht durchsuchte ich die Bücherschränke, weil ich hoffte, ein Geheimfach zu entdecken. Geheime Gänge und so etwas gibt es in diesem Hause nicht, denn das alte Gebäude kenne ich von oben bis unten. Ich konnte indessen das Geld nicht finden, obwohl es sich um eine beachtliche Summe handeln muß.«

»Brauchten Sie Mittel für Ihre persönlichen Zwecke?« fragte O'Leary sanft.

Sofort bekam Eustace einen roten Kopf.

»Und wenn das der Fall wäre, so würde es Sie auch nichts angehen.«

»Auf welche Weise gedenken Sie den Betrag zurückzuzahlen, den Sie Deke Lonergan schulden.«

»Hat der geplaudert? Na, das ließ sich ja erwarten. Wird Ihnen wohl eine lange Geschichte erzählt haben, wie? Tut mir aufrichtig leid, daß sein Vater verkrachte, aber ich kann nichts dafür. Ich versuchte sogar – Dekes wegen – das Geld flüssig zu machen, doch Sie wissen ja, wie die Dinge liegen. Falls Großvater stirbt« – ein sehr wenig herzlicher Blick streifte den Kranken –, »dann werde ich wohl einiges erben, wenn auch meiner Kusine March der Löwenanteil zufallen dürfte. Voraussetzung bleibt natürlich, daß er zuvor seine Sprache wiedergewinnt und uns sagen kann, wo sich sein Geld befindet.«

»Ist Ihr Großvater wirklich so wohlhabend?«

Mit einem Ruck schleuderte Eustace die halb zu Ende gerauchte Zigarette ins Feuer, stand auf, lehnte sich mit dem Rücken gegen den Kamin und sah O'Leary an.

»Nach der Art zu schließen, mit der Sie hier herumschnüffeln, Herr Detektiv, glaube ich annehmen zu können, daß Sie sich die Antwort auf Ihre Frage selbst geben können. Vor rund fünfzig Jahren war Großvater das Oberhaupt der Federie-Bande. Diese Straßenräuber waren zu ihrer Zeit sehr bekannt. Auch auf andere Weise, die zu erörtern nicht hierhergehört, bereicherten sie sich. Ursprünglich war mein Urgroßvater der Führer gewesen, aber er starb sehr plötzlich: in seinem Bett an Lungenentzündung, was ihn selbst einigermaßen in Erstaunen gesetzt haben wird. Großvater, der damals mein jetziges Alter gehabt haben muß, riß den Hauptteil der Beute an sich, entließ die übrigen Mitglieder der Bande, baute sich dieses Haus, heiratete ein Mädchen von makelloser Herkunft und fing ein neues, diesmal ehrenhaftes Leben an. Wenn sich auch die Nachbarn begreiflicherweise der Familie fernhielten, so wuchs doch bald Gras über die Angelegenheit; die Welt vergißt ja schnell, und handgreifliche Beweise hatten niemals vorgelegen. Mein Großvater sprach, wie ich bereits erwähnte, grundsätzlich nicht von geschäftlichen Dingen, doch aus der Leichtigkeit, mit der er größere Beträge für March oder für Adolph zutage förderte, darf ich auf das Vorhandensein einer großen Bargeldsumme schließen. Sie sind doch bestimmt auch meiner Meinung – nicht wahr, Dimuck?«

»Ja, er scheint in der Tat sehr bemittelt zu sein.«

»Was haben Sie eigentlich für ihn zu tun, Mr. Dimuck?« wandte sich O'Leary an den rundlichen Mann. »Sie haben ihn schon einmal Ihren Klienten genannt. Was wollen Sie damit ausdrücken?«

»In gewisser Hinsicht bin ich sein Berater, Mr. O'Leary, und zwar ausschließlich Berater. Hin und wieder beliebte es Mr. Federie kleine Börsengeschäfte zu machen, und vielleicht darf ich von mir behaupten, daß ich auf dem Geldmarkt einigermaßen Bescheid weiß.

Mr. Federie war ein ausgesprochen konservativer Käufer. Ich kenne ihn schon geraume Zeit und hege große Hochachtung für ihn. Hochachtung, das ist das richtige Wort. Und daß diese Hochachtung, mit freundschaftlichen Empfindungen Hand in Hand geht, ist wohl begreiflich.«

»Sie wissen noch immer nicht, welche geldliche Transaktion er im Auge hatte, als er Sie das letzte Mal zu sich bat?«

»Damals jedenfalls wußte ich es noch nicht, Mr. O'Leary, damals nicht. Seitdem aber diese bedauerlichen, diese tief beklagenswerten Dinge geschahen, neige ich zu der Ansicht, daß Adolph mehr Geld verlangte, als Mr. Federie willens war, ihm zu geben. Zum mindesten dürfte er durch irgend etwas finanziell über Gebühr in Anspruch genommen worden sein.«

Lance O'Leary, der gerade mit seinem berühmten Bleistiftstummel gespielt hatte, riß ein Blatt Papier aus seinem Notizblock, kritzelte hastig etwas darauf und reichte es Dimuck hinüber.

Eustace war ziemlich befremdet von diesem Verhalten, und auch Dimuck schien überrascht zu sein, doch hielt er sich das Blatt dicht vor die Augen und las. Sein Gesichtsausdruck deutete darauf hin, daß er nicht begriff, was der Detektiv bezweckte. Schließlich gab er es zurück.

»Ich stimme dem zu«, sagte er ziemlich unsicher.

»Was ist denn das?« wollte Eustace wissen, aber O'Leary fertigte ihn kurz mit der Bemerkung ab, daß es sich um nichts von Belang handele.

»Übrigens ist die Genesung von Mr. Federie nun so weit vorgeschritten«, sagte er dann, »daß sowohl der Arzt als auch die Pflegerin uns versprechen, wir würden bald von ihm selbst die Antworten auf unsere Fragen erhalten. Sagten Sie nicht, daß Sie sein Erwachen innerhalb der nächsten Stunden erwarten, Miss Keate?«

Ich schrak ein wenig zusammen.

»Gewiß . . . ja. Wir erwarten, daß er gegen Morgen wieder sein Bewußtsein haben wird und sprechen kann«, beeilte ich mich zu sagen.

»Schön.« Elihu Dimuck war aufgestanden und rieb sich die rötlichen Hände. »Sehr schön. Das nenne ich eine gute Nachricht, Miss Keate.« Er warf mir hinter seinen Brillengläsern hervor einen wohlwollenden Blick zu.

»Das wäre vorderhand alles, meine Herren«, meinte O'Leary.

»Ich danke Ihnen.« Er sprach so bestimmt, daß man darüber ganz vergaß, daß er die Herren nicht hatte kommen lassen, sondern daß sie ihn aus freien Stücken aufgesucht hatten. Der Detektiv wartete, bis ihre Schritte verhallten, dann ging er behutsam zur Tür und vergewisserte sich, daß niemand lauschte. Mir selbst war während der kurzen Besprechung nichts aufgefallen, aber als sich O'Leary nun wieder zu mir gesellte, da leuchteten seine Augen, so daß ich sofort aufmerksam wurde.

»Es wird noch vor morgen früh soweit sein, Miss Keate. Alles ist fertig zum letzten Auftritt. Aber Sie müssen mir helfen! Allerdings muß ich von vornherein sagen, daß die Sache nicht so ganz ungefährlich ist. Anderseits würde ich niemals das Ansinnen an Sie stellen, wenn ich nicht sicher wäre, daß ich Sie zu beschützen vermag. Können Sie Ihrerseits das nötige Vertrauen aufbringen?«

»Was verlangen Sie von mir?«

»Folgendes.« Er sprach jetzt ganz leise, und ich meine, daß etwas, wie Jagdfieber aus seinen Worten klang. »Erst einmal müssen Sie heute abend bei Tisch vorgeben, sehr müde zu sein. Die Erklärung dürfte Ihnen ja, nach allem, was vorherging, nicht sonderlich schwerfallen.«

»Stimmt. Was noch?«

»Nach Ihrer Rückkehr ins Turmzimmer müssen Sie Ihren Sessel mit der Lehne zur Wand stellen, damit Sie sowohl die Treppe als auch die Tür sehen können . . .«

»Halt!« unterbrach ich ihn. »Falls Sie etwa erwarten, daß jemand die Treppe herunterkommt . . .«

»Ich werde mich in Ihrer nächsten Nähe halten, Miss Keate. Sie bleiben bis ungefähr halb ein Uhr so sitzen. Um die Zeit gehen Sie doch meistens hinunter, um kochendes Wasser zu holen, nicht wahr? Vorher haben wir meiner Überzeugung nach überhaupt nichts zu erwarten. Sie blasen dann ganz ruhig die Lampe in der Nähe des Krankenbettes aus und schrauben, die andere möglichst weit herunter. Dann gehen Sie hinter das Bett und verstecken sich zwischen den Falten des Fenstervorhangs, wo es genügend dunkel ist. Nehmen Sie diese Polizeipfeife und halten Sie sie in Händen. Natürlich müssen Sie darauf achten, daß Sie aus Ihrem Versteck heraus das Zimmer übersehen können.«

Er schlüpfte hinter das Bett und machte mir die Sache vor. Wie ich diese verstaubten Vorhänge haßte! Das unhygienische Zeug hätte schon am ersten Tag der Krankheit aus dem Zimmer entfernt werden sollen!

»Ja, aber glauben Sie denn, daß der Mörder . . .«

»Allerdings«, sagte O'Leary ganz kaltblütig. »Und wenn er kommt, dann warten Sie, bis er sich über das Bett beugt. Dann erst pfeifen Sie, so laut Sie können.«

»Ja, um Gottes willen . . .!«

»Nur keine Angst. Wenn ich nicht unbedingt sicher wäre, daß ich Sie und den Kranken zu schützen vermag, würde ich diese Anordnungen gewiß nicht treffen.«

»Sie glauben doch nicht gar, daß Charles Federie die Absicht hat, den eigenen Vater zu ermorden?«

»Weiß ich nicht«, gab O'Leary zur Antwort. »Ein verzweifelter Mensch ist schließlich zu allem fähig.«

»Weshalb verhaften Sie ihn denn nicht?«

»Weil wir nicht die geringste gesetzliche Handhabe dazu besitzen.«

»Sein Benehmen ist nicht das eines unschuldigen Menschen.«

»Das ist richtig. Aber finden Sie, daß sich überhaupt nur ein einziges Mitglied dieser sonderbaren Familie so benommen hat wie ein harmloser Mensch?«

Ich mußte die Frage verneinen. Mit Ausnahme von March verdächtigte ich alle, und wenn ich hierbei nicht das Gefühl sprechen ließ, so hätte ich gerade sie in erster Linie verdächtigen müssen.

Noch einmal sah sich O'Leary prüfend im Zimmer um.

»Nur keine Furcht, Miss Keate«, lächelte er, »ich werde in Ihrer unmittelbaren Nähe sein.« Ehe ich zu antworten vermochte, war er verschwunden.

›Nur keine Furcht!‹ Er hatte gut reden!

Während des Essens übernahm O'Brien die Wache im Krankenzimmer. Die Mahlzeit selbst verlief so ungemütlich wie die bisherigen. Ehe sie beendet war, erhob ich mich.

»Ich bin furchtbar müde, Miss March. Sie entschuldigen mich wohl. Ich muß unbedingt etwas Ruhe haben. Ich bezweifle, daß ich die Nachtwache werde durchhalten können.«

»Wünschen Sie, daß ich im Turmzimmer bleibe, Miss Keate?«

Dimuck, der diese Worte sprach, schien doch zu hoffen, daß ich ablehnen würde. Auch March bot sich an, die Wache mit mir zu teilen.

»Nein, nein«, wandte ich hastig ein. »Sie müssen bedenken, daß ich jeden Augenblick mit dem Erwachen von Mr. Federie rechne.«

»Im Laufe der Nacht?« erkundigte sich Isobel.

»Ja.«

Damit verließ ich das Speisezimmer und begab mich wieder auf meinen Posten. O'Brien schien froh über seine Ablösung zu sein.

Seltsamerweise kam an diesem Abend kein Besuch mehr. Nicht einmal Kema ließ sich blicken, die doch wenigstens teilweise Grondals Aufgaben mit übernommen hatte.

Einmal tönte von der Bibliothek, wenn auch sehr gedämpft, die unheimliche Melodie der ›Furiante‹ herauf, doch brach sie mitten in einem Satz ab. Dann senkte sich tiefes Schweigen auf das häßliche alte Haus hernieder.

Ich strickte fleißig. Die Flammen des Kamins warfen seltsame Schatten, der Wind rüttelte an den Fensterläden, ein paarmal regte sich der Kranke ein wenig. Gegen elf Uhr legte ich die Handarbeit fort. Wenn nur nicht dieses lastende, beengende Schweigen gewesen wäre. Zu dem von O'Leary angegebenen Zeitpunkt blies ich die eine Lampe aus, drehte die andere herunter, schlich hinter das Bett, sah mich noch einmal aufmerksam im Zimmer um, überzeugte mich davon, daß ich die Trillerpfeife noch bei mir trug, und harrte der weiteren Entwicklung der Dinge.

Es war fast vollkommen dunkel, denn die herabgeschraubte Tischlampe gestattete kaum, die Umrisse der Möbel zu erkennen. Die Zimmerecken, die Turmtreppe und der Türvorhang verloren sich in schwarzer Finsternis.

Als ich mich ganz in mein Versteck gedrückt hatte, fühlte ich, wie mich die Eiseskälte der Furcht überlief. Für eine lange Weile geschah jedoch nichts. Totenstill war alles. Meine Angst wurde dadurch jedoch nicht geringer; im Gegenteil, sie wuchs von Minute zu Minute. Und dann vernahm ich vom anderen Ende des Zimmers her einen leichten, raschelnden Laut. Meine Nerven waren aufs äußerste gespannt.

Da war es wieder.

Mir war, als gefriere mir das Blut in den Adern.

Jemand kam unendlich behutsam die Turmtreppe herab!

15

Wer war es?

Leise kamen Schritte näher. Hin und wieder knarrte kaum hörbar das alte Holz der Treppe.

Schließlich wurde es still, und dann glitt ein dunkler Schatten aus der Finsternis hervor, die die Turmtreppe einhüllte. Nun schob er sich zwischen mich und die schwach brennende Tischlampe; während etlicher Sekunden hob er sich scharf vom rötlichen Hintergrund des Kaminfeuers ab, und endlich näherte er sich dem Bett!

Die Polizeipfeife ruhte an meinen trockenen Lippen.

Noch ein schleichender Schritt ... noch einer. Ich fürchtete, daß der rasende Schlag meines Herzens mich verraten würde.

Näher noch ... Der Schatten war jetzt ganz nahe beim Bett. Langsam beugte er sich vor, und urplötzlich stürzte sich ein zweiter Schatten auf ihn, worauf ein wildes Ringen begann. Mit aller Kraft meiner Lungen blies ich in die Pfeife, deren scharfer Triller durch das ganze Haus drang, und dann schien die Hölle losgelassen zu sein.

Lichter, Rufe, hereindrängende Schutzleute, die Hausbewohner, dies alles nahm ich nur undeutlich wahr, denn meine gesammelte Aufmerksamkeit galt dem, was sich hinter dem Bett abspielte.

Seltsamerweise kämpften dort jetzt drei Gestalten, nicht nur zwei. Eine davon war O'Leary, die andere Elihu Dimuck und die dritte ... Polizisten drängten sie auseinander, und dabei sah ich ein Gesicht, dessen Anblick mich veranlaßte, krampfhaft Halt in den Falten des Vorhangs zu suchen. War da wirklich Adolph Federie lebendig geworden?

Doch es war natürlich Charles. Ich bemerkte, wie sich ein breitgebauter Schutzmann seiner bemächtigte, ihn beiseite zog, mit erfahrenen Händen an seinem Körper hinauf- und hinunterstrich und seinen Gefangenen mit einem geschickten Armzug festhielt.

»Schön«, sagte O'Leary. Er rang nach Atem, war aber noch ganz frisch. Ich sah, wie er einen länglichen dünnen Gegenstand in seine Tasche gleiten ließ. »Schrauben Sie die Lampe dort drüben hoch, Murphy. Sie zünden indessen die andere an, Shafer. O'Brien lassen Sie die übrigen eintreten. Haben Sie's gut überstanden, Miss Keate?«

»Ja ...« gab ich beklommen zu. Dann schleppte ich mich zu einem Stuhl, auf den ich mich niederließ, um erst einmal den rätselhaften Mr. Charles in Augenschein zu nehmen. Er stand uns gegenüber, und seine tiefliegenden Augen sahen uns aus dem dunklen Gesicht trotzig an. Seine Arme wurden von zwei Schutzleuten festgehalten.

Isobel schob sich plötzlich durch die Zuschauer. Dicht vor dem Gefangenen pflanzte sie sich auf, starrte ihn entgeistert an, berührte sein Gesicht mit ausgestrecktem Finger und sprach schließlich mit unterdrückter Stimme die Worte: »Es ist Charles Federie.«

Niemand antwortete. Nun wandte sich Isobel zu uns um. Ihre Augen wanderten hilflos hin und her, bis sie O'Leary fanden.

»Es ist Charles Federie«, wiederholte sie wie träumend, »und dabei war er fünfzehn Jahre lang tot.«

Mittie begann zu schreien, Kema trat vor und nahm Marchs Hand in die ihrige. Deke Lonergan aber ließ sich aufs Fußende des Bettes sinken und sagte mit Überzeugung: »Na, nun schlägt's dreizehn!«

O'Learys klare Stimme schuf Ordnung. Er wies die Anwesenden an, sich zu setzen, und befahl der Frisling zu schweigen.

»Zunächst einmal die Feststellung, daß Charles Federie so lebendig ist wie nur einer von uns. Er hielt es seinerzeit nur für angezeigt, außer Landes zu gehen. Stimmt das?«

»Durchaus«, sagte der Gefragte, und der Klang seiner Stimme ließ mich überrascht aufhorchen. Wenn Eustace nicht am andern Ende der Reihe gesessen hätte, würde ich geglaubt haben, er hätte gesprochen.

»Sie kehrten zurück, da Sie von dem ernsten Zustand Ihres Vaters erfahren hatten und fürchten mußten, leer auszugehen. Ihr Vater hielt Sie für tot.«

»Richtig.«

»Halt!« rief March erregt. »An allem trage ich die Schuld, weil ich ihn einließ, aber, weiß Gott, ich habe seither keine ruhige Minute gehabt. Ich suchte ihn zu bewachen, schlüpfte sogar durch Eustaces Zimmer und ein paar Stufen der Turmtreppe hinab, um zu sehen, ob er nicht etwa Großvater belästigte.«

»Dabei verloren Sie die Rosette Ihres Pantoffels«, bemerkte O'Leary, sagte aber nicht, wo er sie gefunden hatte. »Nun zur Hauptsache. Adolph Federie wurde erschossen, weil er einen kleinen grünen Elefanten vom Kaminsims nahm. Ich möchte hier gleich erwähnen, daß von dem Augenblick an jedermann im Hause annahm, daß jener Elefant ein Geheimnis enthalte, das für die Mitglieder der Familie Federie von größter Bedeutung sei. Ich glaube aber, daß das Geheimnis anders geartet ist, als einige von Ihnen anzunehmen scheinen. Jedenfalls gelang es Adolph, den Elefanten zu öffnen und den Zettel zu lesen, den er enthielt. Bitte wollen Sie mir den Elefanten geben?« wandte er sich an Charles Federie.

O'Briens Hand war bereits in dessen Tasche. Es gab einen kurzen Kampf, dann reichte er seinem Vorgesetzten einen grünen Gegenstand. Sofort reckte alles die Hälse.

»Ein nettes Spielzeug«, sagte der Detektiv, der es prüfend in der Hand wog. »Wenn man bedenkt, daß das Leben eines Menschen davon abhängt.«

In das lastende Schweigen, das diesen Worten folgte, schnitt Isobels rauhe Stimme. »Öffnen Sie es.«

»Noch nicht«, erwiderte O'Leary. »Zuerst will ich Ihnen den Hergang des Geschehens schildern und dann meine Behauptung unter Beweis stellen. Also, der Mörder Adolph Federies entkam. Grondal, der ahnte, daß Geld im Hause aufbewahrt wurde, wurde durch eine Bemerkung Miss Keates auf den Elefanten aufmerksam, der unmittelbar nach der Ermordung Adolphs am Fuß der Turmtreppe gefunden worden war. Er nahm ihn an sich, doch Miss Keate fand ihn wieder und legte ihn in den Geigenkasten, aus dem er abermals entwendet wurde.«

»Das tat ich«, unterbrach Charles gelassen. »Ich befand mich auf der Wendeltreppe, als die Schwester ihn weglegte.

Überhaupt habe ich dieses Zimmer fast immer im Auge behalten.«

»Es gelang Miss Keate, den Jade-Elefanten ein zweites Mal zu finden«, fuhr O'Leary fort.

»Wissen Sie, daß Sie mir fast den Schädel zertrümmert hätten mit der schweren Stablampe?« murmelte Charles Federie, der mich dabei halb ärgerlich, halb bewundernd ansah. »Sie traf mich am Kopf. Stundenlang hielt ich in der Ecke hinter einer Kiste aus, weil ich Sie für einen Schutzmann hielt. Nachdem Kema Sie auf den Korridor gelassen hatte, mußte ich mich beeilen, auf den Speicher zu kommen. Die Schutzleute fanden mich nicht.«

»Habe ich Ihnen nicht gesagt, daß er dort war?« rief ich mit einem Gefühl des Triumphes dem ungläubigen O'Brien zu.

»Sie wußten demnach, daß Miss Keate den Elefanten gefunden hatte, nicht wahr, Mr. Federie?«

»Ja. Es war leicht, ihn wiederzubekommen. Ich wartete, bis die Krankenschwester vom Abendessen zurückkehrte.«

So, da war also dieser unheimliche Gast auch für den Überfall im Korridor verantwortlich gewesen!

»Inzwischen wurde Grondal ermordet«, fuhr der Detektiv in seiner Darstellung fort. »Er wußte zu viel. Im oberen Turmzimmer traf er mit dem Mörder zusammen. Es kam zum Kampf, und dabei hatte Grondal das Pech, mit voller Wucht gegen die Ecke eines schweren Marmortisches zu fallen. Wohl gelang es ihm noch, die Couch da drüben zu erreichen, aber dann brach er zusammen. Der andere war ihm gefolgt und erdrosselte den Sterbenden mit einer Geigensaite.«

Charles Federie machte einen neuen Versuch, sich von seinen Wächtern loszureißen, doch es gelang ihm nicht. »Warum öffnen Sie den Elefanten nicht?« fragte er den Detektiv. »Der Kopf läßt sich abschrauben.«

Und wieder merkte ich, daß die Spannung der anwesenden Hausbewohner aufs höchste stieg.

»Öffnen?« wiederholte O'Leary langsam und sah Charles Federie dabei forschend an. »Gleich.«

Das Folgende ereignete sich binnen weniger Sekunden. Stahlhart klang O'Learys Stimme, als er seinen Leuten einen Befehl erteilte. »Shafer und O'Brien ...« er hob die Hand, »verhaften Sie ihn!«

Es gab ein wildes Durcheinander: Schreie, Stimmengewirr, Fragen, heftiges Ringen, das Kreischen einer Frauenstimme, und dann stand dort zwischen den beiden uniformierten Schutzleuten kein anderer als Elihu Dimuck, der wie ein Irrsinniger an seinen Handschellen zerrte. Die Brille hatte er verloren, sein verzerrtes Gesicht drückte Wut und Angst aus, und eine Flut von Flüchen drängte sich ihm über die Lippen.

»Ruhe!« O'Brien hielt ihm den Gummiknüppel unter die Nase. »Noch ein einziges Wort, und Sie sollen den hier spüren.«

»Hat keinen Zweck, die Handschellen kriegen Sie doch nicht auf«, sagte O'Leary, der den Gefangenen forschend betrachtete.

Auch ich starrte ihn an. Es geschah zum ersten Mal, daß ich ihn ohne seine Brille sah, die ihm ein so wohlwollendes Aussehen verliehen hatte. Ich war erstaunt über die Wandlung, die jetzt mit ihm vorgegangen war. Seine Augen waren schlau, grausam und gierig. Wie er sie von einem zum andern huschen ließ, erinnerte er mich an eine gefangene Ratte.

»Sie können nichts beweisen«, stieß er heiser hervor. »Gar nichts können Sie mir nachweisen.«

»Das werden wir ja sehen«, erwiderte der Detektiv. »Aber bevor ich den Elefanten öffne, bevor wir sein Geheimnis erfahren, sollen Sie alle hören, wieso ich weiß, daß dieser Mann schuldig ist. In der Nacht, da Adolph Federie ermordet wurde, kam er hierher und fragte unter anderem: ›Wer hat ihn erschossen?‹ Dabei lag Adolph Federie mit abwärts gewandtem Gesicht auf der Treppe, und niemand vermochte auf den ersten Blick zu erkennen, daß ihn eine Kugel getroffen hatte. Dies allein genügte, mein Interesse für Dimuck zu wecken, zumal er kurz darauf angab, durch den Schuß geweckt worden zu sein. Mit Miss Keates Hilfe stellte ich fest, daß er in seinem abgelegenen Schlafzimmer unmöglich den Schuß gehört haben konnte. Dann fand ich verschiedene Fingerabdrücke auf der alten Geige; auch Elihu Dimucks Abdrücke waren darunter. Nach Grondals Tod bemühte er sich, den Türgriff im oberen Turmzimmer abzuwischen. Offenbar hatte er das bei seiner Flucht, nachdem er den Diener erdrosselt hatte, verabsäumt. Überzeugt war ich, als Miss Keate sich die Hand verletzte, an einem kleinen Stück Glas, das auf dem bereits erwähnten Marmortisch lag. Wie sich herausstellte, gehörte es ursprünglich zu einer Brille, und mit Hilfe eines Optikers stellten wir fest, daß die Linse genau mit derjenigen übereinstimmte, die Dimuck trug. Nun hätte man allerdings annehmen können, daß seine Brille nicht zerbrochen war, weil er sie ja nach wie vor auf hatte. Wie wir sehen werden, handelte es sich dabei aber um eine alte Brille, die ihm aber bei weitem zu schwach geworden war.«

Ein Gedanke zuckte mir durch den Kopf.

»Deswegen schrieben Sie den Zettel?« fragte ich.

O'Leary nickte.

»Ja. Ich hatte die Worte niedergeschrieben: ›Wo haben Sie Ihre zerbrochene Brille gelassen?‹ Hätte er das lesen können, so wäre er vermutlich erschrocken. Es gelang ihm indessen nicht, das Geschriebene zu entziffern. Dann fand ich die beschädigte Brille unter dem Teppich seines Zimmers. Das war Ihr gröbster Fehler, Dimuck. Bitte, schaffen Sie die Brille her, Murphy. Sie liegt unter dem Teppich, rechts vom Fußende des Bettes. Ich ließ sie dort, damit Dimuck nicht vorzeitig mißtrauisch wurde.«

Noch immer zerrte Dimuck an seinen Fesseln.

»Sie können nichts beweisen«, wiederholte er grimmig.

»Nur eins wundert mich«, fuhr O'Leary sinnend fort, »wie brachten Sie den Revolver in die Ecke des unbenutzten Schlafzimmers im oberen Stockwerk, ohne dieses dabei zu betreten?«

Ein häßliches Lächeln huschte über das Gesicht des Gefangenen.

»Ich warf ihn«, sagte er mit einem Anflug von Stolz. »Fein, was? Machte nur die Tür auf, wischte mit dem Taschentuch die Fingerabdrücke von dem Revolver und warf ihn in die Ecke.« Urplötzlich weiteten sich seine Augen voller Entsetzen. »Natürlich tat ich das nicht . . .! Nein, nein, ich sagte das nur so . . .! Man kann mir nichts nachweisen!«

»Mensch, Sie haben ja bereits gestanden«, knurrte O'Leary. Charles Federie lachte.

»Sie sind ein gerissener Detektiv. Öffnen Sie nun den Elefanten. Der Kopf dreht sich, wenn Sie die Ohren anfassen.«

Atemlos sah alles zu, während O'Leary den Kopf abschraubte. Etwas Weißes hob sich vom Grün der Jadeschnitzerei ab. Dann las O'Leary mit leiser, aber vernehmlicher Stimme:

»Ich bestätigte hiermit, daß alle Vermögenswerte, die unter meinem Namen eingetragen sind, in Wirklichkeit Mr. Jonas Federie gehören. Als Gegenleistung für die Hergabe meines Namens erhalte ich ein jährliches Einkommen, dessen Höhe sich nach dem Ertrag der betreffenden Wertpapiere richtet. Sie ist alljährlich in Übereinkunft mit Mr. Jonas Federie von neuem festzulegen. Sämtliche Werte befinden sich im Depot Nr. 287 der Savings Trust Bank zu Bonfield. Dieses Abkommen kann seitens des Mr. Jonas Federie jederzeit gekündigt werden.

gez. Elihu Dimuck«

Einen Augenblick herrschte Schweigen. Dann setzte O'Leary hinzu: »Die Unterschrift wurde bestätigt durch den Notar Matthew Frisling und den Diener Sam Grondal. Beide Zeugen sind tot. Wahrlich, es war eine glänzende Gelegenheit für Elihu Dimuck.«

Charles Federie räusperte sich.

»Mein Vater fürchtete stets, es könnten sich Schwierigkeiten daraus ergeben, daß er sein Geld selbst verwaltete. So geschah alles unter dem Namen Elihu Dimucks, dessen Stellung als Eigentümer im Falle des Verlustes jener Urkunde niemals in Zweifel gezogen worden wäre.«

Murphy brachte die Brille. Wie ich sofort bemerkte, waren die goldenen Ränder noch heil, doch steckten nur noch etliche zackige Glassplitter darin. Inzwischen fuhr O'Leary fort.

»Das hier im Hause aufbewahrte Geld besteht aus etlichen Tausend-Dollar-Noten und befindet sich in einem kleinen Koffer unter Mr. Federies Bett. Erstaunlich bleibt nur, daß niemand auf den Gedanken verfiel, es dort zu suchen. Übrigens zweifle ich nicht daran, daß Mr. Federie Ihnen die beanspruchte Summe zurückzahlen wird, Mr. Lonergan. Sie haben mir Kopfzerbrechen gemacht, junger Mann, denn zunächst konnte ich Sie nirgends in das Spiel einschalten.«

Genoveva, die sich während der ganzen Zeit eifrig geputzt hatte, sprang plötzlich zu Boden und stolzierte aus dem Zimmer. Ihre Haltung schien anzudeuten, daß der Fall für sie erledigt war.

»Aber der Schlüssel zum oberen Zimmer«, warf ich ein. »Wer hat ihn in Miss Frislings Perlenschachtel gelegt?«

»Es müssen zwei Schlüssel vorhanden gewesen sein«, sagte O'Leary und warf dabei Charles Federie einen fragenden Blick zu. »Dimuck besaß den einen. Offenbar hielt er es für einen glänzenden Gedanken, den jungen Lonergan einzusperren, sich selbst aber freien Zutritt zu sichern. Später wurde ihm die Sache unbehaglich, und er legte den Schlüssel in die Perlendose, um den Fall zu verwirren. Überdies war vermutlich auch Charles Federie im Besitz eines Schlüssels.«

Der Genannte nickte.

»Ich trage ihn sogar bei mir. Jenes Oberzimmer war ursprünglich das meinige. Seinerzeit habe ich den Schlüssel zufällig mitgenommen und gewissermaßen als Andenken aufbewahrt.« Unvermittelt wandte er sich an March. »Ich fürchte, du wirst die Wiedererweckung einer alten Skandalgeschichte über dich ergehen lassen müssen.«

»Haben Sie am Tage der Beerdigung Adolphs Klavier gespielt?« erkundigte ich mich.

Er lächelte schwach. »Ich ahnte nicht, daß ich damit Eustaces Lieblingsstück gewählt hatte. Übrigens hätten Sie mich einmal um ein Haar im Anrichteraum erwischt.«

»Über jene Begegnung dürfen Sie sich freuen«, erklärte der Detektiv. »Fast im selben Augenblick, in dem Grondal getötet wurde, berührte Miss Keate Ihren Anzugärmel. Da alle anderen in Pyjamas oder Bademänteln erschienen, dachte ich gleich, daß Sie es gewesen waren. Das heißt, nachdem ich mich von Ihrer Anwesenheit und ... Ihrer Unschuld überzeugt hatte.«

Charles lachte. »Ich erwartete, daß die Schwester Lärm schlagen würde. Daher rannte ich die Treppe hinauf, und Eustace folgte mir in die Kofferkammer. Auch dieser Umstand könnte wohl als Alibi gewertet werden, denke ich.«

Plötzlich ertönten vom Bett her stammelnde Laute. Schnell drehte ich mich um. Zum ersten Mal sah mich der alte Mr. Federie aus wachen Augen an.

»Wer ... wer sind ... Sie?« Er sprach mit schwerer Zunge.

Schon kniete March an seiner Seite. »Großvater!«

»March ... der grüne ... grüne ...«

»Der grüne Elefant, nicht wahr? Er ist hier, in Sicherheit.« Schnell trat O'Leary vor und legte das kleine Schnitzwerk in die runzlige Hand des alten Mannes.

»Kema, rufen Sie sofort den Arzt«, sagte er zu der Köchin. »Beeilen Sie sich. Hauptamt 2336.«

Es war schon dämmrig, als der Arzt endlich kam. Kema brachte Kaffee. Seine Wärme und sein kräftigendes Aroma taten uns ungemein wohl. Dann wurde Elihu Dimuck im Polizeiwagen fortgebracht.

Es mochte sieben Uhr morgens sein, als ich mich endlich wieder allein mit dem Kranken befand, der in gesunden Schlummer gesunken war. Gleich darauf aber kehrte O'Leary zurück und ließ sich tiefseufzend in einen Sessel gleiten.

»Nun«, sagte er, »Ihr Patient befindet sich auf dem Wege der Genesung, und die ganze Angelegenheit dürfte erledigt sein.«

»Erledigt«, wiederholte ich unwillkürlich, setzte dann aber hinzu: »Sie scheinen nicht bester Laune zu sein?«

»Bin ich auch nicht«, klang es müde. »Eigentlich übe ich einen schrecklichen Beruf aus. Ohne Einbildungskraft würde ich nichts taugen, und mit Einbildungskraft bin ich zu gefühlvoll.«

»Der Mann war ein Mörder«, gab ich ihm zu bedenken. »Er hat wahrhaftig den Strang verdient.«

»Allerdings.« Er grübelte eine Zeitlang und brachte dann einen Gegenstand zum Vorschein, den er mir auf der flachen Hand hinreichte. Es war ein dünnes Messer.

»Dies ließ er fallen, als ich ihn heute nacht neben dem Krankenbett überraschte. Ich habe es Miss March lieber nicht gezeigt.«

»Wie kam es eigentlich, daß sich Charles Federie im Zimmer befand?«

»Er kam durch die Tür. Ich sah ihn sofort. Übrigens hat er zugegeben, daß er einen solchen Gewaltstreich von Dimuck erwartete, nachdem er den Zettel gelesen hatte.«

»Warum aber griff er nicht vorher ein?«

O'Leary machte eine ungeduldige Handbewegung.

»Er kannte die Zusammenhänge der Dinge nicht in dem Maße wie ich. Heute nacht ließ ich die obere Tür unverschlossen, legte das Messer als Köder für Dimuck hin und lauerte. Dimuck war in einer verzweifelten Stimmung, sonst hätte er es nicht genommen.«

Lance O'Leary seufzte, ließ das Messer wieder in die Tasche gleiten und stand auf.

»Ich wollte, ich könnte Ihnen gebührend danken, Miss Keate.«

Aber von Dank wollte ich nichts wissen, und schließlich ging er mit langsamen Schritten zur Tür, bei der er stehenblieb. Sekundenlang hob sich seine schlanke Gestalt vom düsteren Hintergrund des grünen Plüschs ab, während er den Blick seiner klaren Augen durchs Zimmer gleiten ließ, in dessen Hintergrund sich die unheimliche Turmtreppe emporwand. Dann winkte mir O'Leary wie abschiednehmend zu, und leise sank der Vorhang wieder in seine bisherigen Falten zurück. Rings umgaben mich die Geheimnisse des alten Hauses. Das ist eigentlich alles.

Mr. Jonas Federie erholte sich bald. Er war ein umgänglicher und lebhafter Patient, besonders nach der Aussöhnung mit seinem Sohne Charles. Als er völlig wiederhergestellt war, kehrte ich ins Krankenhaus zurück und habe seither keinen ambulanten Fall mehr übernommen. Durch diese schrecklichen Erlebnisse war mir jede Lust dazu vergangen.

Natürlich sah ich später die Federies und auch Lance O'Leary wieder, sogar sehr häufig während der langwierigen Gerichtsverhandlungen, die der Fall nach sich zog. Unlängst hatte ich sogar den an Blinddarmentzündung erkrankten Detektiv selbst zu pflegen. Während seiner Genesung fanden wir ausgiebig Gelegenheit, den ganzen Fall Federie nochmals nach allen Richtungen hin durchzusprechen; und zwar mit dem Erfolg, daß die übrigen Schwestern Angst hatten, unser Zimmer zu betreten, und der Arzt Einspruch erhob.

»Das ist alles sehr schön und gut«, schmunzelte O'Leary. »Sie mögen überzeugt sein, daß Miss Keate eine erstklassige Pflegerin ist, aber als Detektivin schätze ich sie fast noch höher.«

Was natürlich eine haarsträubende Übertreibung war.